长篇小说

大明火枪手

天雷疑云

燕歌 著

重庆出版集团 重庆出版社

图书在版编目（CIP）数据

大明火枪手. 天雷疑云 / 燕歌著. -- 重庆：重庆出版社, 2022.3
ISBN 978-7-229-16626-7

Ⅰ.①大… Ⅱ.①燕… Ⅲ.①长篇历史小说—中国—当代 Ⅳ.①I247.5

中国版本图书馆 CIP 数据核字（2022）第 028504 号

大明火枪手：天雷疑云

燕歌 著

出　　品：	华章同人
出版监制：	徐宪江　秦　琥
特约策划：	上海紫焰文化传媒有限公司
责任编辑：	王昌凤
特约编辑：	张铁成　王菁菁　计双羽
责任印制：	杨　宁
营销编辑：	史青苗　刘晓艳
封面设计：	郭　子
封面插画：	桃多汁

重庆出版集团
重庆出版社　出版
（重庆市南岸区南滨路 162 号 1 幢）
投稿邮箱：bjhztr@vip.163.com
北京盛通印刷股份有限公司　印刷
重庆出版集团图书发行有限公司　发行
邮购电话：010-85869375/76/77 转 810
重庆出版社天猫旗舰店
cqcbs.tmall.com
全国新华书店经销

开本：880mm×1230mm　1/32　印张：8.5　字数：183 千
2022 年 4 月第 1 版　2022 年 4 月第 1 次印刷
定价：42.00 元

如有印装质量问题，请致电 023-61520678

版权所有，侵权必究

目录

序　幕　　　　／1

第一章　　　顺天府／3

第二章　　　思诚坊／18

第三章　　　故　人／39

第四章　　　碧霞观／54

第五章　　　妙峰山／78

第六章　　　杀　手／106

第七章　　　遇　险／130

第八章　　　抛石器／157

第九章　　　转　壶／186

第十章　　　汉家台／212

第十一章　　惊天雷／241

序幕

明正统十四年，十二月二十三日，距离春节只剩八天。

这天夜里，阴云遮月，冷霜袭面。北京城郊，密云县南坪场外的小路上，走着一个人。此人身穿棉布袍，头戴四方平定巾，嘴里喷着酒气，一路哼着小曲儿，踉踉跄跄地朝着村口而来。

这醉汉名叫方五郎，南坪场本地人。二十里外的亲戚今天有桩喜事，家中做汤饼会，把他请去，宴席一直喝到掌灯才散。

方五郎刚从亲戚家出门，寒风一吹，酒意便涌上来，顿觉全身一片燥热。他扯开棉布袍，趁着酒兴奔向家中，抬眼看时，村庄已在眼前。

方五郎走得浑身透汗，如今酒意已去了一大半，寒风一吹，只觉周身生寒，便将棉布袍掩起。

就在此时，天空中突然出现一片红亮亮的闪光，映出了地面的树影。方五郎抬头看去，醉眼迷离中，只见如同烟花迸射似的，无数朵红灯散布在头顶上，流光溢彩，绚丽无比，仿佛瑶池天灯、凌霄彩带一般，令人目眩神迷。

不一刻，耳边隐隐传来隆隆的闷雷之声，莫非是雷公忘记了时节，在隆冬之际便行云布雨？

方五郎恍如梦中，忘记了走路，呆呆地抬头凝望天空，好像自己的魂魄也溶化在这一片辉光当中。

眨眼之间，天空中的无数彩灯便落在地上，落在了南坪场村。

彩光湮灭，清辉消尽，随之而来的，则是万钧雷霆！

天雷重重地砸在了南坪场，震耳欲聋的爆炸声，夹杂着汹涌波涛的气浪，将整个村子吞没。

地面上飞沙走石，烟尘遮天，但见碎石烂瓦，断梁残柱，甚至还有碎裂的尸块，都被震出百十步开外，南坪场在一刹那间便改了名字——修罗场！

方五郎被震倒在地，刚挣扎起来，身子又被掀起，飞出十几步，然后重重摔在地上。等他明白过来，觉得脸上一片湿热，用手一抚，居然扯下半张人脸。那半张人脸仍旧瞪着血红的眼珠子，死不瞑目。

方五郎只觉得头上骤然炸开了两片顶盖骨，自己的魂灵便轻飘飘地飞了出去，消失在血红色的天空中。

第一章
顺天府

十二月二十四日，距春节还剩七天。

天色阴沉晦暗，云层沉甸甸地压在头顶上，寒风吹起，墙外一排黄杨树上，最后一片干枯的叶子掉落下来，飞到神机营校场之内，又被士兵们的战靴踏得粉碎。

今天的训练结束了，丁醒迈着沉重的步伐走向校场大门。看校场的仍旧是老铁，老铁是神机营的老兵，曾跟随永乐皇帝远征漠北，如今神机营的将士都算是他的晚辈。尤其是丁醒，他父亲与老铁是生死之交，因此丁醒每次见了老铁，都毕恭毕敬的，不敢有丝毫怠慢。

下操的时候，老铁从怀里摸出个牛皮小酒壶，仰起脖子灌酒。这个小酒壶已经跟了他几十年，是从一个瓦剌百夫长身上搜来的，镶金嵌银，如同元宝模样，虽然看上去小巧，但装酒可不少。

每当老铁酒壶在手，他总会回忆起几十年前漠北发生的那场惊天动地的大战。与永乐皇帝并肩作战的场面，老铁能记一辈子。

一阵脚步声将他从回忆中唤醒，老铁不用抬头就知道是丁醒。这小子的脚步声还是那么拖沓，好像饿得快走不动了。

"二郎，过来！"老铁将酒壶塞子按紧，塞进怀里。

如今，老铁已不再称呼丁醒为"小瞎火儿"，自那场关于连环神机炮的风波过后，丁醒好像突然开了窍，火铳击发之时，神准无比，每每十发九中，在全营当中亦算得上乘技艺。

于是"瞎火枪"这个外号从此消失，大家对丁醒的称呼也变成了"丁千户"。老铁当然是不肯这么叫的，别说是一个千户，就算副将在他面前，也不敢耍威风，因此老铁只叫丁醒的小名，"二郎"。

丁醒站到老铁身边，蹲下身子，涎着脸笑道："铁叔，有何吩咐？"

老铁瞟了他一眼："小子，你又惹上什么事了？"

丁醒一愣，耸耸肩道："没有啊，您还不了解我吗？一向见人说人话，见鬼说鬼话，逢人戴高帽，遇事往后靠，天塌下来也砸不着我。您老可别听闲人乱嚼舌根。"

老铁哼了一声："少糊弄我，你要没惹事，会有顺天府的人来找你？还是老张陪着来的。瞧吧，就在那儿。"

老铁说着，向校场外努了努嘴，丁醒顺着方向看去，果然发现一棵黄杨树下立着两个人，其中一人正是神机营副将张尽忠，在朝自己招手；而另外一人身子矮壮，被一条树枝遮住了脸，看不清面容。

看到张尽忠招呼自己，丁醒不敢急慢，马上跑过去，朝张尽忠施了军礼，问道："张将军，您找我有何差遣？"

张尽忠向丁醒介绍旁边那人："这位是顺天府的雷大人。"

丁醒看向那矮壮汉子，见此人豹头环眼，脖子几乎和脑袋一样粗，肩宽腰壮，双腿笔直，身材好似一块城砖，看起来凛凛有威。

那矮壮汉子这才向丁醒拱拱手："丁千户，在下雷恪。现任顺天府推官。"

明代官制，顺天府推官为从六品，而军中千户则为正五品，二人品级有别，雷恪要差着三级。

丁醒还了礼："原来是雷大人，在下素有耳闻，失敬失敬！"他的话并非奉承，这雷恪在顺天府大大有名，数年前刚上任时，便连破大案，引人注目，在勘察取证方面很有一套手段，只是不知他今日来神机营要做什么。

张尽忠的话打消了丁醒的疑惑："刑部接到顺天府急报，前夜，密云县发生天雷殛村事件。顺天府探查之下，推断或与火器有关，一路经由刑部上呈至内阁，内阁发下谕令，指派神机营协助勘证。老弟不久前曾经破获王振逆党一案，在这方面神机营中无人能及，故此这件差事，还得劳烦你出马。"

这种事情如果发生在朝廷其他府部，当事人还能找借口推辞，但军中可没有这个方便。军将发了话，便是军令，不可违抗。因此丁醒拱手道："遵令！"

张尽忠说完那番话，拍拍丁醒肩膀，又看看雷恪："你们详谈吧，三大营改组团操，弄得我焦头烂额，我得先走一步。"

张尽忠不愧是老油条，不关自己的事情，连听都不要听。

送走了张尽忠，丁醒看看天色，对雷恪说道："雷大人，我们找个地方细说。"

雷恪却道："请恕在下无礼，事态紧急，眼下我已经备了马匹，就在德胜门，你我二人最好趁天明出城，直接赶往密云。路上，我会将勘察的实情全盘细细讲来。"

丁醒没料到雷恪这样急切，但转念一想，又释然了。以往的大案要案，刑部定要先派人详查，绝不会当天便呈报内阁。而内阁如此火速下了批文，更显得此案的紧要。

眼下快到新年了，春节那天，皇帝会接受百官朝贺，届时下诏改元，新立年号，继而大赦天下。面临如此隆重的大典，内阁极有可能责令顺天府限期破案。要想迅速破解天雷疑案，怕是必须要熟悉火器的神机营协助了。

想到这里，丁醒故意双手一摊："也可以，不过我练了一天兵，肚子饿得直叫，怕是骑不动马呀！"

雷恪愣了愣，随口说道："那我们先找地方吃饭，吃完再出城。哎哟，不行，吃完饭，城门只怕也关了！"

丁醒只是开个玩笑，没想到雷恪当真了，看来这家伙不懂情趣，他只好笑笑："我只是随口说说，既然事态紧急，那便一切从简好了。去城门的路上就有卖烧饼和熟牛肉的，咱们买来，边走边吃。"

二人结伴而行，直奔德胜门。密云在北京城的东北方向，县治所在距京城一百五六十里路，即使骑快马，途中不歇，也要近一天才能赶到。但发生惨祸的村子离京城并不远，只有七十来里路，快马加鞭之下，两个时辰就可以抵达。

路上，丁醒买了十几个烧饼，雷恪买了几斤牛肉，又灌了两袋清水。二人来到德胜门，果然有两名顺天府的差人拉了七八匹马在这里等候，马多人少，为的是路上可以换乘。

众人上了马，直出德胜门，朝着南坪场而去。

丁醒放眼望去，但见天边阴云密布，地面残雪未消，枯草遍野，远处炊烟袅袅。伴着阵阵归鸦啼寒之声，天地间更显萧索凄清。

一个多月前的那场保卫战，好像还有杀声在耳。被数万铁蹄践踏过的地面上也仿佛残留着片片污血，虽然被雪盖住，但仿佛仍能闻到丝丝血腥。

丁醒对于自己没能参加那场惊天动地的大战，一直抱有些许遗憾，总觉得自己这个千户官来得容易了些，愧对那些在战场上流过血、拼过命的战友。

一阵寒风袭来，丁醒打个冷战，他回过神，裹紧了身上的青布面长袍，将腰下悬挂的短柄腰刀连鞘插在腰带上，免得纵马奔驰时磕碰身体，或掉出刀鞘。

雷恪递过来一大块用油纸包的熟牛肉，丁醒接过，回赠了几个烧饼。雷恪摇手不接，却从马上扯下一个羊皮酒囊，拔开塞子，仰头灌了一口，就着酒大口吃起熟牛肉来。

丁醒久在军中，见惯了这样的做派，并不奇怪，随口问道："雷大人是哪里人？"

雷恪用手背擦了擦嘴角："在下是兰州人，丁千户是关中人氏吧？"

兰州在洪武二年降州为县，称为兰县，但兰州人并不喜欢兰县这个名字，所以在民间，还是自称兰州。

丁醒点头："你我二人共同办差，以后就不要'千户、千户'地称呼了，你长我几岁，我称你为雷兄如何？"

雷恪一阵豪笑："在下也觉得千户叫起来显得生分。那就恭敬不如从命了，丁兄！"

丁醒指指雷恪的酒囊："还有没有多余的酒？今天可真够冷的。"

雷恪向后看了一眼，一名差人从马鞍上解下另一个羊皮酒囊，雷恪接过，递给丁醒。丁醒也灌了一口，觉得这酒好像火炭一般，甫一入口，就如同一条火蛇穿喉过胃，直达肚肠，全身都烧了起来。

丁醒不禁高叫了一声："好酒！好烈性！"

雷恪笑道："这是我家乡自酿的酒，虽是新酒，却有老酒的滋味，只是有个不好听的诨名，叫'醉倒驴'。"

丁醒也笑起来："好酒，好名字！"

共同喝了几口"醉倒驴"之后，二人交谈便随便了许多，雷恪边吃边向丁醒讲起了南坪场的惨祸。

丁醒听完问道："你说那场天雷殛村的事件之中，有个幸存者？"

"不错，那人叫方五郎，案发当晚，他从亲戚家喝酒晚归，幸免于难，这一点已经由他的亲戚证实。想是他还没进村，就目睹了全村被焚之惨状，当时就吓疯了。"雷恪回答道。

惨案发生在前夜，顺天府接到禀报，至少也应是昨天早上，也就是说，雷恪用了不到半天的工夫，便将现场勘察完毕，并提出了自己的结论——惨案与火器有关。这样的速度，确实显出雷恪的高超能力。

丁醒道："从他嘴里问出什么没有？"

雷恪摇头："他只是不住地重复着两个字，天火。"

丁醒沉吟着："天火，天雷，这样的事情，自古罕有啊。"

雷恪道："所以我勘察现场之后，也甚是疑惑，这才上报了顺天府，请府尹大人借调神机营的人，前来协助办案。"

丁醒道："你认为，此事与神机营有关？"

雷恪又是摇头："我不敢肯定，如果此事真是人为，那只有一个可能——炮击！"

丁醒道："炮击？现场找到炮弹没有？"

"没有，所以想请神机营的人来证实我的判断。你们对火器很熟悉，到现场一看，应该会得出结论。"看来雷恪对于此案也甚是疑惑，不敢轻易下结论。

丁醒道："若是没有找到炮弹，只怕还是要从长计议。"

雷恪皱起眉头："现场一片狼藉，也许炮弹被埋住了。"

丁醒咽下一口牛肉："不可能，毁掉南坪场那样一个村子，没有上千颗炮弹是做不到的。我不相信现场连一颗炮弹也找不到。如果真的没有，那就断不是炮击。"

雷恪长长出了口气："你我还是到了现场，做了勘察之后，再细推缘由吧。"

丁醒也觉得光凭雷恪一张嘴，许多地方怕是还有疏漏，因此点头："那我们加鞭快行，免得现场被人破坏。"

丁醒原是怕村子被毁之后，难免有外村的人来发死人财。但等他们赶到南坪场之后，丁醒发现，自己的担心是多余的。

整个村子的外围都有顺天府的衙差在巡逻。人数虽不多，但身穿官衣，腰悬单刀，举着火把，个个虎背熊腰，不要说普通百姓，就算强盗响马也不敢来踏足。

丁醒看了雷恪一眼，目光中微有歉意，他最后那句话，显然有小看雷恪的意思，以雷恪的精明和经验，不可能不派人保护现场。

幸好雷恪并没有察觉丁醒的目光有异，他来到村外，跳下马，一个差官看到了他们，忙迎上来施礼："雷大人，您回来了。"

雷恪沉声问道："孙洪，有可疑的人来过吗？"

那叫孙洪的差官回禀道："没有，属下按您的吩咐，在方圆五里之内设了暗桩，只要有可疑人等经过，便会及时来报。"

丁醒暗自佩服，雷恪的心思确实缜密，如果此事确系人为，那么幕后凶徒很可能会到村子里查看结果，这样一来，还没等走近村子，就会被暗伏的差官们捉住。

可至今没有任何动静，反倒出人意料。

丁醒从孙洪手中接过一支火把，由雷恪陪着，走进被毁灭的南坪场。

作为一名军官，丁醒虽然没有打过仗，可毕竟演习训练过无数次。神机营中有多种大炮，开火击发之后，炮弹可以碎石裂碑。但眼前这般惨象，就连丁醒也震惊不已。

整个村子里没有一幢完整直立的房子，所有住户——无论贫家茅草屋，还是富家砖瓦房，全都被炸得粉碎，几乎找不到一块完整的墙壁。而屋子里的家具、瓷器也尽皆碎裂，木片瓷片飞得满地都是，与断柱残梁堆在一起。

更令丁醒吃惊的是，村外尚有未消的残雪，但是村子里的雪全不见了，地面一片焦黑，还有无数个圆形坑洞，大的坑洞方圆有七八步，小的也有三四步。

丁醒清楚，没有任何一种炮弹能砸出这么大的坑，就算有，这样的炮弹至少也有上千斤重，而无论什么样的大炮，都不可能发射出如此重量的炮弹。

他与雷恪在村子里走了一圈儿，不由问道："怎么没有尸体？"

雷恪叹了口气："我们赶到时，整个村子里全是尸体，碎得不成样子。我派人花了一天的时间，才把碎尸收集完毕，在村外挖了一个大坑，合葬了。"

丁醒倒吸一口气:"你是说,尸体也全都碎了?碎成什么样子?"

"五马分尸一般!"雷恪的声音当中,隐含着一股辛酸。他这样的人,办案无数,可以说睡在死人堆里都不会做噩梦,此时居然也会流露出这种感情,可见当时现场之惨烈。

雷恪长长叹出一口气,反问道:"丁兄认为这样的现场,不是炮击所致?"

丁醒摇头,语气十分肯定:"绝不是。如果非要说是人为,那只能是一种情况。"

"什么情况?"雷恪追问道。

丁醒道:"那就是事先有人将数万斤火药,埋到了每家每户的房子底下,随后一起点燃,才有可能造成这种结果。"

"地道?"雷恪连连摇头,"如果有地道,这样的爆炸,早就将纵横村内的地道炸出来了。况且这样的举动耗费巨大,村子里的人不可能不觉察。"

丁醒仰头看天,嘴里喃喃轻语:"天火,天火……难道真是天降神火,把这村子焚了?"

雷恪还不死心,继续问道:"为什么不能是炮击呢?"

丁醒笑了笑:"雷兄对火器不太了解,在下就来解释解释。当今我大明火器,最厉害的炮是将军炮,又称八里炮,能打八里远。可这个'八里'并非有效射程,而是炮弹出膛到最后停下,不再滚动,这段距离最远是八里。将军炮可用来攻城,击塌城墙,击碎城门。若是放在城头,可以击毁攻方的冲车、撞车等攻城兵器。再有就是在敌军密集攻城时,可以把炮弹打到人群当中,杀伤敌军。炮弹不能像火药那样爆炸,而是一个实实在在的铁弹丸。你想想,这样的炮弹，怎么可能造成眼下这种场面呢？"

雷恪这才点头："原来如此。可据我所知，神机营中有种掌心雷，是可以爆炸的。"

丁醒继续解释："掌心雷之所以可以爆炸，是因为我们事先将引线塞进了填充火药的弹壳中，用时先点燃引线，估摸着引线快烧进弹丸里了，才把它扔出去。掌心雷威力较小，而且容易误伤自己，所以已经被神机营淘汰了。你想，若是这种弹丸用在大炮上，引线该何时点燃？谁能保证大炮击发之时，弹丸不会提前爆炸，造成炸膛？一旦炸膛，那就是炮毁人亡。"

雷恪被丁醒上了一课，连连点头："不错，丁兄这一番话，雷某茅塞顿开。看来这场惨剧，多半与神机营的大炮无关。"

丁醒坐在一段残梁上，环视四周："退一万步讲，如果真是大炮打的，那得需要多少门炮啊？我想至少也要三五十门，大炮发射缓慢，与火铳相似，击发一次之后，需要重新装药，塞入炮弹。就算有五十门炮，一次齐射之后，也要等好一会儿才能再次发射。如此一来，村子里的人有足够的工夫在爆炸声后逃走，断不至于尽数命丧家中。"

"细细想来，的确如此。"雷恪表示赞同。

丁醒继续说："况且，我朝律法载有明文，私铸兵器者，以谋反论罪，祸及三族。谁有这份闲心，铸了大炮，只为灭掉一个小村？况且大炮不比普通兵器，需要专门的工匠来铸造，还要竖起高炉，这么大的动静，不可能不被发现。"

"若用现成的炮呢？"雷恪问道。

丁醒摇头："也不可能，城头的大炮和神机营的大炮一门不少。"

雷恪彻底死心了，向丁醒一拱手："丁兄，这次真的有劳你了，如果不是你抽丝剥茧的这番话，我必定在错误的勘察线索上越走越远，那便永无破案之日了。"

丁醒站起身还礼："哪里，这是为所当为，如果没有别的事，在下就告辞了，希望雷兄早日侦破此案。"

雷恪招手叫过一名差官，吩咐道："送丁千户去二十里外的驿站休息。"

丁醒道过谢，便跟着这名差官，上马离开了南坪场。雷恪望着他远去的身影，扯下酒囊仰头又灌了一大口。

子时前后，丁醒来到了京城外一处名叫德胜驿的驿站，这座驿站距离京城德胜门约四十里，在一个多月前的保卫战时曾被瓦剌人烧毁，战后迅速重建，如今刚刚启用没几天。丁醒住进来时，驿站中依旧客人寥寥。

驿丞安排丁醒住下，并连连致歉，说德胜驿刚刚修复启用，房间湿寒，用品粗疏，请千户大人见谅。丁醒倒不在意，毕竟只是短短的几个时辰，天一亮，他便动身赶回京城。

同来的差官见丁醒安顿完毕，就向他告辞，丁醒拱了拱手，并让差官回复雷恪，感谢他的醉倒驴和熟牛肉。

差官走后，驿丞又送来了一个火盆，屋子里这才感觉到了温暖。

夜色寂寂，冷风呜咽，天地间一片荒寒，驿站之内的人都早已安寝，丁醒却没有睡，他坐在桌前，从腰间的银袋里掏出一样东西，在烛光下仔细观看。

那是一块残碎的铁片，形如瓜皮，约有手心大小，一面刻有方格形纹路，好像窗棂似的，另一面却疙疙瘩瘩，甚不平整。这东西是丁醒在南坪场发现的，他没有告诉任何人，而是偷偷藏了起来，当独自一人时，才拿出来细看。

这块残铁片显然不属于任何家用物品，倒像是掌心雷的外壳，难道真有人做出了掌心雷式的炮弹，用它来毁了南坪场？

但如果真有这种炮弹，朝廷怎么可能不重视，定然会大力推广制造。难道是民间有人私铸？

可问题又回来了，想发射炮弹，必须要有大炮，私铸大炮并不容易。如果焚灭南坪场用的真是掌心雷，那就要靠人点燃引线向外扔，按照村子的被毁情况，扔掌心雷的人肯定也粉身碎骨了，没人会干这样的傻事。

而且从村子里的一个个坑洞来看，爆炸远超掌心雷的威力。

单看从现场捡回的这块碎铁片，倒确实像是炮弹，但又有很多说不通的地方。

万一这块铁壳不是炮弹上的，只是来自某种铸铁的物件，那就完全否定了炮击的可能。

或许真的是天上降下的天火……丁醒一时陷入了沉思。

夜色深沉，不知尽头，天空中又飘起细碎的雪花。初时如霰，后如碎叶，静悄悄地洒落在地。

驿站之中一片寂静，所有人都睡下了，丁醒也不例外。

将到寅时，驿站外的旷野之中突然冒出十余条黑影。这些黑影全身黑衣，黑巾蒙面，行动迅捷，奇怪的是，每一个人都一手提着刀，一手提着一个坛子。接近驿站之后，这些人分散开来，把驿站团团围住。

驿站本就不大，德胜驿也不过三五间房子，一个小院，十几个人分站八方，将坛子里的东西向房子上泼洒。一股异味散入风中，原来坛子里装的尽是猛火油。

等所有坛子里的猛火油都泼完，这些黑衣人便从腰间拿出火折子，点燃油脂。猛火油燃烧起来甚是猛烈，眨眼工夫，整个德胜驿陷入了烈焰当中。

驿站的房子多为木制框架，遇到猛火很容易烧塌。这些黑衣人一见大火燃起，便分退出几十步外，从背上摘下弓箭，一对对如鹰似狼的眼睛，盯紧了驿站的每一处地方。

只要有人从里面跑出来，他们便毫不留情地射杀。如果不跑出来，势必被活活烧死在驿站里。

果然，大火烧起没一会儿，就有人惊叫着跑出驿站。可是刚一出门，迎头便有乱箭射来，这人首当其冲，连中数箭，倒毙在门外。

紧接着又有两人被烧得焦头烂额，冲出大门，却被射倒在地。

一个黑衣人跑过去，翻动尸体看过后，向同伴摇头，看样子死人里没有他们的目标。

火越烧越大，阵阵马嘶从驿站中传来。但凡驿站，都养有马匹，以便随时骑乘，递送公文。德胜驿里也养着七八匹马，如此猛烈的火焰，马不叫才怪。

突然，只听驿站中一片混乱，但闻马蹄声疾，七八匹马一同奔向大门，所有的马全都双眼血红，也不知道是惊得充了血，还是映射的火光，有几匹马的尾巴已经被烧着了，冲在前面。

这些马一下子全都冲出了驿站，朝着南边猛跑，几名黑衣人吓了一跳，急忙放箭。有两匹马中了箭，但没有倒下，而是发出长长惊嘶，跑得更快了。

借着火光，黑衣人们见马背上无人，于是相互点头，不再管跑走的马匹，继续盯着驿站大门。

他们哪里知道，丁醒就在其中一匹马上。

丁醒并没有骑在马背上，而是钻在马脖子底下，两只手搂紧了马颈，双腿箍住马胸，以隐蔽自己的身子。惊乱之中，又有夜色掩护，因而没有被发现。

等跑出一里多地，丁醒这才抽身钻了出来，翻上马背。他朝身后看了看，见没有人追来，终于松了口气，如果不是自己想出这个主意，借着惊马脱身，只怕也要被射杀在驿站门外。

此时天色未明，丁醒一人一马，在路上非常显眼，他想了想，没有继续朝京城的方向奔跑，而是调转马头，向西面跑了起来。

丁醒心思缜密，从驿站遭袭的情况来看，敌人众多，对方很可能在前往京城的路上设了埋伏，自己再向前走，多半会遇险。因此他决定不走德胜门，而是从西直门入城。

西直门开门很早，因为每天都有水车将京西玉泉山的泉水送进皇宫。丁醒判断，这个时候西直门已经开了，走此门入京会安全得多。

等到了西直门外，果然看到一排水车，车轮碾过青石路面，骨碌碌地正在进城。城门守卫官兵虽然睡眼惺忪，但还是一眼看到丁醒跟在水车队后，哪敢怠慢？连忙挺起手中的兵器，大叫一声："来人停住，再往前闯，城头可要放箭了。"

丁醒把马停到城门几十步外，叫了一声："各位兄弟，不要误会了，我是神机营千户丁醒。今夜是郎头儿值守吗？"

丁醒认识西直门的一位姓郎的守门官，所以直接报出名号来。

守城士兵一听是神机营的千户，不敢无礼，又见只他一人，便放下了兵器,笑道:"原来是千户大人。今夜不是郎头儿值守,是赵头儿。怎么,您要进城?"

丁醒摇头:"现在不到时辰,规矩不能坏了,我等到辰时再进。"

这时,那姓赵的守门官来到切近,上下打量丁醒两眼,拱手道:"千户大人,您若无急事,等到寅时五刻也行。若有急事,下官可以通个方便。"

丁醒明白,如果自己现在进城,无疑会引起守门官的怀疑,实在没这个必要,自己只是想找一个安全的地方,等到开城而已。这里有兵有官,无疑是最安全的。

于是,他谢绝了守城官,把马拉到城门边,自己找块干草丛坐下,裹紧了外袍,闭上眼睛养神。

明代城门一般在戌时五刻擂响暮鼓关城,寅时五刻敲响晨钟开城。除非有特殊事件,一般更点不变。

丁醒坐等了不到半个时辰,就听城中敲响了晨钟,西直门又一次开放了。他飞身上马,朝着守城官兵一拱手,便拍马入城。

第二章
思诚坊

十二月二十五日，距春节还有六天。

天刚刚放亮，北京城便又活了过来。街边的小摊早摆开铺面，临街的火炉子底下烧着木柴，火舌乱扑，铁锅里腾腾冒着热气，各种香味弥漫在空气中。

北京城的很多小吃冠绝天下，无论品种、质量都是别处无法相比的。除了有名的豆汁、焦圈、爆肚之类，还有老茶汤、油炸鬼、螺蛳转等特色小吃，据说有二百余种。

丁醒坐在一个摊位的木凳上吃着油炸鬼，喝着豆腐脑，这是他最喜欢的早点。油炸鬼又叫油炸果，是将半发的白面拌了油，擀成细条，两根细条头尾接在一起，拧成一股，放进油里炸成金黄色，配着豆腐脑食用。

据说这种食品以前叫油炸桧，是南宋时临安人首创的，因为南宋百姓痛恨秦桧害死岳武穆，便将两根白面条拧在一起，代表秦桧夫妇,将二人下油锅炸得松松脆脆之后大嚼以泄愤。

阳光照在高高的城堞之上,紫禁城的琉璃瓦屋顶一片金灿。丁醒喝完最后一口豆腐脑,抹了一把头上的细汗,摸出两个铜钱扔进小贩的钱篓里,站起身,直奔神机营。

此时,张尽忠正坐在自己的军帐之内,面前案上摆着一份名单,上面都是神机营各级军官的名字,每个名字下面,还有对应的档案,记录着他们的祖籍、年纪、军龄、职务,以及是否立过军功,等等,非常详细。

现在张尽忠正仔细斟酌,拟定合适的人选,向上面推荐。

北京保卫战结束后,于谦发现,京城三大营虽然人数众多,但争战之时相互之间并不熟悉,更缺乏默契,以致政令不一,难以协调,统一指挥起来很困难。

有鉴于此,于谦提出改组三大营的方案,从京中三营挑选数万精锐之士,分成五个营进行团练,名曰团营法。以五十人为一队,设队长;百人设领队官;五百人设指挥;千人设把总;五千人设都指挥。

一年之后,于谦见各营兵将熟稔,一体相承,认为团营法很适合京城禁卫。于是又增兵五万,将五营军扩为十团营。每营设都督一名,都指挥三名,把总十五人,指挥三十人。

未被选入团营的三大营士兵,仍留在原来的老营当中,老营也被士兵们称为"老家"。

现在团营法刚刚创立不久,张尽忠得了差事,向兵部推荐军将,以担任队长、领队官和把总。

由于是于谦亲自主持组建团营,各营军将都不敢怠慢,尽可能推荐一些有能力的悍勇之将，一方面为了交差，另一方面也免得给自己丢脸。

张尽忠已经将麾下各级军官考查了一遍，明天就要向上提交名单了，他必须再细细思量一番。

就在这时，有亲兵进帐来报，说是千户丁醒求见。张尽忠没抬头，只是淡淡地回了一句："让他进来。"说着，用纸盖住桌上的名单。

丁醒走到帐中，向上施礼，张尽忠问道："丁千户，你来是为了顺天府那件案子吧？"

丁醒略微沉吟："正是，昨夜属下与雷恪去了一趟南坪场，属下细细勘察了一番，觉得不像与我神机营有关。"

张尽忠微微点头："那你有什么看法？"

丁醒道："此事有些蹊跷，不过我相信雷恪的能力，一定能查清事实。"

张尽忠道："那好，我就用你的话，上答刑部。本来嘛，我们神机营也不是给人破案子的。"

丁醒道："属下复命完毕，乞请回营。"

张尽忠忽地问道："姜腊是你营中的把总吧？"

丁醒一愣："正是，您怎么问起他来了？"

张尽忠道："这个姜腊已经有十几天没上操了。"

丁醒连忙拱手："这件事属下知道，姜腊说身体不好，箭伤反复，我准他在家中休养一月。"

张尽忠冷笑："他一派胡言。昨天晚上，他的军中好友前去探望，却发现已是人去楼空。桌上只留一封书信，大骂朝廷对其不公，说什么有功不赏，反受责罚，天理昭昭，必有果报。那人向邻居一打听，才知道姜腊十几天前便离家了，至今未见回来。"

丁醒连忙施礼请罪："姜腊做出这般狂悖举动，属下没有及时觉察，请将军处罚。"

张尽忠反倒叹了口气："其实他说的也不全错，可是上面不喜欢他，我等又能奈何？他既已做了逃兵，我便将他除了军籍，告知你一声，没别的事了。你昨天办事辛苦，今天不用上操了，回家休息吧。"

丁醒谢了张尽忠，出得军帐，向家中走去。一边走，一边为姜腊惋惜。

姜腊是江西人，他和丁醒同年进入神机营，不同于丁醒在后备军中混日子，姜腊由于是白身入营，没有人提携，虽然本领高，可也只能在后备军中当个小小的什长。

如果没有土木堡那场惨败，姜腊的前途几乎是完全黑暗的。在后来的保卫战中，姜腊身先士卒，独自击毙十多名敌人，身中三箭，犹自死战不退，在军中传为美谈。

战后，论功行赏，本来以姜腊的功劳，可以升个百户，但不知为何，名单报上去之后，别人都纷纷升迁了，唯独姜腊没有升职。

姜腊在神机营中的一干好友也甚是震惊，连忙托人打听内情，结果在兵部供职的人透出风来，说是有人举报姜腊虚报战功，并有证人数名。兵部没时间核准，索性给了个原职留任的结果。

众人对这个说法半信半疑，可任谁也不会为了一个什长，去找兵部理论，所以神机营中的一干将领，都对姜腊做了安抚，张尽忠还拿出一些赏银分给姜腊，也算仁至义尽。

但这件事直接将姜腊升迁的途径封死了，有虚报战功的案底，姜腊在神机营将再无出头之日。

也正是因为这一点，姜腊才愤然出走，做了逃兵。

人之际遇，真的是变化无常，丁醒心中叹息着。他来到营房之中，喊上两名部下士兵，佩刀带铳，这才直奔白塔寺。

不用问，他又是来找百晓娘的。

自从昨夜德胜驿遇险之后，丁醒一直担心百晓娘的安危。袭击自己的那伙人手段狠辣，显然是悍不畏死的亡命之徒，极有可能是神机炮一案之中的漏网者，因此还需要早些告诉百晓娘，让她小心注意。

丁醒知道百晓娘不喜欢官面上的人，人越多，她越不露面，因此到了白塔寺之后，他吩咐两名士兵在外面等候，随后独自走了进去。

这一回，丁醒变得小心了许多，因为上一次来，他误中机关，被绳圈吊起，在百晓娘面前丢尽了脸，这一回，他可不希望重蹈覆辙。

冬天的白塔寺看上去更加萧索、荒芜，残雪盖住了碎瓦残梁，枯树如死骨一般在风中直立，弯弯曲曲的枝杈更显丑陋。地上的落叶连雪冻在一起，雪面上还留着一些细小的足印，或许是老鼠，又或许是鸟迹。

丁醒走上了那条曾经走过的小径，这条小径直通百晓娘的住处。

野径幽深，天地寂静，连鸟鸣也没有，丁醒感到了一股寒意。他下意识转头，四下看了一遍，没有发现异样。他可以肯定的是，没有人跟着自己，可为什么还会有这般不安的感觉呢？

丁醒来到百晓娘的木屋前，木屋外还是那道篱笆墙，院子里还是那口水井，却不见百晓娘的踪影。

丁醒拉开篱笆门，小心地走进去，嘴里轻声叫着百晓娘的名字。

无人应答。

难道人不在？丁醒走近木屋，又呼唤了一声，侧耳细听。

屋子里赫然传出一声低吟！好像什么人受了伤，正发出垂死的叹息。

丁醒猛吃了一惊。他抬腿踢开房门，同时抽刀在手，飞身闯了进去。

刚刚踏入屋内，丁醒就觉得脚下一紧，地面上晃起一条绳子，将丁醒拉倒在地，又拖着他的身子，将他倒吊在空中，刀也撒了手。

幸好，这次没有迷烟，丁醒的神智非常清醒。他明白，自己又上当了。屋子里设了机关，还是同样的圈套，自己又一次跳了进来。

这个百晓娘，玩笑还没开够吗？

丁醒的身子在空中来回摇晃摆动着，他气得笑了起：“百晓娘，你又来这一手！”

房门被关了起来，门后缓缓走出一人，借着门缝里透来的阳光，可以看到此人身材修长，穿一袭灰色棉袍，竟然是个男人：“你错了，我不是百晓娘！”

丁醒头下脚上，认人不方便。那人来到他近前，身子侧弯，将头凑到了丁醒眼前。

丁醒不看便罢，当他看清来人的面容时，如同见了鬼似的，不由得瞪大双眼，脱口而出：“陆炎，怎么是你？”

"怎么就不能是我？"陆炎还是那副冷冰冰的神情，冷冰冰的语调。他蹲在丁醒面前，用一种复杂的眼神看着丁醒。

丁醒晃晃头，驱赶着头脑的眩晕感，这才说道：“你果然没死，我听人说，你和你兄弟陆林一道被瓦剌人用乱箭射杀，可战场上只找到了陆林的尸体。说，你是怎么脱身的？"

"哼哼，你在审我吗？可眼下的情形，你好像没这个资格吧，丁千户？"陆炎不紧不慢、不阴不阳地来了一句。

丁醒自当了千户之后，见的人多了，官话自然学了一些："我是没资格审你，因为你也用不着审，锦衣卫的规矩你又不是不知道。"

他说的是实情，锦衣卫中若出了叛徒，根本不用上堂受审，直接就可以定罪，处以极刑。

陆炎眼中流露出一丝阴毒，他岔开话头，语调之中满含怨恨："那天，我兄弟为我挡住了大部分的箭矢，我虽然受伤，可并不致命。当时明军的大队人马冲了上来，与瓦剌人搅在一起，我趁他们混战之时，从一个死去的明军身上扒下了号衣，穿在身上，又用刀刮去了胡子，装成伤兵的样子。后来，我被送进了伤兵营。在那里，没有人认识我，也不会有人想到，我竟然是堂堂锦衣卫的镇抚使。"

"于是等你养好了伤，就从伤兵营里消失了。对于一个普通伤兵，没人关心他的去处，对不对？"丁醒接口道。

陆炎不答，拉过一把椅子坐在丁醒对面，任他的身子晃来晃去，继续说道："你一定很奇怪，我为什么会在百晓娘家里。"

丁醒冷笑道："我不奇怪，你落到这步田地，第一怨恨的是于谦于大人，可你无法接近他，更无法报复他。第二怨恨的便是我和百晓娘，是我们协助于大人，完成了他的计划。所以，你只能把复仇的矛头对准了我们。"

他顿了顿，厉声问道："你把百晓娘怎么样了？快告诉我！"

"不要急，听我慢慢说。"陆炎的语调不变，丝毫不在意丁醒眼中的怒火，"几天以前，我来找过她，可那时候百晓娘已经不在这里了。"

丁醒道:"你没骗我?"

"我用不着骗你。"陆炎从兜里掏出几粒瓜子,扔进嘴里。

丁醒又问:"你找她干什么?"

陆炎道:"我知道了一些关于她的事情,所以想找她帮我一个忙,或许有什么机会,可以让我戴罪立功,重回锦衣卫。"

"你妄想!通敌叛国,罪不可赦,朝廷没诛你九族,已经是格外开恩了。"丁醒道。

陆炎神色不变,语调也不变:"我当然知道,所以我想立一件大功劳,虽然没找到她,可等到了你,一样是个机会。"

丁醒一愣:"你知道我为什么来找百晓娘?"

陆炎道:"雷恪找你的时候,我就知道机会来了。他是因为天雷殛村之事,怀疑到了神机营的头上。这件事非同小可,如果确实是天雷震怒,毁了那个小村,你是不会来找百晓娘的,对不对?"

丁醒没有回答,只是等陆炎说下去。

陆炎继续道:"把你的发现告诉我,让我加入你的调查,案子破了以后,你向上面说明我的功劳,这就是我的请求。"

丁醒哼了一声:"如果我不答应,你就把我活活吊死在这里,对不对?"

陆炎静静地看着他,不回答。

丁醒感觉脑袋越来越大,眼睛也不舒服,他知道这是头部充血所致,这种滋味很不好受。于是他问道:"我怎么知道你不是利用我,要干什么不可告人之事?"

陆炎苦笑一声:"兄弟惨死,家族蒙羞。你可知道,我现在唯一想做的,就是洗刷我的罪名,抹去我家族的污点。只有你能帮我了,念在我从未对你起过歹心的情面上。"

他说得较为含蓄,其实在上一次神机炮案件中,陆炎算是救过丁醒命的。

丁醒心中自然明白:"那好,你放我下来,我就答应你。"

陆炎没有犹豫,捡起丁醒的刀,随手一挥,割断了绳子,丁醒"嗵"的一声,摔在地上。陆炎把刀掉个头,将刀柄递向丁醒。

丁醒接刀在手,突然跳起身来,把刀压在陆炎的脖子上,冷笑道:"如果我现在抓了你,或是杀了你,你后不后悔?"

陆炎面无表情:"我在赌,赌你的人品,赌你不会这么做。"

丁醒呵呵冷笑:"既然如此,何不收起你顶在我腰眼上的短刀?"他早已感觉到,刀锋刚压上陆炎的脖子,自己腰上便也多了一样东西。

陆炎没收刀,只是突然来了一句:"你不想知道刺杀你的人是谁吗?"

丁醒皱了皱眉头,突然收刀后撤:"告诉我。"

陆炎慢慢将刀放回袖子里,语气之中略带揶揄:"我现在还不知道,不过很快会查出来,那时再告诉你。"

丁醒与陆炎对视片刻,这才从腰下的袋子里掏出那块残铁片,扔给陆炎:"这是我从村子现场捡到的,可能是炮弹,你仔细看看。"

陆炎将残铁在手中掂了掂,又仔细地看了几眼,将它丢还给丁醒:"记住了,你要我做什么?"

"暗中探查,看看民间有没有人私铸这个东西。如果有人私铸,我想这个窝点应该离京城不远,因为远距离运送这东西太危险,通不过这一路上的关卡。"丁醒说得非常肯定。

陆炎点头："好，此事就交给我。再见！"

丁醒拦住他，道："若有紧急之事，我怎么找你？"

陆炎一笑："你不用找我，有了发现，我自然会来找你。"说完，便拉开房门，闪身而出，消失在篱笆墙外。

丁醒生怕百晓娘遇害，在屋子里查看了一番，见没什么可疑之处，这才离开。可他刚刚走远，屋后的树丛间就立起了一个人，此人身材高瘦，穿一身褐色布衣，一双鹰隼一般的眼珠子微微发黄。他目送着二人离开，嘴边泛起一丝冷酷的诡笑。

丁醒出了白塔寺，对等在门口的两个士兵交代了几句，便径自离开了。他走了一阵，又拐进了扁担胡同。

扁担胡同的得名倒不是因为形状像扁担，而是因为这里是个小菜市，很多小贩担着扁担在路边卖菜，一眼看上去，尽是靠在墙上的扁担。

这个季节，卖的菜无非是大白菜和萝卜，丁醒无心买菜，他走这里，只是为了抄近路。

当真是无巧不成书，丁醒走到胡同中央，无意间抬头一瞧，居然看见了百晓娘。

自从一个多月前，二人在城外凉亭见过一次之后，就再也没有会过面。这期间丁醒也曾带着礼物找过百晓娘，要谢她的相助之情，可百晓娘总是不在家。

直到今天，丁醒终于见到了她。只见百晓娘穿着一件白缎子面的狐领大氅，脚下踩着一双红色棉麻绣花鞋，配上冻得通红的小脸，好似一朵冰山上的雪莲花，绽放出红艳艳的花蕊，英姿勃发，令人心颤。

此时，百晓娘正和两个年轻道士低声交谈着什么，那两个道士担着挑筐，看样子是从附近道观赶来买菜的。

丁醒认定眼前的女子是百晓娘无疑，心想得来全不费工夫。他举步上前，嘴里叫了一声："顾姑娘，原来你在这里……"

他们二人曾有约定，只要有外人在场，丁醒便不能称她为"百晓娘"，上次的连环神机炮案件中，百晓娘曾化名顾湘，所以丁醒还是叫她顾姑娘。

百晓娘扭头一瞧，见是丁醒，瞬间变了神色。她转转眼珠，对着那两个道士不知说了什么，紧接着拔腿就走，向胡同的另一个出口跑去。

丁醒急忙尾随其后。他本想让百晓娘看看那块残铁片到底是什么东西，可现在对方见了自己就跑，又是怎么回事？

胡同中残雪未消，有的地方雪化了，但又凝成了冰，在这样的路面上跑不快，丁醒自信用不着出胡同，就可以追上百晓娘。

当他跑到两个道士面前时，其中一个小道士突然转了个身，把挑筐横了过来。丁醒猝不及防，一下子与挑筐撞了个满怀。

装着半筐白菜的挑筐被小道士使得像流星锤一般，把丁醒砸了个结结实实，一跤摔在地上。

两个道士也对得起他，居然不上前搀扶，而是大叫一声，撒腿也跑了。

等丁醒站起来时，百晓娘早已不见了踪影。

人没追到，还白挨了一筐，丁醒站在那里，一脸无奈，哭笑不得。

百晓娘跑过几条胡同，躲在墙角处，四下望了望，见丁醒没有追来，总算松了口气。她辨认了下所处位置，这才脱下白缎子面的狐领大氅，反着穿上。大氅里子是红色的，这样一穿，便是换了件衣服一样。

她又将头发简单盘了一下，低着头疾走，不多时进了思诚坊，其中有条胡同很宽，可以并行三辆马车，从住家的大门来看，在此居住的以富户为多。

百晓娘来到其中一户门前，轻轻敲了几下。很快门便开了，一个小童子朝外看了看，见是百晓娘，二话没说，将门拉开两尺宽的缝儿，把百晓娘请了进去。

这是一个很普通的四合院，院子里放有鱼缸、石桌、石凳，还种着几丛翠竹，显得幽静雅致。

小童子带着百晓娘来到北房正屋外，轻轻推开门，向里做了个手势，原来这小童子是哑巴，不能说话。

只听正屋里传出声音："快让她进来。"

小童子请百晓娘进屋，自己则关好屋门，径自走了。

百晓娘进了屋子，终于感觉到了暖意。她不像是第一次来这里，很随意地走上前，在红木椅上坐了，伸出冻得通红的手，在炭火盆边暖起手来。

正对着门口，有一扇屏风。屏风后面传出一个男子的声音："妹子，你急着来找我，有什么要事？"

那声音听起来憋闷混浊，好像人在对着瓦罐口说话。

百晓娘还在烤火，头也不抬地问道："哥，最近京外出了件大事，你知道还是不知道？"

29

"什么大事？"

百晓娘目视炭火："密云县的一个村子被天雷毁了，全村没剩下一个活口，这么大的事，你没听说？"

那声音道："原来你是指这件事。我当然听说了，天公震怒，翻手为雷，覆手为电，可骇可怖。"

百晓娘终于瞟了屏风一眼："你的意思是说，这件事与你无关？"

那声音失笑道："这是老天爷的事，用得着知会我吗？妹子，你高看你哥喽。"

百晓娘叹了口气，起身道："听你这般说，我就放心了。"

那声音反问："妹子因何来问我这些？"

百晓娘道："我怕你按捺不住，横生枝节。"

那声音沉默片刻，才道："我心即道心，世上纷乱之事，对我已如死灰，更无余烬。请妹子放心，无论我想做什么，都会先告诉你。"

"为了做那件惊天地之事，你已毁容哑声，代价太大了。"百晓娘语调中充满着怜悯与痛惜，"都这么久了，还争个什么！哥哥能平安长命，才是我的心愿。"说着起身走向房门。

"我知道。不过京城之内龙蛇混杂，耳目众多，如果没有万急之事，你不要轻易找我……哥是为了你好，毕竟你还年轻！哥还想着吃你的喜酒呢。"那声音也开始发颤，似是动了真情。

已走到门边的百晓娘听了这话，略略停了一下，才开门离开。

屋子里静了下来，不多时便听脚步声响，从屏风后面踱出一个人来。此人身材略瘦，穿一袭青缎花团锦簇袍，尤其令人注目的是，他脸上戴着一个黑黝黝的铁面具，那面具铸造得极为精巧，主体是两条活灵活现的黑龙，一左一右对乘而立，在争抢正中一颗明珠。而两只龙眼则是两个孔洞,那人的目光从孔洞中透出来,显得阴冷得可怕。

这天晚上,狂风劲吹,寒气袭人。北京城西十里外的一片密林边,耸立着一座高大的道观,在这等天气之下,观宇顶上的琉璃瓦看起来也黯淡了许多。一堵红墙掩映在苍松古柏之间,汉白玉砌就的台阶上观门紧闭,只能看到山门上一方匾额写就的"昊天观"三个大字。

观内一派阴森恐怖的气象,寒风过处,不闻任何道情唱诵之声,也不见半个人影,偌大一个昊天观,死寂一如坟场。

突然,一抹亮光闪起,那是偏殿的西厢房。随着亮光,两个人影映在了雪白的窗纸上。

亮光惊起了院内古树上的乌鸦,呱呱地鸣叫着,飞进夜色之中。

斗室,孤灯,古观,寒鸦,气氛诡异得令人战栗。

终于,有人开口说话了:"他们回来了。"

另一人冷哼道:"没得手,也敢回来交令!"

前一人微有惊诧:"您怎么知道没得手?"

另一人道:"如果得手,他们昨夜就该回来。因为没有得手,他们必须处理现场以免引人怀疑,这才耽搁到天明。而天明之后,他们又得观察官府的举动,所以拖到此时才来交差。"

前一人口气非常恭敬:"不错,您料事如神。那家伙确实有点门道,居然十几个人都没能杀得了他!"

"哼哼,我说过,干大事,小心一万次都应该,大意一次就要命!"

前一人语气有些紧张:"那这些弟兄……"

另一人道:"让他们好好休息,过几天还要干大事。

前一人道:"这次没得手,可能引起那人的怀疑。接下来怎么办?"

另一人淡淡一笑:"放心,他怀疑不到这件事上,更不知道我们接下来要做什么。"

"您的意思是,继续按计划行事?"前一人的语气有些放松。

另一人道:"当然,箭在弦上,不得不发。春节之日就是最好的机会,绝不能错过。"

灯灭了,整个昊天观又恢复了死寂,连观宇那高大的屋顶也隐没在黑暗当中,让人看不清半点轮廓。

十二月二十六日,距春节还有五天。

初升的太阳灰蒙蒙地挂在天边,漠漠雾气弥漫大街小巷,几步之外就看不清楚人影。北京城每年都有几个这样的雾天,雾气持续的时间不长,太阳升到一竿子高的时候,雾气就要消散了。

丁醒吃完了早点,整装出发,准备去营中督训。他刚走到胡同口,突然听到一声口哨响,扭头一瞧,胡同口的墙边倚着一人,头戴毡帽,身披青布棉袍。由于离得远了些,眼前又有雾气,所以看不清面貌。丁醒提高警惕,握紧腰刀,慢慢走上前去。

等到了面前,丁醒才看清楚,倚墙等着自己的人正是雷恪。

丁醒一皱眉:"雷大人,你在等我?"

雷恪点头:"丁千户,请跟我来,有件事情我想问清楚。"

丁醒一笑:"雷大人,我要赶去营中督训,如果去晚了,手下那帮家伙只怕会消极懒散。"

雷恪面无表情:"丁千户,兵部日前下了谕令,请你协助我破案,在案子未破之前,你都不用去神机营督训的。"他把"督训"二字说得很重,嘲讽的意味很明显。

丁醒收起笑容,双手交叉在胸前:"这案子跟神机营没多大关系,我已经禀报了营中副将,你也是知道的。"

"他做不了主,得听内阁的。内阁要倚靠顺天府来破这个案子,而顺天府则倚靠我。因此顺天府没放你走,你就不能走。"雷恪说话一点儿也不客气,连张尽忠也不放在眼里。

丁醒听说过此人的脾气,认真起来,那可是连顶头上司都敢顶撞的。但自己一个千户,哪能被顺天府的小小推官给吓住,于是他往墙上一靠:"什么时候顺天府踩到神机营头上了?我若不应,你还能抓我去见皇上?"

他提到"皇上",就是要提醒雷恪,神机营是隶属京城禁军的,直接听命于皇帝。你搬出内阁,我就请出天子,看谁能压得过谁。

内阁与兵部自然不会听雷恪的,而皇帝更不会看重一个小小的千户,二人如此说,只是斗口罢了。

雷恪外表粗豪,但心思极为细腻,当然听得出来。他此来是求丁醒相助的,弄僵了不好,于是吞了口气,拱手说道:"算啦算啦!斗口太误事了。丁兄,你不要见怪,我是心急破案,出言才鲁莽了些。"

听话头软了,丁醒也不愿意得罪他,便还了一礼:"哪里哪里。雷兄也是为了公事,不怪不怪。"

雷恪接上话头:"既然丁兄认为此事与神机营无关,在下也不多说,只是想问丁兄一件事情,问明之后,任兄自去,这点面子,丁兄能赏下来吗?"

雷恪说得太客气,弄得丁醒无法推辞,只得点头应允。

雷恪道:"这个地方人多耳杂,请丁千户跟我来。"

说着,雷恪在前,丁醒在后,朝着大街走去。上了大街之后,就看到对面有辆马车，赶车的年轻小伙子正坐在车辕上打盹儿。雷恪刚刚走近马车，这小伙子的一对眼睛突地睁开，向着雷恪一扫。

这赶车的，正是雷恪的手下孙洪，丁醒曾在城外南坪场见过他。

此时孙洪的举止打扮真如车夫一般，见二人走过来，忙搬来上车凳，请他们上车。随后摇起鞭子，马车骨碌碌地行走在街上。

"你带我去哪儿？"丁醒不禁问道。

雷恪透过车帘的缝隙观察着外面，随口答道："一个秘密的地方，那里安静，说什么话都不会泄露出去。"

丁醒心头一动："我听说，顺天府在北京城中广设耳目，连三法司不知道的顺天府都知道，是不是这样？"

雷恪淡然回道："这只是市井传闻，不过这些传闻嘛，倒也不全是空穴来风。"

"本来我不信，今日我信了。"丁醒瞟了一眼车窗外，"雷兄与我认识不过两天，便早已探知了我的住处，还知道我何时前去营中。这份功夫，常人难及。"

雷恪充耳不闻，算是默认。

马车走过两条大街，拐进一条小胡同，停了下来。雷恪带着丁醒下了马车，孙洪自顾赶车而去。

但马车驶出十几步路以后，从车底滚出一个人来，这人一直藏在车轮之间，双手双脚撑住车毂，悄无声息地躲在那里。由于雾气太大，竟无人发觉。

这人一身白衣，闪身藏到街道边的树后，一对灵活的眼睛盯着丁醒与雷恪那朦胧的身影。

丁醒站定脚，抬头一瞧，眼前是一家古董铺子，柜台里有个老儒，柜台外一个伙计，全都无精打采的。雷恪带着丁醒走进来，那二人连头也不抬，仿佛根本没瞧见。

雷恪来到后门，掀起帘子，与丁醒走了进去。后面是个小四合院，破旧不堪，看样子开古董铺子的人就住在这里。

这个地方真的很安静。

雷恪开了正屋的门，丁醒当先踏入屋子，见里面陈设简单，稍显寒酸。幸好还有个火盆，所以并不寒冷。雷恪请他坐下，随口说道："委屈丁兄了，这里没有热茶。"

丁醒摇手道："没关系，我不是来喝茶的，你有何事要问？"

雷恪的眼神突然变得锐利起来："丁兄，你在德胜驿遇险，为什么不向上面报告，也不对我说起？"

丁醒迎着他的目光，淡淡地回了一句："谁说我在德胜驿遇险？"

雷恪道："我在关心你。"

丁醒一笑："多谢雷兄关心，我并没有在德胜驿遇什么险。"

雷恪道："没有遇险？德胜驿都被大火烧成废墟了，所有客人连同驿丞都死了，唯独你没有事，怎么解释？"

丁醒耸耸肩："这个解释起来很简单，我想早点儿进城，于是半夜就离开了德胜驿，起火的时候，我不在那里。"

雷恪听他这样说，呼地站了起来。雷恪瞪着一对虎目，走到丁醒跟前，沉声说道："丁兄，在下自见了你之后，句句话都是掏心窝子的，从没有隐瞒过。可丁兄却不然，在现场之时，你言语支吾，神色不定，遇险之后独自逃生，但又守口如瓶。我猜得到，你不想说这件事情，是对我有怀疑，因为那天只有我和几个手下知道你睡在德胜驿。"

眼见雷恪一副急赤白脸的样子，丁醒有点儿于心不忍，他并非怀疑雷恪，而是别有想法，此时只能和盘托出，不然雷恪也必会追问到底。

想到这里，丁醒也站起身，拍拍雷恪肩头："雷兄，少安毋躁，坐下听我说。"

雷恪气呼呼地坐回椅子上："请丁兄指教。"

丁醒经过这两次的见面，大概摸到了雷恪的脾性，此人心细如发，但脾气还是急了些，对这样的人，最好以直对直，如果绕弯子，必会加深对方的误会。

因此丁醒也不隐瞒，说道："在下不是怀疑你，如果你想杀我，根本不用回什么德胜驿，半路上就可以下手，之后毁尸灭迹，轻松得很。可你没这样做，还派人把我送了过去，由此来看，你不是要杀我的人。"

雷恪嗯了一声，面色和善了一些："说得不错。"

"我没将此事上报，是因为上报了也没有用。现场一定已经被凶手清理干净了，对吧？"丁醒问。

雷恪点头："不错，德胜驿失火，我派人去看过了。孙洪他们回来说，那些房子都是新建的，新木料加上刚刷的油漆，使得火势过猛，所有尸体全被烧成焦炭，一碰就碎，根本瞧不出是被烧死，还是先死后烧。"

丁醒道："杀手约有十多个人，他们点火之后，用弓箭封住大门，跑出门的人全被射杀了。我放出惊马，这才趁乱逃了出来。但我不确定这些杀手为什么来杀我，也许是我的仇人指使。"

"你的仇人？"雷恪皱了皱眉头。

丁醒道:"不错,我协助调查上个案子时,得罪了一些人,比如老王母,她是江湖上的人,难免会有朋友来替她报仇。"

"不可能,世上哪有这么巧的事情?"雷恪拍案而起,"你刚离开南坪场,就被杀手盯上了,我不相信这些杀手和本案无关。"

丁醒却摇头:"正因如此,我才觉得与本案没什么相干。试想一下,我刚刚去过现场,还没有任何结论,就遭到刺杀,那不摆明了天雷案是人为吗?如果是人为的,幕后元凶定然残忍狡诈,不至于傻成这样吧?"

"说得有理!"雷恪面色沉重起来,"但我总觉得此案不是天灾。但又没有证据证明是否与神机营有关……"

丁醒眼珠转了转:"说到神机营,有一个人你可以查一查。"

"是谁?"雷恪眼睛一亮。

丁醒道:"此人名叫姜腊,几天前私自逃离军营,不知去向。"

雷恪追问:"他是什么官职?手下有多少人?"

丁醒道:"他只是个什长,手下有十来个人,但那些人并没有离开,姜腊是独自逃走的。"

"只是一个逃兵而已,不会有这么大的能力与背景!"雷恪说得非常肯定。

丁醒道:"不可大意,此人头脑聪明,精通火器,说不定此案与他有关。"

雷恪道:"那好,我这就留意他,只要他在顺天府境内,就跑不掉。"

丁醒补充道:"不能明着通缉。"

雷恪道:"这个我知道。暗中通缉,以免打草惊蛇。"

他说完了,又轻轻摇头:"只不过,这样的调查通缉,进展太慢。我们没有方向,就算找到了姜腊,他来个一问三不知,又有什么办法?"

丁醒道:"方向嘛,倒也不是没有。"说着,他从腰间掏出那块残铁片,交给雷恪,"这是我在南坪场找到的,可能是炮弹,但也可能是普通人家里用的铁器残片,你拿着它,去查问顺天府境内所有铁匠铺,看有没有人见过这东西。"

雷恪伸手接过,仔细瞧了两眼,小心地揣进怀里,翻了丁醒一眼:"当时为什么不说?"

丁醒一笑:"人多,耳杂。万一此案果系人为,我怕走漏了消息,凶手会提前杀人灭口。"

雷恪点点头:"好吧,我现在就去派人查问。"

二人出了四合院,雷恪开了后门,孙洪的马车早停在门外等着了,二人上了车,车轮骨碌碌地渐行渐远。

马车的声音刚刚消失,一个人影便悄悄摸出四合院后门,站在雾气当中,凝视着马车远去的方向。那对灵活的眼睛中带着一种复杂的神色,居然是百晓娘。

她居然在跟踪丁醒。

百晓娘咬了咬嘴唇,略一思索,便朝着另一个方向走去。可当她走过一条胡同时,胡同中却突然伸出一只手,将她一把扯了进去。

百晓娘也会些武艺,虽不高强,但还是能勉强应付几下。在这只手揽住自己脖子的时候,百晓娘一把将这只手拧住,右肘作势撞向那人的肋下。

那人居然早防着这一招,右手抓住百晓娘上臂,让她手肘撞不出来,百晓娘正要挣扎,对方突然冒出一句:"是我……"

第三章
故　人

夜色漆黑如墨，雪花散乱如银。

瑞雪不一定预示着丰年，它还能掩盖世上的很多罪恶。

昊天观静默在大雪中，如同一尊沉睡的怪兽。快到子时了，观中一间厢房的房门突然吱嘎一声打开了，从里面走出两个人影。

这两人一前一后，走向正中的昊天殿，推开紧闭的殿门，入殿之后又紧紧关上。

前面一人点亮了殿上的蜡烛，烛光照亮了四周。可以看到，这二人身上都罩着黑色宽袍，连头带脚地遮起，后面那人脸上闪着光，原来是戴着一个铁面具，面具的眼睛上留着两个洞。

跳动的烛火下，大殿上供奉的三清神像脸色忽阴忽晴。

前面一人走向大殿一侧的供案前，将供案轻轻推过一边，露出了地面。

他将双手抠进地砖的缝隙里，用力向上扳起。原来这块地砖，是块做过伪装的厚木板。木板被掀起之后，露出一道台阶，通向地下。

铁面人怀中抱着一尺来长的小包袱，径直走下地道。

抬着木板的人这才将木板轻轻放回原位，坐在一边，静静等待。

地道不长，尽头是一间地室，地室中间建有一个石台，石台上有一根石柱，柱上镶有铁环，不知道是做什么用的。石台下放着一个大火盆，跳动的火舌将一个个诡异的人影映在了四面的石壁上。

一群人围坐在石台四周，他们身披黑袍，将全身遮得严严实实，一丝皮肤也不露，只有一对对被火光映红的眼睛，向外透里凶残而嗜血的光芒。

他们知道，很快，这座石台就要被血染红了。

一见铁面人，所有人都站了起来，一双双眼睛盯着他，鸦雀无声。

铁面人径直走上石台，站到石柱边，四下瞧了瞧，用一种诡异的语调说道："开始！"

话音刚落，从地室的角落里站起几个人，这几人同样黑袍罩体，只是他们的手中，还抬着一个黑袍女人。

这女人脸朝下，披头散发，脑袋低垂，看不到样貌。她任由那几个人抬起，走向石台，一动也不动，好像死了一样。

几个人向铁面人行了礼，然后将那女人的两臂穿过铁环，用绳子吊在了石柱上。

这时，那女子动了一下，醒了过来，她轻轻摇了摇头，慢慢将头抬起。当她发现手脚被缚住时，立刻变得无比惊恐，她奋力挣扎，想大声呼叫，可嘴里已被塞上了麻胡桃，叫不出声来。

现在她就像一只待宰的羔羊，没有任何逃命的能力。

密室中火光渐渐暗淡下去，可是突然之间，一股粉末自空中落下，洒进火堆，火焰猛然蹿起几尺高，几乎烧到了女人的脸。

随着火焰的升腾，密室中突然爆发出巨大的声响。

那是人声，不知有多少人在齐声高呼，这女子听不清他们喊的是什么，只觉得像是有很多狮子在怒吼，好像等着要吃她这只小绵羊。

女人害怕极了，映着火光的眼睛当中，满是惊恐与绝望。

等呼声渐渐平息，铁面人缓步走到这女子跟前，一只手伸出来，三根手指半弯，两根手指全屈，做了一个形如火焰的手势，猛然扯开手中的小包袱。

一道金光闪过，映着熊熊火焰，那女子看得真切，铁面人手中是一支一尺多长的金棒。金棒上雕着奇特的花纹，一只飞龙雕在棒顶，它张着嘴露出两颗尖锐的龙牙，缝隙中透出斑斑红迹，像是凝固的鲜血。这只飞龙雕得极为生动，仿佛要择人而噬一般，令这支金棒显得十分诡异可怕。

看到金棒现身，众人齐声高呼，舞动着四肢，做出各种诡异的动作，嘴里嘀嘀地叫着，在那女子看来，这里显然就是炼狱，眼前尽是乱舞的群魔。

铁面人将金棒的后部用力一转，"咔"的一声，那只飞龙竟然从棒头上弹了起来，两枚枪尖般的龙牙向上翻起，如同两把尖刀一样，露出一条红迹斑斑的血槽。

众人的眼睛都盯着这支金棒，目光中露出狂热的神色。

那女子则吓得全身瘫软，如果不是双臂被吊，她早已变成一摊烂泥了。

铁面人突然伸手一抓一分，将女子的衣服扯了下来，她雪白的身子整个呈现在火光下，明晃晃地耀眼。

铁面人退后几步，双手向天，仰面高呼，随后又再次提起金棒，猛然将金棒向前一探，两枚锋利的龙牙刺向那女子的脖颈。

那女子身子被锢，无法闪避，只能眼睁睁地看着龙牙刺进自己的脖子。她发出尖利的哀号，疯狂摇晃着脑袋，想要挣脱开了，却毫无作用，只挣扎了一会儿，身子就慢慢瘫软下来。

鲜血如热泉一般喷涌四溅，染红了金棒，并在一众黑衣人的衣服上开出点点血花，火光之中更显凄艳。

铁面人并未拔出金棒，而是看着一股股的鲜血流下，染红了金棒，更为诡异的是，金棒好似是中空的，鲜血从龙嘴里汩汩流进了金棒之内。

不多时，金棒内部就已经被注满。

待整支金棒完全变成红色，铁面人这才拔出金棒，向空中高高竖起。

在火光照耀下，那支金棒就好像一只吸饱了血的恶龙，正要飞腾而起。

一个黑衣人缓步走上石台，跪倒在铁面人跟前，伸出双手。铁面人将注满血的金棒放在他的手中，这才环顾四周，沉声说道："仪式圆满，天理昭彰。明晚正是吉时，准备去吧！"

满室的黑衣人齐齐发出怪异的号叫，声浪震动之下，火舌越发跳动得厉害，仿佛一只只地狱怪兽，已经挣脱枷锁，破土而出……

十二月二十七日，距春节还有四天。

雷恪舔着干裂的嘴唇，奔走在北京城外的镇子中，满脸的焦急之色。这一天多以来，他对照着丁醒给的那块残铁，用黏土做了数十个模型，交给所有的手下，令他们分头去各个铁匠铺打问，只要有人见过这类的东西，立刻拿来问话。

可是直到此时，差官们仍旧没有半点儿回音，也就是说，没有问出任何线索。这令雷恪非常疑惑。

他亲自带着残铁片，也打问了几处铁匠铺子，但那些铁匠看了也都摇头，说没见过这类东西，甚至都不知道是做什么用的。

雷恪知道，这些正经的铁匠铺，平时打的多是农具与家用铁器，如果连他们都看不出来路，那可以肯定，手中的残片并非家中所用的普通铁器。

越是没有线索，就越说明这东西来路不正，他在焦急疑惑的同时，心中也有一丝宽慰，这表明南坪场的惨剧，很可能就是人为。

时近中午，雷恪来到了京畿怀北镇。这里有一家雷恪很熟悉的铁匠铺，打铁师傅姓来，手艺很好，雷恪曾委托他打造勘证罪案的器具。

雷恪进了铺子，来师傅正指导两个学徒锻打一件铁犁头，抬头看见雷恪，急忙扔下手里的铁钳，上前招呼："哎哟，雷大人，是哪阵风把您给吹来了？请坐请坐。"回头又对烧火的帮闲说："快去后院，给雷大人弄碗甜井水来。"

雷恪一摆手："免了，我来是问你件事情，请你掌掌眼。"

来师傅为人豪爽，听了这话大笑道："看您说的，您是天生的火眼金睛，哪用得着我给添脂抹粉？"

雷恪无心客套，从怀里把那块残片掏出来，放在水缸的盖上："你给瞧瞧，这是个什么物件？"

来师傅拿起残片，先是在手里掂了掂，再仔细看看形状纹路，这才说："雷大人，这东西是熟铁铸造的，可说到用途，小人就不知道了，没见过呀。"

雷恪心中一凉，他知道来师傅从学徒干起，到今天已经干了近四十年，手下打造的器具不下数万，如果连他也没见过，想必别人更不可能见过。

想到这里，他便要告辞，但转念一想，又问了一句："虽然你没见过，但你好好看看，能不能看出什么门道来？"

这话有点儿强人所难，残片是做什么用的都不清楚，却非让人家看门道。若是换了别人，来师傅必定生气，但雷恪是官府中人，来师傅哪敢得罪，只得又将残片放在掌中，仔细观察。

另外两个学徒也停了手中的活计，凑上来看热闹。

来师傅仔细看过一遍，这才说道："雷大人，依小人看来，这块残铁的做工非常精细，纹路很像十字窗格，而且所有纹路中间的缝隙宽窄几乎一致，必定是从模具里铸造出来的。"

"还能看出什么？"雷恪继续追问。

来师傅道："这东西怪就怪在，外面铸造得非常规矩，可内里却不甚讲究，您也看到了，它的内壁坑坑洼洼的，而且厚薄不匀。"

雷恪突然心头一动，忙问："如果大量铸造这种东西，是不是需要手艺高超的铁匠？"

来师傅点头："正是，若想大量铸造实物，模具必不能少。按小人测度，光制作模具，就需要一双巧手。"

雷恪又问："制作模具需要什么原料？"

来师傅当即回答道："除石灰、细沙、黏土、木炭等材料外，还要有牛油和黄蜡。"

"怎么会用到这些？"雷恪不解。

来师傅笑着解释："这种法子，早在春秋以前就有了，当时铸造巨鼎和大钟，就是这么干的。模具的制作必在冬天，夏天不行，因为黄蜡无法冻结。"

雷恪坐了下来："你详细说说，尤其是需要的各种原料，都不能遗漏。"

来师傅点头："先要将细沙、石灰、黏土调和在一处，塑成模骨，也就是内模，模骨不可以有裂缝。模骨干燥以后，涂一层牛油和黄蜡，约莫几寸厚，牛油十分之八，黄蜡十分之二。再用镘刀整平，就可以雕刻各式花纹了，就像这块残片上的窗格纹路。做完这些，再将碾碎的炭末、泥粉等物调成糊状，涂抹在黄蜡之上，涂个几寸厚，静等自然风干。风干之后，用慢火细烤，等里面的黄蜡熔化，从底部开口流出来，一个模具就成型了。"

雷恪认真地听着，眼珠不住地转动。等来师傅说完，他才站起身，将残片揣了，向来师傅一拱手："多谢你了！"说完，转身出了铁匠铺，急匆匆赶往衙署。

来到衙署门前，雷恪发现孙洪站在大门台阶下，身边围着几个差官，正一脸焦急地四下张望，看样子是在等自己。

见到雷恪回来了，孙洪急忙迎上来施礼。

雷恪问道："打听到什么没有？"

孙洪摇头："弟兄们探问过几十个铁匠铺子，那些铁匠都说没有打造过这东西，甚至说不出是做什么用的。大人，我琢磨着，这东西是不是村子里谁家收藏的古物，时下的人不曾见过？"

雷恪看看众人，温言道："都累了吧，可是还不能休息。"

孙洪道："还要继续打听吗？"

雷恪将众人召集过来，吩咐道："现在你们去周围所有的沙石场、蜡场、炭场，把近期所有大批量囤买石灰、细沙、黏土、木炭、牛油和黄蜡的人都给我找出来、记下来，越快越好，天黑之前把名单交给我。都听清楚了吗？"

众人虽然都不明所以，但上官吩咐，无有不遵。孙洪分派了人手，明确了任务，众人便各自散去。

孙洪问雷恪："大人，您查这些东西做什么？"

雷恪正要回答，突然大街上马蹄声急，一个差官纵马狂奔而来，到了台阶前，见到雷恪，翻身跳下马背，急急拱手说道："大人，昨夜又发生了天雷殪村事件。"

雷恪心头剧震，忙问："在哪里？"

那差官道："京西四十里外的西山头村，一个时辰前由邻村里正前来禀报。当时大人不在，属下四处找你。"

"邻村里正？西山头村的人呢？"孙洪问了一句。

差官喘了口气："里正说，西山头村无人幸免，全村六十八户人家，三百零九人全部罹难。"

雷恪倒吸一口凉气，一把抓过差官手里的缰绳，翻身上马，吩咐孙洪："召集衙内剩余人手，速去西山头村。"

将近正午的时候，丁醒来到了南北茶楼。南北茶楼坐落在城西一条不起眼的胡同里，两层楼的铺面，一层摆放的是长条通桌、长条板凳，桌上扣着两排大碗。客人来了，挑个板凳一坐，伙计便过来翻起客人面前的大碗，倒入茶水。

这里是专供挑夫走卒解渴歇脚的，伙计提着大铜壶来回招呼着，壶里放有半斤多的茶叶末子，加了盐，沏出来的茶水好像高汤。

二楼要清静雅致得多，红油木的桌椅，各桌上摆着两盘干果、两盘点心，客人来后，专有另外的伙计伺候，备有上好茶叶，茶具是一水的天青瓷，赏心悦目。

丁醒换了便衣，走上二楼，在角落里挑个座位，要了一壶碧螺春，细心打量着四周的客人。

他来此的目的，当然不是喝茶。他以前从百晓娘嘴里听过，南北茶楼虽然不起眼，却是北京城中少有的消息集散之地。在这里，多半可以打听到一些事情，或许还可以找到百晓娘的行踪。

丁醒一直记着那日见到百晓娘时的情景，她为什么见了自己之后，就如同小鬼遇到钟馗一般，急着逃走？想必有什么不可言喻之事，莫非跟眼前的天雷殛村事件有关？

此时，楼上客人已有不少，正在山南海北地闲聊。丁醒用耳朵一扫，这些人讲的无非是盐布行情、街里巷闻、怪力乱神之类，并没什么紧要的。

伙计端上茶来，丁醒拈起块百花糕，正要送进嘴里，突然听楼梯吱吱嘎嘎的响，两个奴仆模样的人，搀上一位戴四方巾的员外来。

此人一出现，满楼的茶客大多站起身来，有的拱手，有的赔笑，纷纷言道："言五爷，您怎么才来？"

丁醒不认识这位言五爷，细眼打量，见此人年约五十，脸上有几粒麻子，两片薄唇之下，一部花白的山羊胡甚是醒目。瞧他的做派，应该是附近有头有脸的人物。

言五爷向四周拱了拱手，早有伙计拉开正中的椅子，点头哈腰："五爷，您的座儿，给您留着哪。四样点心，也是您最喜欢的，小天酥、素蒸饺、核桃软糕、麻糍团。"

那言五爷并不客套，大剌剌地坐下，呵呵一笑："老朽家中来了客人，耽搁了半日，对不住，对不住啦！"

"哪里哪里……"众人言罢，都纷纷落座。一名脸形尖削似锥的汉子猴急地说道："言五爷，今儿个您又听说什么新鲜事没有？给我们讲讲。"

言五爷眯着眼睛，摇头晃脑："我大明广有天下，人民兆万，哪天没有新鲜事儿？但今天这件事儿，老朽认为却是古今罕见。"

众人一听，都来了精神，喝茶的停了杯，吃点心的忘了嚼，十几对眼睛都紧盯在他身上。

那锥脸汉子问："什么事儿？"

言五爷捋了捋山羊胡子，慢条斯理地说："前几天京城外发生的天雷殛村之事，你们是听说了的，对不对？"

锥脸汉子道："是啊，难道还有下文？"

言五爷轻轻一笑："岂止是下文，我告诉你们，昨天晚上，又有一个村子毁于天雷。"

听了这话，不光众茶客吃惊，丁醒也是心头剧震，忙提起精神细听。

言五爷继续说下去："那是京西四十里外的西山头村，唉，惨哪，就像南坪场一样，尽成瓦砾，更有甚者，全村老幼，无一得免。"

楼上的茶客一片惊呼，丁醒也暗自皱紧眉头。

那锥脸汉子又问："一连两个村子都被天火焚了，确是古今罕见。"

言五爷啜了口茶，接着道："而且这次天雷降下之时，还有无数流星滚落，砸在西山头村，邻近的村民有人看到了，当时天空中一片血红，星落如雨，还有人看到火龙经天。你们谁能说说，上天如此暴戾，以小民为牺牲，却是为何呀？"

另一位上了年纪的老者摇头叹息："只恐是天时不正，今冬连降大雪，天无几日晴，莫非是上天震怒，降罪于人间不成？"

言五爷连连点头："李二哥说得好啊！"

那锥脸汉子却有不同意见："几位爷，我怎么听说，前一次的天雷殓村，乃是有人做的手脚？"

言五爷一愣，斜了那汉子一眼："有人做的手脚？谁能有如此大的手笔，能请下天雷来？莫非是九天降魔祖师干的？"

众人一阵哄笑，都盯着那锥脸汉子。那汉子连忙摇手："不是这个意思，在下听到传言，说此事乃是京中神机营在暗中试验新式火炮，才有毁村之举呢。"

言五爷哈哈大笑，指着锥脸汉子："这等谣言也能相信？就算神机营试炮，也不敢拿有人居住的村子做靶场吧。如今是于大人主事，那可是咱们大明朝第一等的清官，他能容许这种丧尽天良之事发生？除非神机营的军将不想活了。你们说是不是？"

众人纷纷应声附和，丁醒心中暗想，原来于谦在民间的声望如此之高。

言五爷等众人的声音低下去，这才说："天雷殓村，乃系天灾，绝非人祸。你等莫要妄自猜测，此事与神机营毫无关联，若有人四处乱说，惹恼了神机营，可要请你吃铅子了！"

那锥脸汉子连连点头,不敢作声了。

丁醒再听下去,发现言五爷也只知道这些事情,看来此事刚刚发生,诸多细节还不清楚。他暗想,此时雷恪应该已经接到禀报,去了西山头村,于是便要招呼伙计算账,想去西山头村,跟雷恪会合。

可还没等他招呼,伙计便走到他的桌边,手中提着一个小小的布袋,放在桌上。

丁醒一愣:"我要结账,可没要别的。"

伙计点头笑道:"小人知道,您是姓丁吧?"

丁醒道:"你怎知道?"

伙计道:"这是楼下一位客人送的瓜子,指名点姓要送给丁大人的。"

丁醒一听"瓜子"二字,心头一动,便将布袋拿在手里,挥手将伙计支走。他打开布袋,见里面果然装了半袋瓜子,丁醒将手伸进袋中,摸索了一下,摸到了一张纸条。

丁醒将纸条捏在手中,四下看看,见无人注意自己,这才在桌下展开纸条。

纸条上写着四个小字:悦仙雅肆。

丁醒当然知道悦仙雅肆是什么地方,他将纸条收起,会了茶钱,径直下楼,直奔西直门。

悦仙雅肆是一座酒楼,在一条较为宽敞的胡同里,离西直门不远,门面非常气派,是北京城中的公子富绅喝花酒的地方。可前不久与瓦剌大战之时,有奸细混在这里,意图作乱。混战中,悦仙雅肆起了火,等到奸细伏诛,一座富丽堂皇的酒楼已被烧得七七八八。悦仙雅肆的主人怕被追究通敌之罪,举家逃往南方,这座酒楼就成了无主之地，直到今天也无人修复。据说眼下官府已将此处地产充公，还没有作价出卖，因此这里仍旧一片狼藉。

已是中午，街头行人稀疏，悦仙雅肆附近更是不见一个人影，丁醒来到门口，见破败的大门上贴着官家的封条，但无人看守。楼内有价值的物件早就被官府收拾一空，剩下些粗重家伙，也被难民们劈来烧火取暖了，如今整个酒楼，内里完全空空如也，官府加上封条，只不过为了表示这是官家公产罢了。

丁醒没有动门上的封条，转眼看看墙上的窗子，只见所有窗子都没有了窗框，黑乎乎的像死人张开的大嘴。他看看四下无人，便从窗户跳了进去。

双脚刚刚落地，身后就伸过来一把刀，压在丁醒的脖子上，与此同时，身后站起一人，此人先是警惕地瞧了瞧窗外，见街上无人，这才说话："向里走！"

丁醒当然听得出来，这是陆炎的声音，正是他约自己来这里的，那袋瓜子就可以证明。丁醒不会忘记，陆炎在做锦衣卫镇抚使时，最喜欢做的事就是吃瓜子。

"别紧张，我一个人来的。"丁醒一边向里走，一边说。

二人来到两根巨柱前，这里原是一道楼梯，通向二楼，此时木制楼梯已被烧掉，二楼的楼板也已不存在了，站在此处，能看到高高的楼顶。

陆炎收了刀，语气温和了一些："别介意，我现在身份不同了，必须小心。"

丁醒转过身来，打量几眼陆炎，发现他穿着一身破烂的短衣，脚上拖双草鞋，灰头土脸，完全是无家可归的贫民模样。就算被人发现，也不会引起怀疑，京中的流浪汉本来就不少。

丁醒没有心思理会这些，直截了当地问道："把我找来这里，有什么事？"

陆炎淡淡地回了一句："有消息了。"

丁醒闻言，心头一震，脸上露出喜色："什么消息？"

陆炎没有回答，却反问道："你认定天雷殛村乃是人为？"

丁醒点头："昨夜又发生了一起，断不是天灾，这个我绝对可以肯定。"他转念一想，脱口叫道，"我叫你查那块残片，难道你查出来了？"

陆炎却摇头："不，那块残片，无人见过，更无人私自铸造过。这是条死路，走不通的。"

丁醒有点泄气："那你叫我来……"

陆炎走到他面前，压低声音："我打听到另外一件事。一年多以前，曾经有人炼制出一种新式火药，据说威力很大。"

"火药？"丁醒紧皱眉头，"发炮用的火药，就算威力再大，也只不过能把弹丸推得更远而已，不可能造成南坪场那样的场面。"

陆炎一笑："威力巨大的火药，并不一定都用在大炮上。"

丁醒想了想："有道理，不管怎么说，这也算是一条线索，你告诉我，是谁炼制出了这种火药？"

"一个道士，道号九宫真人，出家在京城的碧霞观。"陆炎道，"据说，就是他在炼丹时，无意间炼出了这种火药，但不知为何，又将配方毁去了。"

丁醒瞟了一眼陆炎："这件事，你从哪里得知的？怎么判断是真是假？"

陆炎冷冷一笑："我知道的事，并不比那位百晓娘少！"

他一说百晓娘，倒是提醒了丁醒，丁醒忙道："我现在去查火药这条线索，你也不要闲着，帮我找一找百晓娘。我总觉得，她好像知道一些内情，却故意躲着我。"

陆炎点头："我去找她。不过你要小心一点儿，天雷案若果系人为，那么凶徒已是丧心病狂，你可别被他们杀了，你若死了，我连戴罪立功的机会都没了。"

说完，陆炎慢慢退入暗影当中，从后门离开了悦仙雅肆。

第四章
碧霞观

丁醒静下心来，思索了片刻，他本来想直接去碧霞观找那位九宫道人，但转念又想，此事最好还是知会雷恪一声，免得他再起疑心。况且陆炎说得对，现在自己面对的敌人穷凶极恶，单独行动的话，很可能会有危险。

想到这儿，丁醒急急赶回了神机营，向营中借了匹马，出了西直门，向着西山头村而去。西山头村离北京城四十里路，他知道，雷恪一定在那里。

果然，丁醒刚刚跑出不到二十里，迎面便来了二三十匹快马，为首的正是雷恪。

他双眼通红，满布血丝，脸上满是汗珠，这么冷的天，竟然汗湿重衣，显见得心情无比沉重。

跟在他身后的正是孙洪，后面全是顺天府的差官，看样子是要往京城去。

雷恪一眼看到丁醒，立刻勒住马匹，在马上一拱手："丁兄，我正要去找你。"

丁醒也拱手还礼："巧了，我也有事要找雷兄商议。"

雷恪道："你是去西山头村吧？不用去了，我已经勘察完毕，心中有数。"

丁醒道："全村被殪之事，已经传遍京城。想必内阁和三法司很快会发下谕令，催促顺天府，你的担子又重了。"

雷恪咬了咬干焦的嘴唇："说得是，虽然没有发现什么线索，但我可以肯定，同样的天灾，不会发生两次。定是有一伙穷凶极恶的歹徒，在密谋什么大事。"

二人并马返回京城，待胯下马匹跑得通身是汗，才缓辔而行，一来让马匹喘息一下，二来也正好分析案情。

丁醒将九宫真人炼出新式火药的事情讲了，雷恪便是一皱眉："这种消息，你从哪里得知？"

丁醒自然不会说出陆炎来，只是呵呵一笑："京城乃是鱼龙混杂之地，打听消息并不困难。"

"那好，我们现在就去碧霞观。"雷恪打定主意。

碧霞观在京城东侧的思诚坊一带，前元时就已建成，因香火一直不盛，所以至今也没有扩建，仍保持着百年前的风貌。道观对面有一座高大的酒楼，名叫大观楼，共有三层，站在最上一层，周围景色尽收眼底。

天色已近黄昏，众人在台阶前下了马，一名差官接过马缰，雷恪吩咐孙洪："你带人在这里守着，我和丁千户进去。"

孙洪想了想："大人，万一观中藏有凶贼，只怕一见您进门便会逃走，属下的意思是，不如把大伙儿分散开，把这座道观围起来，任何风吹草动都不要放过。只要发现可疑人等，一律捉拿审问。"

雷恪点头："好，你去安排。"

丁醒心中佩服，雷恪不光是自己厉害，连手下也调教得如此心细。

孙洪拱手领命，吩咐身后的差官们，将整座道观悄悄包围起来。而丁醒则整了整衣服，与雷恪并肩朝大门走去。

敲了几下门之后，有位小道童走了出来，抬眼瞧见面前站着一位军将、一位官差，不由得吓了一跳，连忙施礼道："两位大人，小道有礼了。"

雷恪拱了拱手："道童，敢问这碧霞观中，可有位九宫真人？"

小道童连忙道："有、有，九宫真人乃是家师，又是这碧霞观的观主，两位大人有何要事？"

雷恪道："我是顺天府推官雷恪，这位是神机营千户丁醒，有件紧急公事要面见九宫真人，头前带路。"他将"紧急公事"四字说得非常重，口气也是刻不容缓。小道童哪见过这般阵势，连忙开了观门，将二人带进观中。

丁醒走在天井里，四下看了看这间道观，见地面打扫得非常干净，只不过房屋之上的瓦片中都生出了春草，石板路上也有很多碎裂，露出破败之相。

走过天井，过了一道门，眼前是一座大院子，正对着院门的是一间大殿。看大殿的形制倒也雄伟，飞檐斗拱，颇有汉代遗风，可木柱上的红漆已斑驳脱落了很多，窗棂也有断折修补之处，仿佛一个人虽身材魁梧,但体肤上已生满了烂疮,徒留一个高大的剪影。

小道童带着二人走向大殿正门,殿内正走出一个道士,约莫三十来岁,一见到丁醒与雷恪,便是一皱眉,迎上前来施礼道:"两位大人留步,来我碧霞观不知有何公干?"

小道童介绍道:"这位是我师叔定尘,二位大人有话,直接对他讲吧。"说完赶忙溜了。

雷恪把来意一说,定尘笑道:"二位来得真巧,今日我掌观师兄正在举行道天法会,宣扬道法,二位虽有急事,但能否等他宣讲完毕,再行会面?"

丁醒与雷恪对视一眼,心中均想,人家还没有讲完,总不能把九宫真人从讲坛上拉下来吧。

于是雷恪笑道:"原来九宫真人正在布道,恰逢其会,当然不能错过了。定尘师父,可否让我二人一饱耳福啊?"

定尘微然一笑:"当然当然,二位如有兴致,请随我来。"说着,他将二人带进了大殿当中。

一进大殿,丁醒就听到一股洪钟般的声音,充斥着整个殿宇。他抬头望去,只见大殿西侧搭起了一座三尺高的木台,木台四周坐着不少道士,一个个凝神举目看着台上。

台上有一人盘膝而坐,高冠大袖,面色红润,颌下一缕雪白胡须,正微闭着双眼,高声宣讲着什么。

定尘朝台上那人一指:"二位大人,台上便是我师兄九宫真人,他正宣讲的是《南华经》。"

雷恪与丁醒对道家经典并无兴趣,但看九宫真人正讲在兴头上,也不便打扰,就在大殿角落里坐了,想等他讲完,再上前问话。

此时的九宫真人似乎正讲到兴头上,边上众人也听得津津有味,丁醒仔细听了听,讲的确是《南华经》,有几句也确实讲到了妙处。

过不多时,那位定尘道人带着孙洪走了过来,孙洪凑近雷恪耳边,低声说道:"大人,这座道观是孤宅,四面没有相邻人家,全是胡同街道,弟兄们都散开了,每十五步一个人,已将这座道观完全包围。"

此时九宫真人越讲声音越高,有些话几乎是喊出来的,雷恪猛地发现,他的面色也越来越红,就像要滴出血来一般。

"不好,他的脸……"雷恪霍然站起,他已发觉不对,丁醒也跳起身来。

就在这时,九宫真人突然高声叫道:"北冥有鱼,其名为鲲,鲲之大,不知其几千里也,化而为鸟,其名为鹏……"

说到这里,洪钟般的声音戛然而止,再看九宫真人,一对眼珠子直勾勾地盯着殿顶,口中缓缓冒出一股淡淡的白气,整个人变成了泥胎一般,不动了。

二人几步抢到台上,丁醒刚要伸手去推九宫真人,却被雷恪阻止,雷恪叫了一声:"九宫真人,真人……"

九宫真人丝毫不睬,仍旧一动不动。雷恪从袖子里取出一小片细细的鸟羽,靠近九宫真人的鼻子试了试,忍不住咒骂了一句,转头对丁醒道:"他死了。"

这一句话惊呆了大殿中的所有人。

沉默片刻之后,定尘突然高声叫道:"师兄羽化而去,此乃大修为,大造化啊。"说着,他"扑通"一声跪倒在地,对着九宫真人的尸身连连叩拜。

定尘这一跪，所有道士全都学着他的样子，跪拜"羽化登仙"的九宫真人。

雷恪对大殿中众道士的举动充耳不闻，他捏开九宫真人的嘴巴，深深地闻了闻，又扒开眼皮，仔细瞧过。

丁醒问道："看出什么？"

雷恪道："中毒！"

丁醒一惊："中毒？什么毒？何时吞下的毒药？"

雷恪看了看台下的定尘，孙洪会意，上前一把揪住定尘的道袍，直接扯上台来。定尘不明所以，满脸错愕，连声道："官爷，官爷，您这是干什么？"

孙洪道："我家大人有话要问。"

雷恪看了一眼定尘："九宫真人今日饮食如何？"

孙洪在一边讲明："问你呢！九宫真人今天吃过什么，喝过什么？"

定尘哦了一声："我家师兄午饭喝了一碗麦粥，仅此而已，每到宣讲之前，他都吃得很少。"

"他是独自用饭的吗？"雷恪问。

定尘摇头："非也，师兄用饭时，有我和定远师弟陪同。"

雷恪又问道："餐具呢，是他独有还是混用？"

定尘道："混用的，每次都是徒弟做好饭端上来，我们自取。"

丁醒明白雷恪问这几句话的意思，九宫真人被毒杀，但定尘等人却没有中毒，显然毒并不是下在饭食里的。餐具混用则说明毒也不是下在餐具上的，因为凶手并不知道谁会端起那碗有毒的麦粥。

"除此之外，九宫真人还进食过别的东西吗？"孙洪又问。

定尘想了想,突然眉头一紧:"有了,他上讲坛之前,喝过半碗茶汤。"

雷恪眼睛一亮:"是谁献的茶汤?"

定尘道:"是我师兄的弟子如悔。"

雷恪点头:"如悔在哪儿?立刻叫他来。"

定尘站起身,朝台下众道人望去,叫道:"如悔,如悔……"

底下有位道人回答道:"师父,如悔师兄片刻前出了大殿,可能是去了茅厕。"

定尘道:"如意,你安排两个人,去把他找来。"

两名道士起身,朝大殿外走去。雷恪朝着孙洪一使眼色,孙洪会意,握紧腰刀,尾随两名道士而去。

定尘回望着雷恪:"官爷,您刚才问贫道的话,是不是对我师兄羽化之事,有所怀疑?"

雷恪一声冷笑:"我并非怀疑,而是肯定,你师兄死于毒药之下,并非什么羽化登仙。"

定尘大吃一惊:"下毒?您是说有人下毒?不可能的,我师兄与世无争,无人会加害于他。"

丁醒道:"你忘记了一句话,匹夫无罪,怀璧其罪。"

"什么……这……"定尘语塞,还想说什么。雷恪扫视了一遍众道人,说道:"诸位道人听着,从现在起,所有人不得离开大殿,如若有人擅离一步,与凶手连坐!"

威严雄浑的声音回响在大殿之中,底下的道人正交头接耳,一听这话,谁也不敢再有动作,一个个都低下了头。

便在此时,门外脚步声响,孙洪带着两名道人回来了,雷恪朝他们身后望望，再无旁人，立刻问道："那个如悔呢？"

孙洪道："他不在茅厕！我让二位道士带我去了如悔的房间，也不见人影！"

丁醒一跺脚："狡猾的家伙，肯定是逃了。"

孙洪道："丁千户放心，我已经派人把整座道观围了起来，他跑不出去。"

丁醒摇头："九宫真人是上坛前喝的茶，如悔肯定见他喝完了茶，就逃之夭夭了。"

那个叫如意的道士在一旁插话道："不不，如悔不是那时候走的。"

丁醒道："那是什么时候？"

如意道："我只记得，他刚走，您二位官爷就进来了，几乎是前后脚。"

"他走的哪个门？"雷恪问道。

如意一指大殿的西北角："走的是角门。"

雷恪冷哼一声："明白了，他本意是想看着九宫真人咽气再走，没想到瞧见我们朝大殿而来，便急急逃走了。"

孙洪道："既是如此，卑职去问问外面的弟兄，是不是抓住或看到过这家伙。"

雷恪一摆手："速去。"

孙洪离去之后，雷恪问定尘："你这观中可有副观主？"

定尘摇头："没有这个职位，不过除了师兄以外，观中就属我辈份最高了。"

雷恪道："那好，你把观中的道士叫到这里来。另外，再将所有人的度牒都拿给我看。"

不多时，大殿之内便挤满了道士。定尘拿来了一个装着度牒的木匣，雷恪数了数，加上死去的九宫真人，殿中共有二十五名道士，而度牒正好是二十六份，很明显，只差如悔一人。

度牒是朝廷发给僧道禅尼等出家人的身份凭证。由于在明朝等很多朝代，僧道都只需要缴纳很少的税赋，因此朝廷对度牒发放和管理都非常严格，并禁止私自簪剃，违者杖责八十，情节严重者甚至要发配边疆。

雷恪心知没有人敢在度牒上造假，他查看度牒之目的，是要根据上面的籍贯等信息，查清如悔的来历。

便在此时，孙洪急急跑了进来，喘了口粗气："大人，我查过了，门外的弟兄没看到任何人出去。"

雷恪正在翻度牒，没有搭腔，丁醒便问道："你们可真的将道观围死了？别漏了什么地方。"

孙洪道："不会的，千户大人。这间道观方圆不大，我二十几个兄弟分布四方，每面墙下都有四五人，如果一个大活人翻墙而出，绝对不会看不见。"

丁醒对雷恪道："那就表明，这个如悔还在观中。"他突然皱了皱眉，转头问定尘，"观里可有通向外面的地道？"

定尘连忙摇头："没有没有，道观乃清静之所，绝不做藏头露尾、潜行暗通之举。"

此时，雷恪手里晃着一张度牒道："这个如悔，是十天前才出家的？"

定尘道："正是。"

雷恪冷笑："你若说谎，法杖伺候。"

定尘吓了一跳："大人，小道绝无虚言。"

"十天前才进入道观的人，竟然能负责九宫真人的饮食，这难道不奇怪吗？"雷恪的声音严厉了起来。

定尘却笑了："大人是在怀疑这个呀，其实大可不必，因为有另外一层缘由。"

"什么缘由？"雷恪追问。

定尘道："如悔虽是新近入观，却是我师兄的乡邻，听我师兄讲，他少年出门学道，临行前还曾抱过如悔呢，当时如悔也不过两三岁。"

雷恪听了，不置可否，吩咐孙洪："带几个弟兄，搜！"随后又对定尘道，"定尘道长，相烦你为我的人引路，可以吗？"

定尘连忙打揖道："当然，当然。"

孙洪领命，带着定尘出殿而去。

雷恪望着定尘的背影，若有所思，丁醒看看他的眼神，低声问道："你在怀疑定尘？"

雷恪没回答，而是拉着丁醒走到大殿一角，站在墙柱之下："师兄死去，此人居然无半点儿戚容，岂不可疑？"

丁醒笑了笑："道家讲求清静无为，心如止水，也许是这位定尘道长修为高深罢了。你难道没听说过，庄子的夫人死了以后，惠子往吊，见庄子击缶而歌？这才叫豁达呢。"

雷恪轻轻摇头："我只从常理度人，凡不合常理者，皆为可疑。"

丁醒知道他的为人，也不争辩："一会儿拿住如悔，一问便知。我可以肯定，如悔是受人指使前来暗杀九宫真人的，不过这个时间却是非常恰巧，正在我们前来问话之时，九宫真人便死了。"

63

"不错，此事透着蹊跷。"雷恪看着丁醒，"丁兄，你是刚刚才知道九宫真人有秘密的，然后马上通知了我，我二人飞马赶到，九宫便被毒杀了。也就是说，在我们还没到此地的时候，如悔已将毒茶端到了九宫真人眼前。"

丁醒点头："雷兄分析得很对。看来凶手已经知道我们要来找九宫真人，才先一步下手。"

雷恪眉头紧锁："可他们是如何知道的呢？"

丁醒心中反倒不疑，九宫真人的事情是陆炎告诉他的，或许是陆炎在探查过程之中，走漏了风声。但这种事不能告诉雷恪，否则陆炎就暴露了。

雷恪来到众道士跟前，扬声问道："这个如悔进观之后，可有什么与众不同之处？是不是经常出观？"

他问这话的目的，是想从如悔平素的细节当中，找出蛛丝马迹，比如和什么人会过面，有没有接受过别人的东西，等等。

众道士相互看了几眼，其中有个年轻道人说话了："如悔师弟不喜讲话，只是与师父对话时，才说几句江西土语，我们都听不懂，加之他入观时日不多，至今才十余日，因此和他交往不深。"

听闻此言，雷恪没往心里去，但丁醒却霍然抬头："入观十余日，江西土语……你是说，如悔是江西人？"

那道士点头："他与吾师是同乡，吾师是江西人，如悔自然也是江西人。"

雷恪看了丁醒一眼，不知道这话什么意思，江西人难道有何隐义？他没有问出口，冷眼旁观。

丁醒又问："如悔长什么样子？这个总说得清吧。"

那道士点头道:"如悔师弟个子不高,身材矮壮,面庞嘛,稍稍向里凹陷,最明显的特征,他的左耳少了一小片。"

丁醒听到最后一句,陡然一拳砸在大腿上,霍然扭头望着雷恪:"姜腊,此人正是姜腊。"

雷恪一翻眼睛:"就是你说过的那个神机营姜腊?"

丁醒将雷恪拉到一边道:"姜腊的左耳在北京之战中被瓦剌人的马刀削去一片,又加是江西人,所以绝对错不了。我一直以为他已经回乡了,没想到居然当了道士,混进了这里。"

雷恪紧皱眉峰:"神机营的军官来碧霞观做道士,进而毒杀了观主,这其中一定有不可告人的勾当。"

丁醒喃喃自语:"怪不得他一见我们来,立刻逃走,是怕我认出他啊……"

此时天色已黑,几名道士点起了大殿中的蜡烛,十几根牛油巨烛照得大殿通亮。在灯光之下,九宫真人的尸体横陈在坛上,脸色已变得灰白。

道士们在定远道人的率领下开始诵经,超度九宫真人,诵经之声在大殿内回荡。

只听大殿外响起杂乱的脚步声,孙洪带着定尘走进来,雷恪见他面露疑惑,便猜到了一二。

果然,孙洪来到雷恪与丁醒面前,拱手道:"大人,整间道观都搜过了,没有找到如悔。"

丁醒一皱眉:"奇怪,难道这人插上翅膀飞了?"

雷恪望向定尘:"真的都搜过了?"

定尘支吾起来:"确实……只是……"

雷恪厉声道:"只是什么?你若有隐瞒,与凶手同罪。"

定尘忙道:"不敢,不敢,只是观中有一处所在还没有搜,因为贫道也进不去。"

"什么所在?"丁醒问。

定尘道:"那是一间地室,乃是我师兄清修炼丹之处,不过在一年前便已封了,师兄有严令,不许任何人进入。"

雷恪道:"本官乃顺天府推官,奉命办案,你快去打开地室,我亲自去搜。"

定尘面露难色:"不是贫道不肯,只是师兄尸骨未寒,便违了他的法令……"

雷恪瞪起眼睛:"你再推三阻四,我便先拿了你!"

"是,是!"定尘不敢再说,带着雷恪等人出了大殿,直奔后院而来。

走在路上,丁醒问道:"定尘道长,九宫真人炼丹之所因何被封,他可曾说起?"

定尘摇头:"没有说起过,不过我师兄这间丹房构造奇特,听他说还加上了精巧机关,闲人进去,很可能会遇险,因此丹房建成以来,只他一个人使用过。"

雷恪问道:"如悔也没去过?"

定尘道:"这个贫道便不知道了。如果他躲在其中,那定是从我师兄那里听说了机关法门,要不然,连门也打不开。"

说着话,一行人穿过月洞门,进了后院。

几乎与此同时,京城的思诚坊内,正缓慢地行走着一辆马车。

马车车厢很普通，黑漆斑驳，不像是达官贵人们用的。赶车的车夫穿着亦很寒酸，除了偶尔扬下鞭子，改变马匹行走的方向外，大部分时间都缩颈藏头，叉着袖子，好像很怕冷的样子。

车厢里坐着两个人，其中一人脸上蒙着黑布，他对面坐着的人，脸色僵硬，形如僵尸。二人都是一言不发。

马车忽而前行，穿过大街，忽而转弯，走进另一条胡同。不多时，二人来到了一条窄窄的胡同内，停在那座百晓娘曾来过的宅子前。

那个僵尸脸的人下了马车，走上台阶，轻轻敲了两下门，大门立刻开了一条缝。那个小童子向外扫了一眼，开了半扇门，接着与僵尸脸一左一右，从车厢里扶下蒙眼人，走进宅内。

赶车人缩着手，坐在车辕上假寐。

宅子正屋内有微弱的灯光，开门之后，迎面正对着门口的是一扇屏风。小童子和僵尸脸将蒙眼人带到屏风前，立住不动。

就听屏风之后有人说话："陆大人，请坐。"

小童子搬来一把椅子，将蒙脸的人按坐其中。蒙脸人一拱手："恩主不要称我为大人，能得恩主垂怜收留，在下感激涕零，定当誓死以报。"

屏风后的人笑道："这一次你办得很好，我的人讲，雷恪和丁醒已经去了碧霞观，只要他们一进丹房，便是自投罗网，死无葬身之地。"

"正是，这全靠恩主布置周详，神机妙算。在下只不过奉令给丁醒透了个信而已，不敢称办得好。"蒙脸人声音里透着谦卑，"只不过……"

"只不过什么？陆大人有话尽管讲。"

蒙脸人道:"只不过,恩主有把握,雷恪和丁醒一定会亲自去丹房吗?"

"一定会去。因为他们要在丹房之内寻找线索,包括九宫真人炼制火药的配方,当然,还有那个害死九宫的凶手。事关重大,他们二人一定会亲自进去探查。"

蒙脸人轻轻点头,又道:"可是在下不明白,恩主为何要在下把九宫真人的事情透露给丁醒,这不是替他们破解疑团吗?"

"你错了,不这样做,如何杀得了雷恪和丁醒?尤其是雷恪,此人心思缜密,手段狠辣,必须要除去,在大事成功之前,我不允许任何人构成威胁,明白吗?"

"我明白,我明白。接下来恩主还有何差遣?"蒙脸人问道。

"你去替我杀一个人。"

"杀谁?请恩主明示。"

"鬼仙。"

蒙脸人的头抬了一下,好像有些诧异:"鬼仙?这人在江湖上一直很神秘,以我现在的身份,只怕很难找到他。"

"这个你不必操心,过一会儿会有人告诉你鬼仙的藏身之处。记住,明天的这个时候,我要看到他的头颅。去吧。"

僵尸脸带着蒙脸人起身,走出大门,上了马车,赶车人扬鞭打马,车子骨碌碌地离了这条胡同,消失在夜色里。

屋子里静了下来,侧室中走出一个人,正是曾经在白塔寺监视丁醒的那个鹰眼人。他来到屏风之前,低声道:"恩主,您刚才所说,是否想得太过圆满?"

"哦?此是何意?"屏风后的人语带不解。

鹰眼人弯了一下腰:"属下没别的意思,只是有些担心。万一雷恪和丁醒没有死在丹房之内……"

屏风后的人冷笑一声:"就算不死,接下来的事情,也足够他们忙的。姓雷的不是喜欢断案吗?九宫真人之死,就让他慢慢断去吧。借着这个当口,我们足可以安稳布置一切。"

鹰眼人恍然大悟:"原来恩主用的是一石二鸟、调虎离山之计,佩服佩服。"

"若不如此安排,以雷恪的精明和顺天府的人力,亦会很快查出线索,因此我必须给他们一个假象,让雷恪在这条路上狂奔不止,越来越接近他所希望的真相。到了那个时候,假作真时真亦假,所有人都会被我蒙在鼓里!"

屏风后的人发出一阵得意的冷笑,又道:"你连夜骑快马出城,去山里看看,催促进度,千万不能耽搁日期。"

鹰眼人躬身而出。

半个时辰之后,蒙脸人被马车送到一处偏僻的街口,他独自下马,马车离去之后,蒙脸人慢慢揭下面上的黑布,露出自己的脸,正是陆炎。

陆炎谨慎地扫视一下四周,慢慢摊开手掌,他的手掌心有一张纸,陆炎将纸展开,借着巷口的灯光看过后,慢慢将纸撕碎,放入口中嚼烂,吞下肚去。

陆炎眼珠转了几转,快速隐入了黑暗当中。

碧霞观中,定尘带着雷恪与丁醒等人进了后院,丁醒放眼一瞧,后院三面都是围墙,墙头有一丈多高,攀爬不易。院子里没有建筑,只在当中有一片假山。

孙洪不等雷恪吩咐,便带着一个差役四下走了一遍,这里已经搜过一遍,但孙洪还是非常小心,他走到墙下,对着墙外叫了一声:"外面谁在值守?"

话音刚落,就听墙外传来声音:"孙头儿,是我,铁三。"

孙洪问道:"可曾发现有人越墙而出?"

铁三在墙外道:"没有,没人出来。"

孙洪对着雷恪一点头,雷恪一摆手:"定尘师父,请带我们进丹房吧。"

墙外的差官铁三在回答完孙洪的问话之后,继续在墙边值守,便在此时,胡同中走过来一个蓬头垢面的老妇,仿佛老乞婆一般,手里托着一个破旧的瓷碗。

铁三当然不会注意她,可这老乞婆走到铁三跟前,突然身子一晃,仆倒在地,像是饿晕了。

有人倒在面前,铁三当然不能不理会,他连忙蹲下身子,伸指去探老乞婆的鼻息。

就在这当口,老乞婆突然双臂一甩,将身上的破棉袍甩到了铁三的头上,将他罩在里面。铁三久在雷恪部下,身手比一般人强得多,此时骤然被袭,居然没有慌乱,身子向后一撤,便要去抓头上的破棉袍。

但就在这时,一股强烈的浓香扑进鼻中,铁三立刻感觉头昏脑涨。

不好,袍子里有迷香!铁三惊觉之下,发力把棉袍扯了下来。但他的身子已经开始摇晃起来,手上力气也不足了。

地上的老乞婆一跃而起,闪身跳到铁三身后,一手捂住铁三的口鼻。眨眼之间，铁三便软倒在地。

那老乞婆朝四下看看，夜色之下，别的差官因离得较远，并没有发觉这里发生的变故。老乞婆将铁三轻轻拉到墙边，慢慢解下了他的外衣。

观内，孙洪与那差役举着火把，紧跟在定尘身后。来到假山之中，却见定尘的身子突然矮了半截。大家这才发现，假山当中有个坑洞，修有向下的台阶，看来是通向丹房的。

走了七八级台阶之后，进入一个地下通道，通道很短，迎面是一道铁门。来到铁门前，定尘站住了脚，回头对众人道："这里便是丹房，不过我师兄从不让别人进入，连我也不知道如何开启铁门。"

孙洪哼了一声："你闪开，不就是一道门吗？难道是天上的南天门？"说着他推开定尘，走到铁门前，用火把照了照，咦了一声，"大人，这门上还有图案呢。"

雷恪与丁醒走到近前，举起火把定睛瞧看，果然看到了门上的图案。

那是一个太极图，两条阴阳鱼头尾呼应，栩栩如生，两扇门上各有一半。除此之外，围绕着太极图还铸有多个拳头大小的字，雷恪数了数，共是十四个字，分别是：碧、霞、门、中、气、高、深、丹、鼎、新、升、仙、自、到。

丁醒也凑过来看了两眼，心中疑惑不解："这是什么意思？"

孙洪道："管它呢，我先推推看。"说着，他将火把交给一旁的差役，双手按在铁门上，猛力推了三四回，铁门纹丝不动。

"好重啊，大人，这门好像是从里面插死的。"孙洪道。

丁醒看了看定尘:"道长,你曾说过,九宫真人这间丹房构造奇特,还加上了精巧机关,难道这铁门也要用机关术才能打开?"

定尘点头:"正是,大人请看,此门没有上锁,门上也无匙孔,定是用机关术锁定。要想打开它,需得破解机关才是。"

雷恪盯着铁门上的字:"若我没猜错,破解机关的法门,应该就是这十四个字。"

他接过差役手中的火把,仔细观瞧,突然道:"你们看,这些字与铁门不同。"

"哪里不同?"孙洪嘴快,问了一句。

雷恪道:"这些字上的浮尘很少,与铁门的门面不一样。"

听他这一说,大家果然发现,铁门上布满尘灰,而那十四个字却在火光下闪着光亮。

雷恪将眼睛凑近,再次细看,终于看出了门道:"明白了,这些字是可以按动的,碧、霞、门、中、气、高、深、丹、鼎、新、升、仙、自、到……"

他一个字一个字地读着,却不得要领。

孙洪有些按捺不住了:"大人,你请退后,我来试试。"

"怎么试?"雷恪问他。

孙洪道:"您说这些字是可以动的,那我就按一下试试。"

雷恪想了想,退了几步:"好,不过你要小心,既然是机关之术,一旦错了,很可能会飞出暗器伤人。"

孙洪转转眼珠,把定尘叫到身边,嘿嘿笑道:"道长,你陪着我,我才安心。"

定尘苦笑一声,不敢说什么,更不敢走开。因为只要一走开,便是心中有鬼。

孙洪把身上的棉衣脱了下来,遮在胸前,向定尘笑道:"挡住要害,就不怕了。"说罢他站到铁门前,看看那十四个字,选了一个"门"字,伸手一按。

"咔"的一声响,那个"门"字居然凹进去一截。孙洪大喜,可笑容刚刚浮现,就变了脸色,惨叫一声,向后便倒。与此同时,他身边的定尘也哎哟一声,坐在地上。

后面众人吓了一跳,举火把看时,发现孙洪和定尘的大腿上各中了一箭。雷恪一把抓住二人的衣领,把他们拉回几尺,抬头看那铁门,铁门没有任何异样,而那凹进去的"门"字也早弹了回来。

孙洪怪叫着,一把抓住箭尾,将箭拔了出来,幸好入肉不深,只才一分,身后的差役拿出布带,替他包扎伤口。

定尘也将箭拔下,他伤得更浅,血也没流多少,自己取出手巾,勒紧伤口。

孙洪将箭扔到一边,咒骂了几句,跳起身来,但刚刚站稳,身子就是一歪,险些栽倒。

丁醒一把扶住孙洪:"要不要紧?"

孙洪皱着眉:"我的腿……麻了……"

定尘也摸摸脑袋:"我也有些头晕……"

雷恪闻听,捡起孙洪扔掉的箭,用鼻子闻了闻箭头:"有麻药,药性还挺烈。"

孙洪骂道:"这个九宫真人,好歹毒的心肠!"

丁醒笑了:"你错怪他了,人家用麻药而不用毒药,还减轻了发箭的力道,应是菩萨心肠才对。"

定尘打揖首道："这位官爷说得是，道家清净地，我师兄又岂会起杀人之心？这个法子想必是对付偷丹之贼的。"

雷恪盯着铁门，估算了一下孙洪中箭的部位，说道："只要按错了字，阴阳鱼的眼睛里就会飞出药箭……看来我们得一个字一个字地试了。"

孙洪道："对，只要堵住箭孔，就不会有事……"

丁醒走到铁门前，仔细看了一遍那十四个字，嘴里喃喃地说："这些个字，好像是首诗啊……"

雷恪一愣："你知道？"

"书上没见过，可能是九宫真人自己写的诗。"丁醒扭头问定尘，"九宫真人喜欢诗词吗？"

定尘忙道："喜欢，我师兄一直和外地几位观主有书信往来，其间多有诗词唱和。"

"那就对了！九宫真人果然有才情。"丁醒对雷恪道，"这十四个字应该是一首七言回环诗，我们得按顺序走对它，铁门才能打开。"

雷恪读书不多，当然不知这些文人的游戏，问道："什么叫回环诗？"

丁醒道："回环诗是古诗的一种手法，可以正读倒读复读，没必要细说，现在开门要紧，我来试试看。"

他来回将这十四个字念了几遍，心头有了底，叫道："我清楚了，这确是一首七言诗，看我来破解机关。"

说着，他伸手在"碧"字上用力一按。

果然动了，那个字随即缩进去半寸，里面传出"咔"的一声响，丁醒暗道：有门。

接着再按"霞"字，结果也同那块"碧"字一样缩入。他接连按了七个字，分别是"碧霞门中气高深"，这算是七言诗的第一句。

接下来是最重要的步骤，十四个字的回文诗是有规矩的，第二句由第一句的后四个字做字头，便是"中气高深丹鼎新"。丁醒第二次按"中气高深"这四个字，果然再次缩进半寸。他心头大喜，看来找对了步子。

丁醒依次再按下去，归结这四句诗便是："碧霞门中气高深，中气高深丹鼎新。丹鼎新升仙自到，升仙自到碧霞门。"最后一个"门"字按完，因为每个字都按了两次，所以这十四个字缩进去的尺寸都变得一样。只听铁门后响起一连串的声音，好像抽走了数条门闩似的，紧接着，那太极图左右一分，铁门从中而开。

铁门开启时，雷恪和丁醒早已抽刀在手，全神戒备，以防姜腊突施毒手。

但他们多虑了，丹房里悄无声息，并没有人冲出来。

丹房内一团漆黑，雷恪接过一支火把，扔了进去。借着火光打量了一遍，只见脚下有一道石阶通入，丹房四壁靠墙放有木架，架子上摆着很多壶碟杯盏，正中地面上是一座大丹炉，高有二尺，不过早已落满尘灰，看样子许久不曾用过。

丁醒扫视了一遍丹房，说道："没有人，难道姜腊不在这里？"

雷恪想了想："道士炼出的仙丹，总会藏在暗处，说不定丹房之内另有乾坤。我们进去看看。"

说着他看了看身后，眼下定尘和孙洪受了伤，腿麻身软，行动不便，只一个差役跟随其后。雷恪索性吩咐这差役守住门口，以防姜腊突然现身逃走，他与丁醒二人一前一后，走进丹房。

在外面看来，丹房并不大，可进到里面，却是别有洞天，木架等陈设码放得整整齐齐，看得出来，都是根据丹房的构造特别制作的。

二人下了台阶，小心戒备着，雷恪拾起地上的火把，突然盯着地面道："丁兄请看。"

眼前的地面上有一行清晰的脚印，丁醒借着火光，顺着脚印看去，只见那行脚印曲曲折折，一路通向墙边。

丹房已经很久没有进过人了，这排脚印肯定是姜腊留下的。看来姜腊定是躲在丹房之内。

雷恪与丁醒对视一眼，二人都放轻脚步，手提单刀，悄悄沿脚印向前走。

来到墙边，雷恪举着火把，仔细照了照墙壁，果然发现一道窄窄的缝隙。他用手摸了摸，回头对丁醒道："这里有门，摸着像铁门。"

丁醒走到雷恪面前，用手推了推黑黝黝的铁门，感觉有些微微的松动。

"这道门不会有机关吧？"雷恪问了一句。

丁醒嘴里嘀咕着："应该没有，我来推推看……"

雷恪阻止道："不，我来推，丁兄在边上戒备，以防有人暗算。"

二人商定了，雷恪插起刀，将火把交给丁醒，接着双手按在两扇铁门上，向内猛推。

丁醒则全神贯注，一手提刀，一手举着火把，闪在门边，随时应付门内之人的反扑。

雷恪猛力一推之下，就听到门后响起怪声，紧接着，他突然感到双臂一松，那两扇铁门好像被什么拉着一样，向内打开。

就在铁门刚刚开启的时候，门口突然传来一声娇叱："你们在干什么？"

丁醒身子一震，他听得出来，这声音非常耳熟，转头一瞧，丹房门外有个人冲了进来，手中举着火把。

来人穿着差役的服色，但身段窈窕多姿，身法灵动敏捷，带来一阵微风，风中还含着香气。

这股香气对于丁醒来讲并不陌生，而全京城有这种香粉的人，只有一个百晓娘。

百晓娘眨眼间便冲到眼前，丁醒刚要开口，百晓娘瞥见两扇铁门已经缓慢打开，立刻慌乱起来，她顾不得其他，一把将丁醒的手臂抓住，转身就跑，嘴里叫道："快出去！"

丁醒一愣："你这是……"

百晓娘截道："闭嘴，快出去！不然大家都没命！"

雷恪久做推官，反应神速，他虽然不知道百晓娘是谁，也不知道她为什么要把丁醒拉走，但已隐隐约约感觉到了铁门后的危险。

想到这里，他也三步并两步，跑向丹房门口。

三个人刚上了台阶，铁门便彻底打开，紧接着，门内红光闪现，紧接着猛地升腾起一股烈焰，这股烈焰好像火山喷发一般，眨眼间就笼罩了整个丹房。

"轰……"

巨大的声响与气浪伴随着烈焰，喷涌而出，将丹房完全吞没。

第五章
妙峰山

在爆炸的一瞬间,百晓娘三人已经冲出丹房,饶是如此,仍被气浪波及,身子直接飞了出去。

紧接着,便听地下传来一阵闷响,轰然一声,整个丹房塌了下去,烟尘弥天,后院地上出现了一个大大的土坑。

三人摔在土坑边,满身灰尘,幸好没有受伤。丁醒站起来,回身一瞧,吓得吐吐舌头,就是瞎子也看得出来,如果不是百晓娘,此时他与雷恪已经直接入土为安。

此时坑边还有三个人,正是定尘、孙洪和那名差役,这三人也吓得半死,一跤跌在地上,骨软筋酥,话也说不出来。

雷恪跳起身来,对着土坑连连摇头:"完了,这下子姜腊只怕连尸首也找不到了。线索又断了……"

他没有为刚才险入鬼门关一事惊叹,满心想的全是破案之事,果然是合格的推官。

丁醒喘了几口气,拍打着身上的灰土,站起身来,百晓娘头上脸上也落了些灰尘,正摘了帽子,露出一头秀发,用手绢擦着脸。丁醒一把拉住百晓娘的手腕:"好啊,终于肯现身了,你知不知道,这几天我找得你好苦。"

"有些人就是不知道说'多谢救命之恩'。"百晓娘收起手绢,斜了他一眼。

"你是谁?你怎么知道我们会有危险?"雷恪一对眼睛直勾勾地盯着百晓娘。

丁醒忙道:"没来得及为你引见,这位顾姑娘是我的好朋友,上次的张百川被杀一案,就是她协助侦破的。"

雷恪的目光仍落在百晓娘的脸上:"你只回答了我一个问题。"

百晓娘回头望着土坑,一皱眉:"好大的威力,如果出来得稍慢,就要变成焦炭了。"

雷恪见她不理自己,刚要发作,丁醒阻住了他,在他耳边轻声道:"这位姑娘是个怪脾气,不要惹她,人家既然来救咱们,难道还能是敌人?慢慢问嘛。"

雷恪转过身来看着孙洪:"她是怎么进来的?为何事先不禀报?"

孙洪忙道:"我与这位道长身子软麻,只怕在下面碍手碍脚,便让周义扶着我们先后上来。这位姑娘闯进后院,不由分说便冲了下去。"

他口中说的周义,便是那位守在丹房门口的差役。

雷恪哼了一声,还没说话,便跑来一个在外值守的差役,说铁三被人打晕了,身上没了官服,定是有歹人冒充差官混了进来。话没说完,一眼看到百晓娘,不由得愣在当场。

雷恪一摆手，吩咐那差役，等破案后，罚铁三在顺天府扫一个月的地。

此时丁醒正在和百晓娘说话，他也对百晓娘的及时出现甚是不解。因身边有官府的人，百晓娘只说自己一直在暗中跟随着丁醒。当她看到丁醒和雷恪进了九宫真人的碧霞观，便隐隐觉得不妙，这才打晕了差官铁三，换上他的衣服，混进观中，一直来到后院。

丁醒转转眼珠："你怎么知道那个机关是致人死命的？"

百晓娘反问："你知道九宫真人为何会自称九宫真人吗？"

丁醒摇了摇头，百晓娘便道："那是因为他对九宫八卦、奇门遁甲之术极为精通。他那间丹房，就是按九宫八卦排列的，而其中的八卦则设为八门，便是休、生、伤、杜、景、死、惊、开。你们所在的位置，正是死门。只要死门一开，你们必死无疑。"

"原来是这样，好险！"丁醒面露感激之色，"多亏了你赶来，这次算我欠你的。"

百晓娘微微一笑："不用欠我，我们两清了。"

丁醒一愣，百晓娘解释道："你忘啦？那次在北城玄武家，也是一间地室，你曾要用性命来救我的。"

丁醒苦笑一声，他那次救百晓娘并没有成功，因为机关是假的，而这次的机关却是真的，不过既然百晓娘这么说了，他也不想反驳，只是心中清楚便好。

雷恪正在一旁吩咐周义，让他调一些人手过来，在丹房的毁墟之中挖掘一遍，看能不能找到尸体。

既然找遍整个碧霞观也找不到姜腊，那么除了这里，他实在想不出此人还能躲在何处！

周义领命而去，丁醒还想问些什么，百晓娘悄悄对他使个眼色，低声道："我们单独谈……"

丁醒会意，他知道百晓娘一定掌握了些不为人知的事情，但仍旧信不过官府中人，不想让雷恪知道，因此便对雷恪道："雷兄，顾姑娘找我另有要事，我要先告辞了，如果这里有了线索，派人来通知我便是，我就在外面的大观楼里。"

"也好！"雷恪也不是傻瓜，百晓娘舍了性命前来，当然不是救自己，而是为了丁醒。至于自己心中的疑惑，丁醒自然会问到。

百晓娘拍净身上的土，带着丁醒出了碧霞观，来到大观楼上。

大观楼是这一带最气派的酒楼，四根两人合抱的黑漆大柱撑起了整个楼层，门口石阶两侧竖着十几根拴马桩，宽敞的后院中停着数驾马车。迎门一副金漆对联："淡咸六味，乃京城一大观也；上下八珍，唯佳酿可消愁哉！"

整副对联字体遒劲厚重，转折间不失灵动，据说出自名士手笔。

眼下天色正当酉时，酒楼之中热闹非凡，几乎所有的桌席都被占据，除了酒客，还有卖唱的歌女挑弄丝弦，浅吟低唱，赢得一阵阵叫好。

能来这座酒楼的人，无不是富绅大贾，在这里叫一桌酒菜，少说也要五七两银子，普通人家是万万出不起的。

自北京之战后，那些举家逃离京城的人又回到故居，过起了原来花天酒地的日子，以弥补这些天来的奔波担惊之苦，因此大观楼的生意更胜往昔。

百晓娘与丁醒进了大观楼，掌柜的一眼瞧见百晓娘，神色立刻恭敬起来，也不多说，亲自带着二人上楼。

丁醒有些疑惑，难道百晓娘已经在这里订了席位？

来到三楼，掌柜的开了一间齐楚阁，请二人进去，随后便离开了，自始至终也没说一句话。

阁内陈设非常讲究，一色的黑漆桌椅，擦得锃亮。丁醒忙了一天，此时觉得又累又饿，便不客气地坐了，对百晓娘道："你要请客？那赶紧上酒菜呀，我的肚子此时比鼓都空。"

百晓娘嗔道："看不出啊，官升了，脾气也大了。"

丁醒赔笑道："哪里哪里，就算给我个尚书，我也不敢在你面前摆威风啊。快点儿上菜。"

用不着百晓娘招呼，酒楼伙计已端来四盘热菜，两个冷拼，两碟点心，还有一壶好酒，摆在桌上之后，也是一言不发，抽身而出。

百晓娘坐在丁醒对面，丁醒倒了两杯酒，先自饮了一杯，长舒一口气："累死人了，你也喝呀。"

百晓娘陪了一杯，坐在椅子上，看着丁醒吃。

丁醒填了几口之后，一抬头，正对上百晓娘的目光，愣了一下："怎么，你不饿呀？"

百晓娘微微一笑："你吃吧，吃完了，我有话说。"

二人是共过生死的交情，丁醒不用顾忌形象，一顿狼吞虎咽，把桌上的饭菜吃得七七八八，这才摸了摸肚子，打个饱嗝："好吃，大观楼的菜，果然名不虚传。"

"吃完了，咱们谈正事。"百晓娘淡淡地说。

"当然，你可是让我好找啊。那天见了我，为什么要跑，好像我要吃了你似的。"丁醒还为那天的事情感到疑惑。

"你为什么找我，我早就知道，是因为天雷殛村的事。但我帮不了你,所以只能跑。"百晓娘开门见山地说。

丁醒又是一愣:"你帮不了我?我还没向你请问什么事情呢。"

"无论你问什么,我都无法解答你,更帮不上忙。另外……"百晓娘盯着眼前的酒杯,欲言又止。

"另外什么?你说。"

"天雷殛村的事,你一直觉得是人为的,对不对?"百晓娘反问。

丁醒没说话,起身走到门口,悄悄拉开门朝外看了看,见四下无人,这才回到桌边:"必是人为。但究竟用的什么手段,我便不清楚了。所以才想向你请教。"

"这两桩人间惨祸,不是人为,确是天谴。"百晓娘说得非常肯定。

"天谴?"丁醒有些激动,"绝不可能。我刚接了这桩案子,只到过现场一次,便遭歹人追杀。等我得到消息,说九宫真人炼制出威力巨大的火药,赶到碧霞观,九宫真人便死在我眼前。这个时候你居然说不是人为,而是天谴,把我当傻瓜吗?"

百晓娘端坐不动:"你不是傻瓜,我也没拿你当傻瓜,但实情就是如此。你想想,眨眼之间毁灭整个村子,就算是神机营,有这个本事吗?"

丁醒摇头。

百晓娘又道:"神机营火器冠绝天下,你们都做不到,民间还有人能做到吗?"

丁醒又摇头。

百晓娘一笑:"那你为何不信是天谴?就因为你被人追杀,另外死了个九宫真人?你想没想过,追杀你的人也许另有其人,而九宫真人之死,也许是自身的恩怨。"

"你的意思是说,这几件事情的发生,完全是巧合?"丁醒翻翻眼睛。

百晓娘双手环抱胸前:"我不清楚,但也不能排除这种可能。"

丁醒左思右想,没法反驳百晓娘,只得道:"现在只有一条路,那就是抓到姜腊,只有他能解释九宫真人的死。"

百晓娘不说话,轻轻咬着嘴唇,脸上飞起一片红云,丁醒见她神色有异,刚要发问,百晓娘突然一把抓住他的手:"你……你带我走吧……"

"你说什么?"丁醒一时没有反应过来。

"离开京城,去哪里都好。"百晓娘道。

丁醒自认识百晓娘以来,便知她是个泼辣性子,从不做小儿女之态,但眼前这般直白,倒是没见过,因此一时不知如何回答,只能含糊地问道:"你怎么了?"

百晓娘抽回了手,起身走到窗前,朝外望去。

夜色中的北京城,灯火辉映,流光溢彩,此时又近年关,京城不再宵禁,街上不时跑过几个手执烟花的孩童,笑声远远地传来。很多的街口都摆起了灯火龙山,工匠彻夜不休,以保在除夕之夜前可以完工。

道路两侧的店铺也大多没有关门,整条街都亮着灯,迎接着置办年货的客人,人人脸上都洋溢着笑容,盛世繁华,不过如此。

这个时候,百晓娘为何要离开?丁醒心中甚是不解。

百晓娘沉默片刻,才缓缓说道:"京城,我待够了。这里固然有金碧辉煌的宫殿,酒绿灯红的歌楼,遍体绫罗、满头朱翠的富户,但更多的是泥泞不堪的陋巷，片瓦遮顶的寒宅，儿啼饥、妇号寒的贫者。那些高高在上的大人们，何曾为他们想过？"

丁醒叹了口气："你去别的地方，不也一样吗？"

"不一样！"百晓娘回过身，坐到丁醒身边，"我们可以找一个碧水青青的湖畔安下身来，打鱼捉虾，种稻养蚕，那才是人过的日子啊。"

丁醒笑了："你今天说的话，可不像以前的百晓娘。到底怎么了？"

"你还没回答我同不同意呢！"百晓娘看着丁醒，神色似喜非喜，似嗔非嗔。

丁醒没有回答说心里话，自从他出狱升官之后，心中一直惦记着百晓娘，怀念二人一起出生入死的日子。百晓娘不在身边，他感觉了无趣味。时日一长，惦记便成了思念，相思之情如一缕缕柔丝，将他的心包裹起来，再无缝隙。

可今天百晓娘说到要与他离开京城，远走高飞，过闲云野鹤的生活，丁醒完全没有思想准备。离家之时，父亲的叮嘱犹在耳侧，让他无论如何不能丢了自家的脸，就算不能升官，至少也不能让别人嚼舌根，说丁家一辈不如一辈。

他沉吟着："这个……我……我同意。"

百晓娘面露喜色："你真的同意啦？"

丁醒道："不过在走之前，我要把这件案子了结了，也算给上面一个交代，然后体体面面地辞官，现在这么走了，是临阵脱逃啊！当逃兵，就算我爹那里，也无法交代。"

百晓娘的脸色沉了下来："说来说去，你还是舍不得这个官位。不错，你将案子结了，上面还会升你的官。然后你就可以三妻四妾，光宗耀祖……"

丁醒忙道："不要瞎猜，什么三妻四妾，我可没那心思。"

百晓娘低头不语。

丁醒问道："你突然说这些，是不是有什么事情瞒着我？"

百晓娘只是叹息一声："我只是不希望你出意外。官做得越大，是非就越多，人也就变了……"

丁醒笑了笑："你不用担心，无论何时我都不会变的。无论是做官还是做人。"

"这才是我真正担心的啊……"百晓娘喃喃自语，她抬起头凝视丁醒，"好吧，既然你决定了，我也不多说。这件案子我帮你。"说着，她亲自给丁醒倒了一杯酒，端到他面前，"这杯酒，我敬你，祝我们早日破案。"

丁醒笑道："有你相助，我心里踏实多了。"说着，他接过酒杯，一饮而尽。

百晓娘看着他将酒喝下去，脸上露出苦笑。

丁醒没在意，说道："现在我们回碧霞观吧，那里应该有结果了。"

"不用急，外面那么冷，我们在这里等一会儿。你不是跟雷恪说过，一有消息，就让他派人来告诉你吗？现在还没来人，我们去了也是干看着。"百晓娘柔声道。

丁醒一想也对，现在唯一的线索就在姜腊身上，雷恪会把整个碧霞观翻个底朝天，他手下的人都很有经验，自己去了也帮不上忙，不如在此等一等。

丁醒问起鬼仙，百晓娘说前几天还见过鬼仙一面，这家伙又回了鬼市。

说了一会儿话，丁醒骤然觉得头脑有些晕，便揉揉脸："这里的酒劲太冲，我有点儿醉了。"

"是吗？要不要我送你回去？"百晓娘的声音听起来也有些飘忽，时远时近的。

丁醒睁眼一瞧，百晓娘坐在那里，却有些朦朦胧胧的，看不清楚，二人之间好像泛起了一层雾气。

"怎么回事？我有些……看不清你了……"丁醒双手据案，站起身来，却觉得脑袋里"嗡"的一声，接着便扑地倒了。

百晓娘看看地上的丁醒，叹了口气，来到门外招呼掌柜的。掌柜的进门来，见丁醒倒在地上，也不奇怪，问百晓娘："按说好的办？"

百晓娘点头："对，找辆马车来。"

半个时辰以后，那名叫周义的差役由伙计领着，跑进了这间齐楚阁，却见里面空无一人，剩下的酒菜还摆在桌子上。

周义一愣："你不是说，丁大人就在这里吗？"

那伙计苦着脸："是在这里呀，什么时候走的，小人不知道。今天店里客人太多……"

周义不听他说，跑到一楼去找掌柜的，掌柜的一笑："你说三层齐楚阁里的一男一女？已经会完账走了，大概半个时辰以前吧。"

"知道他们去哪儿了吗？"周义问。

掌柜的双手一摊："看您问的，客人去哪儿，怎么能告诉我呢？"

周义不再说什么，返回碧霞观来。

雷恪正站在碧霞观后院的废墟边上，此时被炸毁的丹房几乎挖了个干净，后院掘出一个大坑，却始终没找到姜腊的尸体。雷恪原以为丹房中或许别的地道通向外面，可是挖了一遍之后，仍没有找到任何地道。

此时周义回来禀报："大人，丁千户走了，那位姑娘也是一起走的，不知道去了哪里。"

雷恪愣了一下，转了转眼珠，苦笑道："这个节骨眼儿上，还跟女人去鬼混。算啦！"他一摆手，吩咐身边的孙洪，"把整个道观再搜一遍！我就不信，这个姜腊能飞到天上去！"

自北京之战结束之后，城外的鬼市又开了起来，但那里的鬼市是蒙外行人的，真正懂行的人，还是在蹚城内的地下鬼市。

鬼仙的屋子不知何时又建了起来，看起来仍旧摇摇欲坠，但一直顽强地挺立着。

陆炎穿着黑色外袍，戴着遮头的黑帽，慢慢来到屋门前。他没有来过这里，但那张纸上写明了鬼市的地点，如何进出，以及鬼市的规矩等，更重要的是，还画着鬼仙藏身的屋子，以及他本人的头像——半边美女半边枯萎的脸，任谁看一眼都忘不了。

进了鬼市以后，陆炎不声不响，慢慢走向尽头。在这里，他果然看到了纸上画的那间破木板房，屋子里正闪着蓝幽幽的灯光。

鬼仙就在其内。

陆炎并不迟疑，他上前轻轻推开了门，马上看到了那个满头毒蛇的玩偶。这东西曾经把第一次来的丁醒吓个半死。

陆炎当然看得出来，眼前的怪物不是真人，所以他并没有理会，又朝屋子里一扫，只见有个人背对着他坐在地上，一动不动，好像正在打盹儿。

这时不能不说话了，陆炎轻声问了一句："鬼仙？"

那人没有动，陆炎又道："是百晓娘让我来的。"

自北京之战后，陆炎虽然无法公开露面，但他也打听到不少消息，其中就包括百晓娘和鬼仙、丁醒等人的关系。所以此时搬出百晓娘来，应该会引起鬼仙的注意。

果然，听到百晓娘的名字，鬼仙慢慢转过头来。

借着屋内朦胧的灯光，陆炎看到了半张脸，那半张脸美艳无双。

没错，他就是鬼仙。

陆炎没有丝毫犹豫，甚至没有等鬼仙说话，他的手已从黑袍内抽出长刀，一个箭步蹿上去，手起刀落。

刀锋闪着蓝光，划出一道妖异的青虹，鬼仙的脑袋骨碌碌地滚了下来……

西出北京城百十里，有一座山名叫妙峰山，此山景色绝美，以奇松怪石闻名。山势雄峻，五峰并举，林木丛杂，花草满坡，又有永定河环绕，可称胜景。而且山中多有古刹，香火不断。

在妙峰山的一处无名峡谷内，树木遮天，地面仅落下斑斑点点的星光，夜风吹过林梢，呜呜作响，令人心悸。一条清溪在谷底蜿蜒流过，流至谷中某处时，却变了颜色，显得有些污浊，因为溪道边上有条沟渠，将一道浑水引入清溪之中。

但等清溪流至谷外时，经过沉淀，溪水又变得清澈，汇入永定河。

那条流出污水的沟渠，来自峡谷中的一个山洞，洞口只有一人多高，五尺余宽。一棵横倒的大树将将掩住洞口，就算有人从溪边走过，也很难发现此洞。

枝杈丛中不时露出一双闪着寒光的眼睛，扫视着四周，观察着峡谷内的一切动静。

夜色正浓,山洞内隐隐传出金铁交击之声,另外还有些许的亮光,映在洞壁之上。

只要走进洞中,转过一个弯,就会发现内有乾坤。山洞的洞腹居然大得很,方圆足有百十步,最高处约有两丈。

山洞内正聚集了数十人,围着十余个炼铁炉忙得热火朝天。所有工匠都赤裸上身,有的搬柴,有的添炭,有的加水,这些工匠之中,年老的已经须发花白,年轻的只有十七八岁,每个人身上脸上布满汗珠,不时滴落在炭火之上,发出嗞嗞之声,冒起一股白汽。

另外还有三四十人,全是黑衣劲装,黑巾蒙面,一手提着单刀,一手提着皮鞭,一对对凶如恶狼的眼睛,时刻不离劳作的工匠们,只要见到哪个工匠所有懈怠,立刻抡起鞭子,抽在那人背上。

一鞭下去便是一条血痕,被打之人痛呼惨叫,却不敢发作,只能加劲干活。

丹炉之内烧的全是铁水,灼热的铁水被倒入地上排好的模具当中,又升起一团团的烟雾。外面虽是寒冰满地的隆冬,但山洞里却像盛夏一般炎热。

有位看上去四十多岁的工匠正背着一捆木柴走向炉边,突然被一股烟气呛到,立刻满面涨红,不住地咳嗽起来,那捆木柴也被丢到地上。

一名黑衣汉子离他最近,立刻冲上前来,一鞭子抽到这工匠的腰上,沉声呵斥道:"不许躲懒,快点儿干活。"

那位工匠咳得直不起身,有个年轻工匠连忙上前央求:"这位爷,我师父生有痨疾,求您不要打他……"

那名黑衣汉子抬腿一脚,将年轻工匠踢倒在地,用鞭子指着骂道:"再多管闲事,老子连你一块抽,滚去干活。"

那位年老工匠突然剧烈咳了几下,猛地一直腰,一口鲜血喷在黑衣汉子脸上、胸上,仰天而倒。

黑衣汉子被喷了一脸血,气得暴跳如雷,举刀就要砍,却被另一名黑衣汉子捉住手腕。这名黑衣汉子好像是个小头目,他蹲下看了看年老工匠,探了探鼻息:"死了,背出去埋了。"

他的声音里不带一丝感情,冷得可怕。

被喷血的黑衣汉子骂了几句,丢了刀和鞭子,拿过一把小铁铲插在腰间,将年老工匠的尸体扛起来,走出洞去。

那位年轻工匠满面泪痕,想追上去再看师父一眼,却被小头目又踢了一脚,只得抹着泪继续干活。

黑衣汉子扛着年老工匠的尸体走出洞外,洞口站起一个同样黑衣蒙面的人,看了看他肩上:"又死了一个?"

黑衣汉子点头:"这两天我已经埋了三个了,怎么如此倒霉?"

那同伙嘿嘿一笑:"你祖上积德啊!"

黑衣汉子呸了几声:"告诉你啊,等我回来咱俩换一换,你去洞里监工,我在外面守卫。"

那同伙连忙点头:"行,一言为定啊。"

看着黑衣汉子扛着尸体走入夜色之中,那同伙嘿嘿一笑:"冰天雪地,你以为老子喜欢在外面喝风?巴不得跟你换呢!"

黑衣汉子走到一处山坡,刚要放下尸体,可转转眼珠,冷哼道:"老家伙,今天大爷累了,不想挖坑埋人,你呀,不要土葬了,就来个天葬吧。"

说着，他背着尸体朝一座小山走去，那座小山较为平坦，但山顶后面是断崖，崖下有一道裂谷，约有十来丈深。

黑衣汉子走到山顶，朝山崖下望了望，黑漆漆的看不见底，便笑道："听说这附近有野狼出没，你死后也行行好，喂饱野狼，就算你积德行善了……"

说着，他向前踏了两步，用力举起尸体，便要向崖下摔去。

可就在这时，年老工匠突然活了过来，他猛地用胳膊圈住黑衣汉子的脖子，身子一旋，双脚落地，就势双手猛甩，一下子把黑衣汉子抡出几步远。

黑衣汉子哪会想到死人复活，一愣之下，身子已经被甩出了断崖，等他明白过来，整个身子已经向下落去。

啊……

一长声凄厉的惨叫，伴随着黑衣汉子的身体，落入深深的裂谷当中。

年老工匠又弯下腰干咳了几声，等他直起身子时，嘴里仍在流出鲜血。他伸出舌头，吐了两口血。借着月光可以看到，他的舌尖没有了。

在洞里时为了假死，他咬掉了自己的舌尖，这才喷出鲜血，骗过了对方。

如今他身得自由，不敢耽搁，四下辨认了方向后，转身走下山去。走不多远，眼前出现一块平坦的草地，四周的树上拴着几十匹马，马鞍都放在一边，一个看马的汉子正在帐篷里呼呼大睡。

年老工匠轻手轻脚地摸过去，悄悄解下一匹马的缰绳，拉着马慢慢离开。

等走出几里路,眼前山势较为平坦了,他这才飞身上马,双腿猛夹马腹,朝着东方不要命地狂奔起来。

天色亮了起来,山洞外响起脚步声,那个鹰眼人来到洞外,放风的黑衣汉子一见此人,连忙起身施礼。鹰眼人看也不看他,快步走进洞内。

那个小头目见到鹰眼人,连忙上前拱手,鹰眼人四下看了看:"还有多久完工?"

小头目道:"很快了。现在已经完成了七八成。"

鹰眼人一摆手:"还要加快。"

小头目看了看那些疲惫不堪的工匠,低声道:"再要加快,这些人全得累死。"

鹰眼人一声冷笑,凑到小头目耳边:"恩主本就没打算让他们活着离开。"

小头目点头:"明白了。"

鹰眼人又吩咐一句:"明天天亮前,必须完工,你还有一天时间。"

小头目道:"遵命,只是……"

鹰眼人目光一冷:"怎么了?"

小头目道:"昨夜丑时,又死了一个,我让鲁青去埋了,结果到现在鲁青也没回来。"

"派人去找了吗?"

"当然找了,可一直没找到,埋人的地方也没有新坟。"小头目紧皱着眉头,"我想,可能鲁青怕那地方坟多了令人起疑,所以换了地方。"

93

鹰眼人怒道："就算埋到山外，这时候也该回来了。马上多派人去找。"

小头目答应一声，刚要传令，突然有一名黑衣手下跑了进来，手中拿着一团黑色的东西，到了近前，气喘吁吁地说："找到了，找到了。"

鹰眼人一把抓过他手里的东西，仔细一瞧，是一团破破烂烂的黑布，上面满是血迹，不由骂道："这是什么东西？"

小头目接过黑布看了看，目光中闪过惊恐之色："这是鲁青的衣服，他人呢？"

那黑衣手下道："被狼吃了，还留着些骨头，我们没带回来。"

小头目眼光一转，问道："只他一人的尸体？那个准备埋的人呢？"

黑衣手下摇头："没找到，连条布片也没有。"

鹰眼人紧锁眉峰，眼睛不住转动着，突然神色一凛："不好，万一这人假死，杀了鲁青之后逃下山去，那可就麻烦了。"

小头目也大吃一惊："那怎么办？"

鹰眼人怒喝道："还能怎么办，追呀！逃走的人一定会去京城报信的，朝着京城方向给我追，一定要把人追回来，要死不要活。"

小头目躬身道："是，我马上亲自带人去追，他已经累个半死，一定跑不远。"

十二月二十八日，距春节还有三天。

上午，辰时。

今天是难得的好天气，晴朗的碧空没有一丝云彩，气温也罕见地升高了些，几缕阳光透过窗缝射进来，落在丁醒的脸上。

丁醒的嘴唇动了几下，紧接着眼皮翻起，正好被刺目的阳光射到，急忙又闭上。他扭扭头，适应了一下光线，这才再次睁眼。

哪知他第一眼就见到了一张鬼脸。

幸好这张鬼脸丁醒以前见过不少次，若换作别人，非得当场惊叫不可。

这张鬼脸半边美若仙子，半边似朽死之人，不是鬼仙还有哪个？

"鬼仙！你到我家来干什么？"丁醒甚是不解。这半人半鬼的家伙自从北京之战后，就再也没有露过面，没想到今天竟出现在自己眼前。

"你家？真是怪了，这明明是我家呀！"鬼仙仍旧一副半男半女的腔调，不过此时丁醒听起来，非但没有难受的感觉，反而有一丝亲切。

丁醒听了此话，连忙转头四望，果然，他躺在一张竹床上，头上亦是竹制屋顶，身边放的是竹桌竹椅，连地面也是竹子的。

丁醒一翻身从床上坐起："这是哪儿？"

鬼仙嘻嘻笑道："刚说了，这是我家呀。"

"我怎么会来你家？"丁醒摸了摸头，他清楚地记得，自己和百晓娘在大观楼上喝酒，最后一杯酒下肚就不省人事，大概是喝多了。

鬼仙瞪起眼睛："你不知道？昨晚你醉得一塌糊涂，百晓娘用马车送你来的，还守了你一晚上。嘿嘿，这小娘们儿，终究是看上你啦！"

丁醒仔细回想一下昨夜的情景，感觉有点儿不对劲。百晓娘说的话，还有最后那杯酒，好像别有意味。此时他又想起了雷恪，不知雷恪在碧霞观找到姜腊没有，于是起身便向外走。

鬼仙也不拦他："你去哪儿？"

"我要去找雷恪，问问他昨夜可有发现。"丁醒头也不回地说。

鬼仙脸上带着诡异的笑容，看着丁醒走向门口。

丁醒拉开房门，向外一探头，惊奇地发现，自己原来是在一座竹楼上。眼前是一道竹子做成的台阶，他下了台阶后，发现竹楼的一层没有住人，里面放着火盆，烧着炭火，火盆里的热气腾腾上升，怪不得竹屋里不冷。

举头四望，眼前是一大片竹林，虽然时值隆冬，但这里的竹子仍旧保持着翠色，只是叶子大多已经枯黄，地上也落了一层的竹叶。

丁醒不禁有些纳闷，他在北京城从没见过这么大片的竹林，自己究竟身在何处？

四周尽是翠竹，只能望见头顶一片瓦蓝的天空，根本无法知道这是什么地方，看来只好问鬼仙了。于是丁醒转头朝竹楼上叫了两声，鬼仙推开窗子，一张怪脸出现在窗外，似笑非笑地瞧着他。

丁醒问道："我要回京城，往哪里走？"

鬼仙随手向前一指："就是那里。出了竹林就可以看到城墙。"

丁醒顺着他手指的方向，大步走进竹林当中。

眼前的竹子时密时疏，中间有弯弯曲曲的小径，丁醒顺着小径向前走，拐过几个弯以后，便不知身在何处，只能靠太阳辨认方向。可即便认准了方向，走不多远，就又得拐弯，说来也怪，开始丁醒是面朝太阳走，不一会儿就成了背对太阳。

一抬头，眼前又出现了一座竹楼，鬼仙站在窗前，悠然自得地哼着小曲儿。

难道会有两座竹楼，两个鬼仙？当然不可能，丁醒知道，自己又走回了原地。

鬼仙呵呵一笑："怎么？不想回京城了？"

丁醒皱着眉头，朝四下望了一遍，嘴里嘀咕着："真是见了鬼了……"

鬼仙一撇嘴："不光见了鬼，还遇到仙了吧？"

丁醒一愣，仰头问道："什么意思？"

鬼仙道："你不知道吗？民间有种狐狸大仙，专给行路的人开玩笑，让人围着坟场转上一夜，还以为走了几十里路，结果天明鸡一叫，行路人才看清楚。你是不是遇到狐狸大仙了？"

丁醒呸了一声："这故事我小时候就知道，可那是在夜里，没听说过大白天的撞见狐仙。"

"也对，你肯定是不该转弯的地方转弯了，再走一遍吧。"鬼仙劝道。

丁醒没办法，只得扭头又走进竹林里，鬼仙在窗前，一张怪脸上满是得意的鬼笑。

这一回丁醒学得乖了，变了个方向走，有时遇到小路拐弯，他便从竹子间穿过，始终保持着朝一个方向前进。只是遇到太过茂密的竹子，穿不过去了，才拐一个弯。

就这样，他走了一盏茶的工夫，居然又一次看到了竹楼，看到了鬼仙。

丁醒就是再傻，此时也回过神来，他不再问什么，顺着台阶跑上楼去，一把揪住鬼仙："你在搞什么鬼？"

鬼仙双手一摊："你也看到了，我始终在这里，楼也没下过。

是你不辨方向,怪得谁来?"

"少啰唆!给我说实话,不然我就把你扔下去。"丁醒说着,作势就要把鬼仙往楼下推。虽然竹楼不高,但离地也有近一丈,摔下去少不得鼻青脸肿。

一看丁醒真急了,鬼仙这才摆手:"好好好,我说实话,你先松开。"

丁醒放开手,坐在竹床上喘着粗气,瞪着鬼仙。

鬼仙一笑:"你干吗非急着回京城啊?是要去会相好的?"

丁醒怒道:"你再胡说八道,我可动手了!"

鬼仙摆摆手:"不要冲动。你不说实话,我就不放你走。"

面对这种"二皮脸",丁醒知道,如果不说出个所以然来,他是不会正经说话的。鬼仙虽然武功不高,可是鬼点子太多了,随便使出一样,自己也招架不住。总不能真把他扔下楼去。

因此他只好将自己奉命调查天雷案的事情说了,最后道:"上面追得紧,这案子如果年前破不了的话,雷恪和我都要受罚。其实受不受罚的倒也没什么打紧,可我总觉得两个村子的毁灭还没完,一天没抓到凶徒,京城附近的老百姓便多了一分危险。"

鬼仙嬉皮笑脸地道:"就算你回到京城,有把握在年前破案吗?算啦,官升得越大,麻烦也越多。不如听我的,辞了官,带着小娘们儿远走高飞,回家享清福,朝廷的事情,就别操心了。"

一听这话,丁醒呼地站起身来,怒视鬼仙:"你们这班江湖人,就只想着自己闲散快活,全然不顾及朝廷的安危与百姓的生死。"

"人自有天命,生生死死,是早就注定的,何用强为?"鬼仙懒洋洋地回答。

丁醒怒指鬼仙："你……你的血难道是冷的？"

鬼仙点头："对呀，我是鬼，你见过鬼流热血的吗？"

丁醒语塞，只得恨道："道不同，不相为谋，你放不放我走？"

鬼仙摇头："受人之托，不敢有违。不过你也别心急，我这里好酒好菜，你休息几天，等过了年，我自会送你出去。"

"受人之托？谁的委托？是不是百晓娘？"丁醒追问。

鬼仙也不否认："猜得不错，她让我保护好你，将你留住，我答应了。"

"好，好……"丁醒此时明白，鬼仙是断不肯放自己出竹林的，对于这种人，威胁起不了作用。他走到窗前，向外瞧了几眼："你不放我走，我就砍光这片竹林。"

鬼仙双手一摊："随你的便，如果你身上有刀的话，现在就可以砍了。"

丁醒这才觉察，自己的腰刀已经不见了，转头对鬼仙道："我不信你这里没有竹刀。"

鬼仙笑了："当然没有，建造竹楼用的竹子，都是我用嘴咬下来的。"

其实丁醒也明白，鬼仙就算有竹刀，也早就藏了起来。

走也走不成，又无法威胁到鬼仙，这可怎么办？丁醒突然热血上涌，他跑下楼去，冲进竹林里。鬼仙以为他又要走一遍，面露微笑，在窗边看着。

他心里清楚，眼前这片竹林，是自己按着五行相生之理布下的，整个林子被分成了五五二十五片，竹楼这片空地是"土"，四个方向上分别是"金、木、水、火"。要想出林，无论哪个方向都可以，但一踏入竹林，就必须按着相生之理走动，一步走错，就会步步错，最后终究要转回这里。

因此鬼仙确信，没有自己带路，除了百晓娘以外，任何人都不可能离开竹林。

本来百晓娘想留住丁醒，有的是办法，比如将他绑起来，或者多喂蒙汗药，让他睡上几天，但绑住丁醒，只怕他会恨怨自己，而喂蒙汗药多了，人可能会受不住药性，醒来后形如痴呆。

这两种办法都不能用，所以百晓娘把麻烦交给鬼仙。

不多时，丁醒又背着手回到竹楼之下，鬼仙呵呵笑道："我劝你还是上楼来，喝上几杯，心情就好多了。"

哪知道丁醒的手从身后伸出来，手中握着一根断竹，约有一尺来长，断口处好像一支枪尖。他拿着断竹，朝鬼仙晃了晃，鬼仙笑道："这么久才砍了一根竹子，要将竹林砍光，估计得几个月吧。"

丁醒冷脸瞪着鬼仙："最后问你一句，放不放我走？"

鬼仙摇头："我既已答应了百晓娘，就得言而有信。"

"你什么时候变得一诺千金了？"丁醒又问。

鬼仙笑道："我向来如此，答应人的事情，就一定做到，不然还怎么在江湖上打滚？"

"好！"丁醒突然一反手，将竹子断口上的尖锐之处对准自己的脸，猛地一戳，鲜血当时便顺着脸颊流了下来。

鬼仙吓了一跳："你干什么？"

丁醒恶狠狠地盯着他："你不放我走，我就划烂自己的脸。"

鬼仙一皱眉："划烂自己的脸？这算什么？"

"你刚才说过，百晓娘喜欢我，可如果她看到我的脸变得比你还糟，不知道会怎么想？"丁醒说着，手向下一沉，脸上的口子又加深加长了些，血流得更快。

鬼仙一时呆住了，他没想到丁醒会来这一手。丁醒本来长得还算英俊，如果添上一脸的伤疤，百晓娘必定伤心，伤心之余，定然会恨怨自己为什么不阻止丁醒毁容。

"等等！"鬼仙下意识地叫了一声。丁醒并不理会，突然拔出带血的断竹，又扎在自己另一侧的脸上，鲜血再一次流出。

一见丁醒动真格的，鬼仙慌了手脚，他发出一声半男半女的尖叫，顾不得下楼，直接从窗子跳到地上，冲到丁醒面前，一把夺下他手里的断竹，扔得远远的。

丁醒脸上流下的血把前胸的衣服都浸透了。鬼仙查看了伤势，手快如风，从身边掏出一个布袋，布袋里有不少东西，他先取出一块纱布，又拿出一个小瓷瓶，将瓶中的药膏抹在纱布上，不由分说，在丁醒的脸上紧紧缠了几圈。

鬼仙的纱布上抹的是最好的金疮药，可以在很短的时间内止住流血。

丁醒伸手摸摸脸颊上的纱布，笑道："你也有怕的时候啊！"刚才他感觉到了，鬼仙的手在轻轻发颤，显见得心中慌乱。

鬼仙两边的脸都变了颜色，嘴唇哆嗦着，用手指着丁醒："你……你小子……真狠！"

"你放不放我走呢？"丁醒说。

鬼仙连忙道："放，放！我服你了行吧。"

丁醒终于松了口气，他缓缓站起身，示意鬼仙带路。鬼仙连连摇头："百晓娘啊百晓娘，你可别怪我不讲信用。谁让你喜欢上个疯子！没开几句玩笑，直接对自己下狠手。嘿嘿，以后你过了门，可得受点儿气了……"

丁醒听他嘀嘀咕咕的，有些不耐烦，用脚尖踢了踢他，鬼仙终于拍拍屁股站起身来："小娘们儿让我看好你，但是刚才我也答应了要放你，这可两难了。"

"那也不难办。你放我走，以后见了百晓娘，就说我是个小人，性情卑鄙，用下三烂的手段逼你的。"丁醒笑道。

鬼仙白了他一眼："先别高兴，我既然答应了两个人，就不能自己做决定了。"

丁醒一呆："什么意思？你要反悔不成？"

鬼仙冷冷一笑："我鬼仙做事，什么时候也不会反悔。如今唯一的办法，就是看天意了。"

丁醒不解，鬼仙将他拉进竹楼的第一层中，朝角落里一指："我说的天意，就在那里。"

随着他指点的方向，丁醒看到了一样奇怪的东西。

地面上放着一块茶几面大小的圆石，看样子用手工打磨过，呈鸡蛋形状，顶部平整，就像一个鸭梨被削去了顶上半截，圆石切面上，摆着一副青铜棋盘。

"你来看，知道是什么物件吗？"鬼仙招呼丁醒，丁醒上前瞧了瞧棋盘，既不是围棋，也不是象棋。这副青铜棋盘与众不同，面上并排刻着两道沟，这两道沟弯弯曲曲的，通向棋盘正中，沟宽约莫二指，沟底画着一个个的格子，有的格子里刻有字迹，只是一个是黑底，一个是白底。再看棋盘的最外面并排立着两个几寸高的铜人，也是一黑一白，黑的铜人在黑沟里，白的铜人在白沟里。

丁醒回答："知道,这叫六博,我上过几年书院,书院里的教授给我们讲六艺的时候,谈起过这种游戏,不过我从没见过罢了,想不到你这里居然有。"

六博又称陆博,是古代一种游戏,有许多种玩法。因为使用六根博箸,所以叫六博。走法很简单,类似当今流行的一种飞行棋。不同的是,飞行棋用的是骰子,而眼前的六博棋用的是两个手柄,也是一黑一白,只要推动各自的手柄,右边的转轮便会转动,随机现出一至六之间的一个数字。数字一现,棋盘上对应的一黑一白的铜人便开始移动相同的步数,只要谁的铜人先到达棋盘中央的顶点,那就算赢了。

鬼仙走到棋盘的另一侧:"说对了,这套棋具是我亲手做的,以备闲暇之时聊以自娱,现在就以它定输赢,你若赢了,那便是上天要你走,我立刻带你出去。如果你输了的话,那便是下雨天留客,你走不得。"

丁醒暗自沉吟,只得点头:"好,我便和你走一局,是输是赢,看天意了。"

鬼仙一笑:"你是客人,执白先行,请!"

丁醒长吸一口气,怀着忐忑不安的心情,推了一下白色手柄。

随着一阵吱吱嘎嘎的声音,转轮转动。眨眼间转轮停下,现出一个数字"四",那个白色铜人沿着滑道前进了四格。

"到你了,鬼仙。"

鬼仙推动了黑色手柄,结果是"五",黑色铜人前进五格。

黑色手柄一推出,那杆白色手柄便回复原位,看来鬼仙确实是个机关圣手,将棋盘设计得巧夺天工。

滑道上划出许多格子，写着金、木、水、火、土等字，随机排列，初时丁醒不知道什么意思，但他第二次按手柄时，出现数字"三"，结果白色铜人走了三格，停在了"水"字格上。

只听"咔"的一声，滑道两边弹出卡簧，将铜人卡住了。丁醒一惊，不解其意，但看棋盘右边还有字迹，粗粗一看，原来棋盘是按五行相生相克之理铸成。两个铜人是"火"，一旦遇到"水"格，则按水克火之意，暂停一次，如果停到"木"格，则按木生火之意，可以再走一次。如果停在"金"格，按火克金之意，可以多向前走一格。如果停到"土"格，取火生土之意，则要向后退一格。

这局棋要想走对，白色铜人须得抢在黑色铜人之前进入棋盘中心的红色凹格。而这局棋从现在的情况来看，黑色铜人只比白色铜人落后两格。现在丁醒使用的白色铜人又要暂停一次，定是雪上加霜。

鬼仙一见丁醒走上了水字格，呵呵一笑："五行当中水克火，你要停按一次……"

丁醒不耐烦地说："知道，用不着你提醒。"他心中暗想，这东西是不是可以作弊呢？

此时鬼仙一按手柄，转轮上显出"六"字，丁醒突然一伸手，五指紧紧捉住黑色铜人，不让它动，暗想：这么小一个铁疙瘩，能有多大力道，我不让你走……

黑色铜人果然走不动，原地咔咔几声，没了动静，可突然黑色铜人的身上弹出两道刀刃，刀刃不长，只有半寸，但极为锋利，立时将丁醒的手指划破，鲜血流了下来。

丁醒没有防备，等感觉到剧痛时，下意识地将手松开。

只听"咔、咔"之声，黑色铜人已威风凛凛地向前走了六步。

原来鬼仙早有防作弊手段。

丁醒看了看手掌,两根手指根部被划了两道小小的血口,幸好只是微伤。

鬼仙冷笑:"别作弊了,我早把这些手段考虑进去,留下后招啦。你只能祷告自己的手气好。"

丁醒气呼呼地道:"算你厉害……"骂归骂,却也无可奈何。

结果鬼仙再一推,居然又出了一个五,丁醒简直要气晕了,幸好这次黑色铜人前进到了"土"格,向后一退,正好是个"水"字,卡住了,也要暂停一次,丁醒这才松了口气,再次推下自己的手柄。

这次出的是个二,白色铜人走了两格,停到了木字格,谢天谢地,可以再来一次,可丁醒这次手气极差,居然推出个"一"字来。气得他瞪眼搓手,七荤八素。

三十六格的棋盘眼看就要走完,丁醒的眼睛眨也不眨地盯着两个铜人,手心里都是汗水。现在的情况是,鬼仙的黑色铜人还剩四格可以走完,丁醒的白色铜人还差五格,而且轮到鬼仙了。

丁醒呼出一口气:但愿鬼仙不要按出四以上的数字。

也许是天意,鬼仙一把下去,转轮哗哗转了几圈,显出一个"三"字。

丁醒连连击掌,大呼运气,鬼仙一笑:"我还差一格,如果你想赢的话,只能按出五、六两个数字才行。"

"五、六……"丁醒心中暗自祷告,推下了手柄。

转轮终于停下,谢天谢地,是个"五"字。白色铜人向前走了五格,正好走到棋盘中心部位的地方,然后向下一沉,不动了。

丁醒终于赢了,虽然赢得很险。

第六章
杀 手

鬼仙仰头向天嘿嘿笑了两声,背着手走上竹楼,等他下来时,手中提着丁醒的腰刀,往丁醒手里一塞,无奈地摇头:"跟我走吧。"

丁醒跟着鬼仙走进竹林。鬼仙走了五九四十五步,便向左拐,又走四十五步,再次左拐,走了些步数以后,又向右拐了两次,丁醒跟在后面,心中暗想,这片竹林果然有门道,如果不是鬼仙带路,我只怕一辈子也走不出去。

鬼仙走完最后四十五步,眼前出现了一条落满竹叶的小径,约有几十步远,鬼仙朝着小径一指:"直着走,一拐弯儿就出去了。"

丁醒没说话,朝着鬼仙一拱手。

鬼仙不耐烦地摇着脑袋:"快走快走,我可不想再见到你。"

丁醒将腰刀挂在腰间,大步走上小径,直出竹林而来。

鬼仙看着他走出林去,这才将手从袖子里伸出来,掌心处有一块磁石。他的怪脸上泛起一丝诡异的微笑,自言自语道:"百晓娘啊百晓娘，留男人也不是这样的留法。如果我真把他困在这里，他会怨你一辈子的，我这也是在帮你……"

原来刚才对棋之时，他用磁石作弊，故意让丁醒赢的。

等到步出竹林后，丁醒举目望去，只见眼前是一片草野，不远处有一条大道，他辨认了一下方向，便向大道走去。

上了大道，丁醒走了一段路，终于认出来，这是北京城西，他第一次进京时，就走过这条路。一个多月前，北京大战之后，他意欲辞官，也是从这条官道出京的，他在路上见到了百晓娘与鬼仙，为他解除了心中之疑惑。

这个地方离京城不过三十里，以他的脚程，一个时辰就可以赶到。不知道雷恪那边查得怎么样了，因此丁醒加快了脚步。

自己的脸被鬼仙包扎过之后，只要不说话，不抽动脸上的肉，就感觉不到疼痛，看来鬼仙用的药膏果然神奇，江湖人总会有些神秘物件，以备不时之需。在这一点上，丁醒还是很佩服鬼仙的。

别看这家伙只有七根手指，其灵活度远比十指健全的人强得多。

抬头看看天色，应该快到午时了，丁醒感觉有些疲惫，正想找地方休息一下，突然听到身后有马蹄声响，回头一瞧，只见大路上奔来一匹马，这么冷的天，马上之人居然赤着上身。

丁醒非常奇怪，就算是疯子，也不可能光着膀子在路上跨马飞奔，或许是有什么急事。想到这里，丁醒便走到路边，给人马让路。

哪知道来人奔到且近，一眼看到丁醒，见一身神机营军官的服色，突地眼睛一亮。此时马已冲到丁醒身后，他猛勒马缰，那马一声长嘶，人立而起，由于马背上没有马鞍和马镫，来人被甩下马背来，腾地摔在地上。

一见有人落马，丁醒急忙上前，一手扣住辔头，想制住奔马，不料那马跑得发了性，竟一时收不住脚，丁醒被拖了几步，只得手上加力，猛地勒转马头，奔马这才停下。

丁醒回身弯下腰，将来人抱在怀中。

定睛看时，丁醒吓了一跳，这人情况甚是凄惨。他看上去四十多岁，满头满身尽是灰土，背上横竖有几条鞭痕，有的已结了痂，有的印迹较新，还在渗出鲜血。

而且这人嘴唇、下巴，甚至脖子上全是黑紫色的干血，却看不出哪里受了伤。丁醒急问："你……"

这人双手紧紧抓住丁醒的胳膊，张开嘴巴。丁醒又吓了一跳，他看到对方的舌头已经断了一截，虽然不再流血，可是现出红通通的筋肉。

"蜜……蜜……蜂……山……"这人奄奄一息，看似在努力积聚最后的气力，说出这几个字。

丁醒一愣，暗想这人说的是什么意思？什么蜜蜂山？

这人又道："火……火……雷……"

蜜蜂山火雷？这句没头没尾的话，令丁醒非常不解，但是"火雷"二字让他心头剧震，他不顾脸上的疼痛，开口问道："你说清楚点，火雷在哪里？"

可这人在吐出最后一个字以后，便狂咳起来，边咳边吐血，最后眼睛一翻，脖子一梗，就此气绝身亡。

丁醒摇晃了几下，又伸手摸摸脉门，暗自叹息一声，将尸体放在地上，他心里正在犯疑，身后似乎又有马蹄声传来。

这回的马蹄声离着老远就听到了，因为来的不止一匹马。

丁醒眼珠一转，他没有管地上的尸体和路上的马，而是将身子隐到路边，躲进一条土沟之中，凝神屏息地听着。

来的是三匹马，马上骑士见到死者的尸体，便跳下马来上前查看。

只听一人道："害我们好追，没想到自己累死在这里了，真是活该。"

另一人道："一路上幸好没人看到，不然肯定有人起疑。快，把尸体抬走，找地方埋了，这匹马我牵回去。"

只听马蹄声又起，几个人带着尸体和马，朝来路而去。

丁醒等马蹄声消失之后，才从土沟里出来，他站到路边，拍拍身上的土，心中疑惑不解，这死者似是从某地逃出来的，他所提到的事情想必与火雷有关，非同小可。沉吟片刻之后，丁醒还是决定，先回京城找到雷恪再说。

此时的雷恪正在顺天府的堂前，焦急地来回走动着。面前站着的几个差官，都是他最得力的手下。

雷恪让他们调查顺天府周围所有的沙石场、蜡场、炭场，把近期所有大批量囤买石灰、细沙、黏土、木炭、牛油和黄蜡的人都找出来。此时这些人回来报信，说查遍了顺天府四周的所有场子，前一段时间买过这几样的人并不多，除了冬天木炭用量较大之外，别的东西交易量都很小。

毫无疑问，想从原料上找到线索是不可能的了，雷恪因此十分恼火。他隐隐感觉到，这次自己对付的是一个极为狡猾的凶徒。丁醒得到九宫真人炼制火药的消息后，刚刚赶到碧霞观，九宫真人就死在自己眼前，而且凶手也诡异地失踪了，他派人几乎把碧霞观掘地三尺,也没有找到姜腊。

他甚至想到姜腊可能会假扮成别的道士,因此让孙洪拿着度牒挨个对照,可结果让他很失望,所有道士都是真实身份,只少了一个道号"如悔"的姜腊。

现在案子几乎陷入了绝境,可偏偏这个节骨眼上,丁醒又不知去向。雷恪派人连找了他好几次,家门上锁,营中也不见人影,这又是一件怪事。

现在离春节大朝之日只剩三天了,雷恪平生第一次感到绝望。

他虽然在碧霞观里留了人,继续找寻凶手,可是他也意识到,姜腊一定已经用非凡的手段,逃之夭夭了。

雷恪通过顺天府,发下了海捕文书,全城缉拿姜腊,只希望姜腊还没有离开京城。

如今他已经可以断定,两次天雷殛村事件定是人为,幕后凶徒丧心病狂地毁了两个相隔很远的村子,看起来毫无关联,但其中一定有不可告人的阴谋。

如果是人为,那么毁灭村子所用的雷火,应该是人造火药,可偏偏这么多的火药原料却没有事先囤积……

雷恪想到这里,突然心中一闪念,九宫真人是道人,很多道人都如他一般沉迷于炼丹……

他陡然一惊,立刻吩咐孙洪:"马上派人,到京城之内所有的道观查问,看看最近一个月有没有道观大规模运进以上那些原料。"

孙洪一愣:"道观?"

"速速前去,多派人手,天黑之前一定要查问清楚。"雷恪的语气不容置疑。

他终于想到,道观之中炼丹,伏铅制汞,以上那些原料,也是用得到的。而且道观之中大批购入以上原料,不会引人怀疑。有的道观甚至多有积蓄,难怪市面上查不到。

孙洪得令,派了十多名差役,刚要离去,雷恪又下令:"将所有道观的观主,全部找来见我。我要亲自讯问。"

他意识到,这是最后一条线索了,如果道观之中再查不出什么,那毁村的天雷,还真就是"天雷"了。

人派出去之后,雷恪定定神,正准备回堂休息一会儿,突然,手下一名差役指着大街叫了起来:"大人,那不是丁千户吗?"

雷恪一听,精神一振,扭头望去,果然街上有一人急匆匆地奔来,一身军官服色,脸上缠着纱布,正是丁醒。他连忙上前拱手:"丁兄,你可算来了,怎么,你受伤了?"

丁醒不答,示意他进堂说话。雷恪看丁醒的神色,便知道他有收获,连忙将丁醒接进堂中。

二人坐定,雷恪招呼差役端上茶来,丁醒着实干渴,喝了半碗茶,便将路上所遇之事说了。他没有提及百晓娘和鬼仙,以免雷恪怀疑上这二人。

雷恪听后一惊:"此人冒死冲向京城,定是要报什么大事。可这五个字实在让人捉摸不透。"

丁醒道:"此人舌头被割,可能说得不清楚。"

"舌头被割……舌头被割之后,发音确实不清,难不成会是……"雷恪沉吟着,"那人从西边来,西边……对了,西边有座妙峰山,他所说的这个蜜蜂山,定然是妙峰山无疑。"他眼睛一亮,继而对丁醒道,"你受了伤,要好好休息。我即刻率领人马,前去妙峰山查看。"

他叫来孙洪，吩咐多带些人手马匹，立刻去妙峰山，孙洪得令。雷恪拍拍丁醒的肩头："丁兄，这次你探得的消息十分重要，如果我所料不差，那些毁掉村子的天雷，便是在妙峰山中打造的，只要我查到那个地方，定会将贼人一网打尽，你就在京城好好休息，等我回来。"

丁醒点头，他意识到，如果雷恪率人赶去妙峰山，一旦找到贼巢，很可能会有一场恶战，于是向雷恪拱拱手："多带人手，一路保重！"

雷恪率人出发以后，丁醒走出顺天府，朝天空看了看。此时已过午后，天色晴朗，阳光满地，城中不时响起几声鞭炮响，年味已经越来越浓了。

连日奔忙，他感到十分疲惫，便向家中走去。

进门之后，丁醒举目四望，沉寂的小院，冷清的气氛，令他心里陡然升起一股凄凉之感。此时隔壁人家传来一阵孩子的笑声以及女人的娇叱，夹杂着蒸馒头的香气。

他第一次感觉到，自己所住的地方，只是个屋子，而不是一个家。

百晓娘的话又一次袭上心头：我们可以找一个碧水青青的湖畔安下身来，打鱼捉虾，种稻养蚕，那才是人过的日子啊。

说实话，丁醒不是没想过与百晓娘双宿双飞，生儿育女。自从上一次一道出生入死之后，这种感觉越发强烈，昨夜在大观楼，丁醒差一点儿就脱口同意，只是他内心觉得，不能在这个时候一走了之。

来京城荫职以前，老爹不止一次对他讲过：神机营是皇帝近卫军，个个都是响当当的汉子，临战之时，无论面前是刀山火海，都不能做逃兵。

况且此时自己身负重任，哪能临阵脱逃！只愿眼前的案子早点儿侦破。

想着，丁醒来到柴房，想要蒸些米来吃，可想到自己脸上的伤，咀嚼起来只怕会牵动伤口，只得作罢。他回到卧室，摘了刀塞到枕头下，将祖传的火铳拿出来，又擦了一遍。

他已经半天多没有吃东西了，肚子咕咕直叫，为了忘记饥饿，便决定提前上床睡觉。

天色黑了下来，陆炎脸上蒙着布，又一次乘着马车，来到思诚坊内的那座宅子。小童子开了门，将陆炎带到屏风之前。陆炎手中提着一个包裹，里面圆滚滚的，不知装的是什么东西。

屏风后的人问道："陆大人，你把鬼仙的头带来了吗？"

陆炎将手中的包裹向前一送："带来了，请恩主过目。"

小童子拿过包裹，打开，里面果然装的是一颗人头，只不过，这颗人头是木头制成的，上面五官俱全，只有头发是真的。

小童子一皱眉："陆大人，让你杀人，没让你杀木头人。"

陆炎哼了一声："在下去了鬼市，找到了鬼仙的住处，可是一刀下去之后，就发现不是真人。看来鬼仙鬼得很，他早有准备！恩主，你的情报……有误。"

屏风后的人道："他若是不鬼，又怎么能叫鬼仙呢？算啦，这次杀不了他，以后还有的是机会。不过你办事还是蛮认真的，我很高兴。你先回去，听候我的指令。要不了几天，你就会派上大用场。"

陆炎一拱手："是，愿为恩主赴汤蹈火，万死不辞。"

小童子带着陆炎走了，当他回来的时候，屏风后的人道："夏侯鹰。"

那个曾在白塔寺监视丁醒的鹰眼人从侧室走出,来到屏风后面,连续嗯嗯了几声,好像接了什么命令,然后道:"是,谨遵恩主之令,这一次,定要斩草除根!"

天近酉时,京城之中到处灯火辉煌,流光乱舞,酒楼舞榭正是饮酒行令、飞觞高歌之时,热闹非常。

在南北茶楼的二楼上,茶客们挤满了厅堂,正在七嘴八舌,说着市井逸闻。唯独正中那个座位空着。

伙计忙着楼上楼下地飞跑,端上一碗碗香茶和一碟碟点心。其中一个酒糟鼻子的茶客看了看空座:"各位,言五爷怎么又晚了?"

众人纷纷摇头,有人道:"言五爷每次晚来,总有耸人听闻之事,就是不知道今晚……"话未说完,便听楼梯上有人回答:"今晚更有大事。"

来的果然是言五爷,他被两个家仆搀上来后,坐进自己的座位,向周遭拱拱手。酒糟鼻子笑道:"五爷,今晚您家又来客人了?"

言五爷喘息了几下,捋捋山羊胡:"不是客人,而是我的一个好朋友,你们知道北京城外五十里有个饮马井村吧,村中有一位相术名家……"

有人冒出一句:"我知道,是饮马先生,京城外最有名的算命师傅。"

"正是他,傍晚时分,他突然带着老娘进了城,我来这里的路上,正巧看到他,我请他去家里,他说带着老娘,还是住进客栈得好,便不麻烦我了。我也没有强求,但总觉得他神色恍惚,仔细一问才知道,他算准了明后两天,京城外将有大灾发生。"言五爷说得煞有介事。

"大灾发生?"有人问道,"难道又要降下天雷了?"

言五爷叹息一声:"谁知道呢!他只说了四个字,天风地火。多半与天雷有关吧。"

"那他为什么往京城里跑,远离京城不是更安全?"又有人问。

言五爷道:"他来京城是倚福避祸的,我问你,这世上谁最有福气啊?"

"自然是当今圣上,那还能有谁?"大家几乎异口同声。

言五爷嘿嘿一笑:"对呀,只有离圣上越近,才越安全。反正他是这么说的。"

有人小声议论:"我的天,前两次天雷殛村,死了几百人,饮马先生这样害怕,明后天的大灾,肯定还要厉害,天公降怒,我等小民如何当得起?"

还有人道:"是啊,我在城外也有亲戚,现在得马上去通知他们,先进城避一避再说,有灾便避过了,没灾再回去不迟。"

"对对对,正该如此……"

不一会儿,便有七八人下了茶楼,应是去城外了。如今时值年关,朝廷为了显示国泰民安,天朝气象,因此从腊月二十五日至正月十五日这二十天内,不闭城门,任人进出。

言五爷捋着山羊胡,看着那些下楼的人,轻轻地微笑点头。

丁醒这一觉直睡到酉时将尽,屋子里黑漆漆的,他在半睡半醒之间,忽然觉得身边仿佛有动静。作为武将,丁醒的直觉总是很灵敏,他假装翻了个身,一只手轻轻去抽枕下的刀。

就在这时,一个声音在耳边响起:"别怕,是我。"这声音听起来太熟悉了,丁醒缩回了手:"鬼仙,你又来了。"

此时丁醒一开口,觉得脸上不那么疼了,看来鬼仙的药果然有奇效。

亮光一闪,鬼仙打亮了火折子,点起了案头的蜡烛。丁醒从床上坐起来,看看四周,笑道:"这次可是在我家吧?"

"当然是你家,我没和你抢。"鬼仙淡淡地来了一句,然后收起火折子。

丁醒盯着他:"找我什么事啊?是不是百晓娘让你来捉我回去?"

鬼仙摇头:"我现在自顾不暇,管不了小娘们儿的事了。"

丁醒一皱眉:"此话何意?你自顾不暇?"

鬼仙道:"我在黑市的窝被人盯上了,刚才我回去,发现自己的头被人砍了。"

丁醒被他逗笑了:"你的头被砍了?那现在你用什么在说话?"

鬼仙叹了口气:"黑市的窝我已经很少去了,但以防万一,为了让人相信我还在那里,就做了一个人形木偶,与我的相貌一模一样。有人进屋之后,便会踏中地上的暗线,暗线一紧,人偶就会动,不知道的人还以为那是我。"

丁醒赞叹了一声:"这种手艺,我可从没听说过,果然高明。"

鬼仙嘿嘿一笑:"如果不是我高明,脑袋搬家的,就不是那个人偶,而是我了。"

丁醒一呆:"有人潜入你的窝,砍走了人偶的脑袋?"

鬼仙道："正是。所以我没地方躲了，才来找你。"

"有人要杀你……"丁醒笑道，"是不是你这张脸太招人恨了？为了避免天天做噩梦，所以才要砍你的脑袋！"

鬼仙瞪了他一眼："开玩笑也要看别人的心情，我现在没心情。"

一见鬼仙不高兴了，丁醒也不好意思地笑笑，其实他和鬼仙挺合拍，在一起时心里是完全放松的。这一点，有时候连百晓娘也比不上。

丁醒正色说道："江湖上恩怨情仇太多，你肯定是惹上不好惹的人了。"

"我没有仇人！"鬼仙说得非常肯定，"只有别人求我，我从不求人，更不要说得罪人。所以想不出谁要杀我。正因为想不出，才感觉到非常危险，甚至不知道躲到哪里才安全。"

"所以你就挑了我这里，你知道我不但不会杀你，还会保护你。"丁醒笑道。

鬼仙翻翻眼睛："你只想到了一点，另一点没想明白。"

丁醒一愣："另一点？"

鬼仙道："早不杀，晚不杀，非要此时动手，我怀疑我的事情，与你的事情或有关联。"

"你的意思是说，要杀你的人，很可能就是天雷殛村案的凶手？"丁醒来了兴趣，"可你对于这案子，又知道些什么呢？"

"我知道九宫真人的一些秘密。"鬼仙来了一句。

丁醒叹了口气："他都死了，秘密还有什么用？"

鬼仙继续说下去："九宫真人是个很神秘的道士，一门心思炼丹，观里的大事小事都由他的师弟打理。外人想要见到他都很难。"

丁醒并不奇怪："一心炼丹的道士并不只他一个吧。"对于道士，丁醒是知道一些的，他们为了求得长生，醉心炼制长生丹药，有的甚至数十年从不间断。九宫真人的做法，道门之中并不罕见。

"杀死九宫真人的凶手可能以为我知道些不该知道的东西，所以就来杀我。"鬼仙道，"这个解释行得通吧？"

丁醒点头："可关键在于，你知道的哪些事情，是你不该知道的？"

鬼仙苦笑："我要是知道就好了……"

二人相顾无言，心头均是沉甸甸的。

"吃过饭没有？"丁醒问鬼仙。

鬼仙摇头："我不饿。"

丁醒笑道："可我饿了，饿着肚子，想不出办法来，我先去做饭。对了，现在我脸上不怎么疼了，可以嚼东西了吧？"

"少嚼，以免伤口迸裂，两天之内最好吃流食。"鬼仙说道。

丁醒起身向外走："我去下面条，你也吃一点儿，我做的油泼面还是不错的。"

他还没走出屋子，突然听到大门被敲响了。丁醒一皱眉，这个时候还会有人来找自己，多半是雷恪，但他去了妙峰山，妙峰山离京城百余里，不可能这么快回来。

丁醒出了房门，站在廊下，看到门外有火光大亮，来人应是举着火把，而且还不止一根，便扬声问道："谁？"

外面有人回答："小人是顺天府差官，奉雷大人之命，前来送一样东西给丁千户。"

丁醒心中疑惑，便又问道："雷大人现在何处？"

那人答道:"此时他应该到了妙峰山。这样东西是半路上发现的,雷大人让小人速速拿来交给丁千户。"

听到这样的话,丁醒感觉到,雷恪定是发现了不得了的东西,否则断不会专门派人回京。因此他举步朝大门走去,嘴里道:"好,我看看是什么东西。"

他刚走几步,鬼仙突然从后面追上来,一手将他拉住,丁醒一扭头,见是鬼仙,刚要开口发问,便见对方朝自己做了个噤声的手势,并轻轻摇头。

丁醒明白,深更半夜,来人不明,鬼仙这是提醒自己要小心。想到这里,他不觉好笑,鬼仙是第一次遭人追杀,过于紧张了。

他刚要挣开鬼仙,鬼仙却朝他一摆手,闪身潜到大门后,透过门缝朝外看去。

刚才来人说了,他们是顺天府差官,而顺天府差官穿青皂衣,戴红缨帽,脚下是麻鞋。门外站着三个人正是青衣红帽,脚蹬麻鞋,应该确是差役无疑。

他这才向丁醒点了点头,自己则站在一扇门后,丁醒上前,也通过门缝朝外看了看,见为首的差役手里托着一个布包,见棱见角的,不知何物。

丁醒瞟了一眼鬼仙,这才将另一扇门开了半边,打量一下眼前的差役:"一路辛苦了,雷大人有什么东西交给我?"

那差役把手中的布包朝前一送:"就是此物,请大人观看。"

丁醒双手接过布包,掀开布面一瞧,里面是个七寸长、五寸宽、两寸厚的木盒,便是一愣:"这是什么?"

那差役道:"小人不知,雷大人只是要丁千户验看,不许我们打开。"

丁醒知道雷恪的脾气,他对部下一向令行禁止,部下们绝不敢违拗,因此笑了笑:"好,我便看看里面是什么宝贝,值得如此兴师动众。"

木盒上没有锁,仅有两道卡簧,只要向上扳起,就可以打开盒盖。丁醒的手指刚要碰到卡簧,却瞟见一旁隐藏的鬼仙向自己大摇其手,丁醒假装低头看那木盒,用余光扫了一眼鬼仙。

鬼仙朝他做出一个手势,意思是让他把盒子转过来,再打开。丁醒突然意识到,手中的盒子里很可能有鬼。他听过传闻,江湖人想要害人之时,就送一个盒子,只要打开盒盖,里面就会飞出淬毒的弩箭,立地取人性命。

难道眼前这个盒子也有机关?

鬼仙还在示意,丁醒暗想:小心驶得万年船,大意不得。因此他突然将盒子一转,开口处对着外面的差役,伸手去扳卡簧。

就在盒子调转的一刹那,门外那差役果然脸色大变,一晃身子闪到门边。他这一动作不要紧,丁醒立刻明白了,当即用手一扳卡簧,盒盖弹开,"嗖嗖嗖"……

三支黑漆漆的弩箭飞了出来,由于那差役躲得快,三支弩箭没有打到他,而他身后的两名差役也同时闪身,因此弩箭全部钉到对面的砖墙之上,迸出了火星。

果然是刺客假扮差役,前来杀自己的,丁醒甚是感激鬼仙,如果不是他提醒,那三支毒箭此时已经钉进自己的身子,要了自己的小命。

三名差役一见事情败露,立刻从腰间拔出短弩。这种短弩只有一尺来长，每次发射一支弩箭，虽不如弓箭强劲，但短距离之内很难闪避。

丁醒当然是识货的，他立刻回手关上了大门，只听"夺、夺"两声，两支弩箭钉在门板上。丁醒刚要将门闩插上，已经来不及了，外面有人飞起一脚，将大门踢开。

鬼仙和丁醒被震得后退几步，抬头一瞧，三名杀手已经冲进大门，丁醒立刻拉着鬼仙跑向屋内。"嗖"的一声，又是一支弩箭从后心射到，丁醒心中一凉，他已经来不及闪躲。

眼看就要中箭，幸好鬼仙早有准备，他迅速脱下外袍，罩在丁醒背上。弩箭虽然强劲，却射不透鬼仙这件袍子。

丁醒知道背后罩的是鬼仙的百变天衣，这件衣服曾不止一次救过自己和百晓娘的性命，今天又多亏了它。

来不及感激鬼仙，丁醒二人一溜烟地蹿进屋子，反手关上了房门，插死了门闩。

三名杀手来到屋门前，为首的那人一摆手，其余二人便扑向窗子，准备破窗而入，而他则后退两步，迅速将一支短弩放在弦上，对准了屋门，以防二人冲出。

丁醒知道屋子挡不住敌人，低声问鬼仙："现在怎么办？这三人肯定武艺高强，我们不是对手。"

鬼仙毫不迟疑："有个办法，只不过，得毁了你这间房子。"

丁醒急道："别管房子了，先活命要紧。"

鬼仙借着里屋的烛光一瞧，正厅的桌上铺有桌布，他上前一把扯过来，拿出火折子点着了。

此时窗子发出碎裂之声，两名杀手已经打破了窗棂，马上就要跳进来了。鬼仙冲进里屋，把燃烧的桌布朝床上一扔。

床上的被褥遇火立刻燃烧起来，窗外的杀手猛见屋子里火光大起，一时不知道怎么回事，没敢冲入。

眨眼之间，烈焰便吞没了丁醒的床铺，火苗迅速向床边的窗子蔓延，整个窗子也烧了起来。

与此同时，鬼仙扯开嗓子叫了起来："走水啦……走水啦……"

丁醒一愣之下，明白了鬼仙的意图，也放开声音大喊。

烈焰飞腾，呼喊连天，立刻惊动了左近四邻，跑出屋子的人瞧见大火，也跟着连声大叫。

三名杀手万万没想到丁醒会来这一手，如果继续耽搁下去，人多眼杂，怕是无法收场，更要命的是，一旦官兵赶到，便再也无法脱身。

为首的杀手当机立断，叫了一声："走！"

三名杀手转身冲出大门，消失在夜色之中。

此时，丁醒从桌上拿起父亲留给自己的火铳，与鬼仙开门跑了出来，他们来到院子里，四下一瞧，杀手已经不见踪影，这才稍稍安心。丁醒刚要救火，却被鬼仙紧紧拉住，丁醒一愣："不救火了？"

鬼仙道："趁乱脱身，正是时机。"

丁醒恍然大悟，如果留在这里，也许杀手会假扮成救火的人，暗下毒手。所以还是马上离开得好。

此时父亲留下的火铳在手，家里也没什么值钱物件，烧便烧了，保命要紧。况且这条街上的人一定会将火扑灭，以免殃及邻家。

想到这里，丁醒与鬼仙迅速离开了火场。丁醒问鬼仙："我可就这一个窝，如今我们去哪里？"

鬼仙转转眼珠："去找小娘们儿！"

他说的当然是百晓娘，丁醒也正好有些事要问，因此紧跟着鬼仙，朝白塔寺的方向而去。

走不多远，突然从一条小胡同里转出一个人来，正是百晓娘，丁醒刚要开口，百晓娘却一摆手，打断了他："不要说话，跟我来。"

二人对视一眼，紧随着百晓娘，没入漆黑的胡同中。

雷恪率领着三十多名差役，一刻不停地打马飞奔，直奔妙峰山，路上几乎没有停顿的工夫。他知道，越早探明妙峰山中的秘密，案子便能越早浮出水面。为此他特意叮嘱孙洪，每人两匹马，骑累一匹，换乘另一匹，人不卸甲，马不离鞍，朝着妙峰山狂奔。

天色擦黑的时候，他们赶到了妙峰山下，雷恪令众人下马休息一下，将带的干粮拿出来吃，快速补充体力。

孙洪将一袋烈酒送到雷恪眼前，雷恪接过，拔出塞子喝了几口，吩咐孙洪："等一会儿你派两个人，在山下守住马匹，其余人跟我进山搜索。"

孙洪望了望眼前黑乎乎的群山："大人，妙峰山这么大，我们这点人，就算找到天亮，只怕也难以找到炼制火雷的地点。"

雷恪哼了一声："在路上我就已经想好了，炼制火雷的人数肯定不少，这么多人在这里，食物饮水不可能从山外运来，定是就地取材，起火做饭。所以我们沿着溪流寻找，一定可以找到。况且冶铁炼金，也少不得用水。"

孙洪点头："明白了，我这就去安排。"

休息了片刻，雷恪带着众差役弃了马匹，步行入山，以免惊动贼人。雷恪很有经验，先是让人在山口外寻找溪流，不多时，果然找到一条汇入永定河的小溪，众人溯源而上。

雷恪带来的差役都是精明强干之人，他们点着火把，在溪边仔细寻找，不放过任何一处可疑之地。就这样他们找了一个更次，终于进入了那道峡谷之内。

刚一进谷，雷恪便发现了人的踪迹，他蹲下身子仔细看着地面，吩咐道："大家仔细点儿，这片地面有人走过，而且就在不久前。"

孙洪走上前来，用火把仔细照了照，果然发现一片枯草被踏平了，枯草中现出一枚较为清晰的足印。孙洪指着那个足印："大人，这群人应该是出谷去了，可我们进谷以前，并未见到他们，想来应该是在我们到山下之前便走了。"

雷恪站起身，吩咐道："给我把眼睛都放亮点儿，窝点就在附近。"

他抬头看看峡谷两侧，尽是山壁，只是坡度较缓，上下并不困难，于是吩咐人去两侧山壁间寻找。雷恪断定，贼人不可能在露天空地上炼制火雷，那样太过明显，很容易被人发现，因此炼制地点很可能在山洞里。

几个差役领命去山壁上寻找，果然没多久，便有一个差役叫了起来："大人，这里有个山洞，洞口还凿有水沟。"

雷恪一听，立刻带人扑向山洞，来到洞口，他见洞外倒着一棵大树，枝杈挡住了多一半的洞口，便知道定是有人将之砍倒，做遮掩之用。他猛吸了两下鼻子，皱眉道："血腥味，一定是这里。"

孙洪朝后面看了看："盾牌在前，冲进去。"四名差役从背后摘下木盾，挡在身前，后面有人举着火把照亮，一步步走进洞内。

雷恪心急，紧随而入，孙洪在洞外安排了人手守卫，带着剩下的所有差役，也跟了进去。

当先进洞的四名差役，小心翼翼地前行，走了几步路后转过一个弯儿，就发现前面是个大大的洞腹，这四人突觉脚下一绊，踢到了什么东西，接过火把向地上一照，一个年轻的差役险些吐了出来。

雷恪分开人群，走到最前，然而呈现在他眼前的，却是鲜血遍地，到处是横七竖八的尸体。雷恪粗略一数，也有三四十具，这些尸体全部赤着上身，保持着各种姿势，有躺有卧有伏有坐，遍布在洞中各处。可以想见，当他们遇害之时，一定在四下奔逃，可山洞只有一个出口，他们逃不出去。

雷恪查看了几具尸体，发现全是刀伤，有的尸体身上居然不下十几道血口，显见得是乱刀剁死的。

"马上验尸，看看还有没有活口。"孙洪吩咐道，差役们分散开来，检查尸体。

雷恪在洞中走了一圈，在血泊之中发现不少泥坯，他拾起一块，凑近鼻子闻了闻，用力将之捏碎，细细分辨之下，果然是些细沙、石灰和黏土。

看来这便是模具，不过已经被毁掉了。毫无疑问，此处便是炼制火雷之所，只是不见炼铁炉，想来已被贼人抬走，以免留下线索。

"来晚一步！"雷恪恨恨地将手中泥土扔掉。

孙洪上前禀报："大人，洞内尸体一共三十七具，无一活口，贼人下手极狠，每具尸体上至少有三道致命伤。"

"这些死者都是什么人？有人认得吗？"雷恪知道城中铁匠一个不少，因此这些人有可能是从外地抓来的。

有名差役扶着一具尸体叫道："大人，这个人我认得！"

雷恪眼睛一亮，立刻来到那差役跟前："他是谁？"

那差役道："这是城中真元观的观主，叫真元子。我家就住在真元观外，不止一次见过他。"

"道士……"雷恪一拍手掌，"明白了，怪不得那些铁匠一个不少，原来贼人抓来的全是会炼丹的道士，既会炼丹，当然也会炼铁炼火药了。"

他恨恨连声，怪自己没有早点儿想到。

孙洪环顾洞内："大人，贼人下手干净，除了尸体之外，没有任何可疑之物，我们现在怎么办？"

雷恪沉声道："凶手杀人灭口，那是因为活儿已经干完了。他们应该很快就会有所行动，现在我们马上回京，严查这些火雷的去向。"

孙洪领命，可又看了一眼遍地的尸体："那这里怎么办？"

"派人通知当地衙署，前来善后。告诉他们，封锁消息，尸体先不要运回京中，免得生乱。"雷恪说完，大步走出山洞。

亥时前后，百晓娘带着丁醒和鬼仙来到一处地方，丁醒举头看看，这里不是白塔寺，而是东城边的一处成衣铺，就离着城墙不远。这个时间，城中已经安静下来，附近只有寥寥几座酒楼舞榭还有灯光，其他人家早已熄灯就寝。

百晓娘到了成衣铺门前，轻轻敲了几下门，里面传出一个女人的声音："打烊了，要做衣服，明天再来吧。"

百晓娘道："我不做衣服，只是借针线。"

那女人又问："借什么样的针，什么样的线？"

百晓娘回答:"三才五行针,六合八卦线。"

里面的女人不说话了,紧接着门开了,百晓娘带着二人闪身而入。

丁醒扫了一眼,见这个成衣铺非常简陋,中间摆着一张巨大的长桌,上面放满了裁剪的衣服,周边一圈放着几把椅子,墙边的饭桌上正燃着两根蜡烛。

开门的是一位三十多岁的妇人,遍体粗布衣服,头上乌丝之中已有了白发,用一根皮条简单地勒起,她面貌普通,眼睛通红,正是长久在昏暗的烛光之下做工的样子。

见了百晓娘等三人,那妇人也不说话,径直走向墙边,挪开饭桌,弯腰将一块地掀了起来,原来是一块木板,下面像是一间地窖。

百晓娘也不说话,朝着丁醒与鬼仙点头:"随我下去。"

三个人走下地窖,丁醒看了看四周,发现是一条窄窄的地道,笔直通向前方,便问百晓娘:"我们要去哪儿?"

"出城!"百晓娘道,"现在京城之中危机四伏,你的处境尤其险恶,我们必须出城,先找一处安全之所。"

"为什么不走城门?从腊月二十五日起,城门长夜不闭。"丁醒问道。

鬼仙呵呵一笑:"说你笨你还真笨,现在各处城门,一定早有杀手蹲伏,等着我们呢。"

丁醒一想也对,来杀自己的人居然敢假扮顺天府差官,而且服饰齐整,显见得手眼通天,要想活命,秘密出城躲避是最好的选择。

地道之内没有光亮,百晓娘打着火折子照亮,丁醒看了看两侧的墙壁,发现尽是新土,毫无疑问,这条地道刚刚挖成不久。

"成衣铺的女人跟你什么关系?"丁醒问了一句。

百晓娘道:"我家原来也阔过,她是我家的仆人,几乎是看着我长大的,我一直把她当姐姐。"

丁醒笑道:"你们在门边的对话,听起来是江湖黑道上的。"

"不错,我本就是江湖人。"这时他们已走出了几十丈远,百晓娘灭了火折子,朝后面低声道,"不要说话,快出洞了。"

丁醒与鬼仙向前看去,还是黑漆漆的一团,侧耳一听,寂静无声。百晓娘走到尽头,那里有一架短梯,头顶上又是一块木板,她在墙上轻轻敲了几下。

很快外面有了动静,木板被掀开,一片灯光洒了进来。百晓娘顺着梯子爬了上去,丁醒与鬼仙也紧跟着钻了出去。

出得洞来,丁醒抬头一瞧,不由得愣了一下,原来这里是一间布铺,到处放的都是成卷的布匹,还有绸缎。迎面站着一位中年黑须男人,也是相貌普通,衣着寒酸。

地道那头是成衣铺,这头是布铺,做生意门当户对,丁醒不觉哑然失笑。

黑须男人见了百晓娘,先是施了个礼,然后道:"主人,有何需求?"

百晓娘道:"没什么需求,你放心睡觉,我们只是要出城,现在已经出得城来,便没事了。"

黑须男人不再说什么,轻轻开了房门,放百晓娘等人出去,这才关门熄灯,睡觉了。

他还真听话!想必这位也是以前百晓娘家的仆人吧。

丁醒心中想着,四下看了一眼,认出这里是东门外的一个小镇子,叫白马集,以前是马市,南方来的客人经常到这里来买北地的马匹。后来北京城南又开了一个马市,就近逐便的原因,白马集日渐没落,没人再来贩马,但名字一直留了下来。

百晓娘带着二人出了白马集,眼前是一座破旧小庙,庙门上方的匾还留着,上写三个字:马王庙。

百晓娘朝庙里一指:"我们在这里休息一晚。"

第七章
遇险

进了庙,关了庙门,鬼仙找了几个草垫子,抖落了土,铺在地上,三人席地而坐。

"现在安全了吧?"丁醒揉着腿骨,打了个哈欠。

百晓娘没回话,只是隔着破窗,望着天上的繁星,望着望着,两行清泪流了下来。

丁醒呆了,自认识百晓娘以后,他见过百晓娘开心、愤怒、恐惧、失落的神色,可从没见过她流泪。像她这样特立独行的江湖女子,坚强几乎占据了她整个身心,但今夜对着星光流泪的百晓娘,才真正让丁醒感觉到,她是一个柔弱的女人。

鬼仙也看到了,可他的反应全然不同,突然"嘎嘎"笑了起来。他的笑声在暗夜里听来十分恐怖,好像夜鬼磨牙似的,吓了丁醒一跳。

丁醒用肘子顶了鬼仙一下:"你鬼笑什么?不怕引来钟馗,给你收了去？"

"钟馗来了更好，赶紧把妹子嫁给你，让小娘们儿吃一醋，也好过哭天抹泪。"鬼仙瞟着百晓娘说道。

百晓娘被鬼仙气乐了，嗔道："谁吃醋了！我是……想家了。"

丁醒一听，才想到一件事，他从来没问过百晓娘的身世，此时百晓娘无故伤心，更好借此来分散一下她的愁绪，便问道："说真的，我认识你许久，也不知道你家乡何处，现在能不能说说？"

"不能。"百晓娘斩钉截铁地拒绝了，把丁醒顶得险些岔了气。

鬼仙却来了兴趣，用手捅了捅丁醒的腰眼："小子，你和小娘们儿是怎么认识的？我可知道，她一向不喜欢结交公门中人，为何不讨厌你呀？"

"谁说我不讨厌他！"百晓娘插了一句。

鬼仙朝着丁醒一笑："别理她，你说你说。"

听鬼仙问起，丁醒的脑海中回忆起了一年多以前的事情，他和百晓娘便是那时候相遇的。

那是他刚来京城荫职的时候，由于对京城不熟悉，所以下了操或平时空暇之时，他便在京城的大街小巷里闲走，也是在那时候喜欢上京城小吃的。

有一次，他在市集里游逛，突然看到一伙恶少，围着一个贫苦人家的姑娘调笑，丁醒最看不得这种场面，于是挺身而出，仗义执言，怒斥那些纨绔子弟。

他身穿军官服色，一般百姓见了，绝不敢与之对抗，不料那伙恶少是高官子弟，居然一点儿面子也不给，还出言嘲讽。

那伙恶少手下带着几个打手，上前殴打丁醒，丁醒让那姑娘先跑，自己在后面挡住打手。恶少见被丁醒扫了兴致，怒火上冲，竟要打手们打断丁醒的腿，给他点颜色看看。

丁醒身上没带火铳，只有一把短刀，眼看双拳不敌四手，要吃亏时，不知是谁扔进来一串鞭炮，在脚下噼噼啪啪地炸响了。鞭炮本没什么威力，厉害的是冒出的烟，那种烟太过呛人，一伙人全都拼命咳嗽起来，眼睛也睁不开，哪顾得上打架？

就在众人慌乱之际，一个人拉着丁醒跑了出来，跑到僻静处，用水给丁醒冲了冲眼睛，又让他喝了几口，这才止住咳嗽。

这个人就是百晓娘，她本来见到恶少们欺负少女，也想挺身而出，教训他们一番，但被丁醒抢了先，于是便在暗中观察。这伙恶少多是王振手下党羽之子，气焰熏天，极不好惹。

百晓娘看到丁醒要吃亏，这才扔出一串掺了辣椒面和熏香粉的鞭炮，替丁醒解了围。

丁醒谢过百晓娘，百晓娘一问丁醒的来历，才知道他是神机营刚入职的百户，便告诉他，这些恶少都是背景极深的人，惹了他们，很可能会对丁醒不利，也许丁醒会被罢官夺职，赶回老家。

丁醒毫不在乎，他刚刚救下一个姑娘，也稍稍安慰了自己的心，至于这个百户官，他并不看重。上任两个月来，自己由于打不中靶子，在营中成了众人的笑谈，极为难受，这样的官不当也罢。

另外他很了解自己的父亲，老人家一生刚正，如果知道自己是因为救助穷家姑娘被报复罢官，心中一定不会责怪自己，反而会更加高兴。

百晓娘对于官府中人从未有过好感，但她感觉丁醒是个有趣的另类。

丁醒回到营中，没有说起这件事，一直等着那伙人的报复，可等了很多天，也没有任何事情发生。丁醒以为那伙恶少不知道自己是谁，也就作罢了。但事实并非如此。

后来丁醒找过百晓娘两次，才从她口中得知，原来是百晓娘给了那伙恶少一个下马威，让他们不敢对丁醒有所报复。至于百晓娘用的什么法子，她始终没有说。

就这样，两个人便交往了起来，交情说深不深，说浅也不浅。

丁醒说得快而简略，但事情讲得很明白。鬼仙听完了，笑道："你们也算是患难之交啊。"

丁醒看看百晓娘："但我始终不知道你的身世，既然不想说，我也不问了。总之我们现在平安无事，真的要感谢你！"

"用不着感谢我，事实上，让你们陷入危险的人，正是我！"百晓娘抹干了泪珠，转过头来面对着二人。

鬼仙瞪起了眼睛："你这小娘们儿，成天就是害我。也不知道上辈子我欠了你多少。"

丁醒感觉百晓娘话中有话，沉吟了一下："上次在大观楼，你就没有把话挑明，后来还让鬼仙困住我，其中一定大有缘故。今天是不是该让我明白明白了？"

百晓娘把身子转过来，面对二人："你们知道，今天那些杀手是谁派去的吗？"

鬼仙眼光闪动："我们还没告诉你杀手的事呢，你怎么知道了？"

"我是有事情要找丁醒，所以才赶去他家里，可快到他家时，就看到起了火，有三名顺天府差役在急急忙忙地赶路，却不是去火场。这三个人形神诡异，绝不是差役，我猜出他们是杀手，生怕丁醒被害，幸好不多时你们便来了。"

百晓娘说得也很简单，可条理非常清楚。鬼仙心中暗笑，明明是担心丁醒安危，时刻在暗中保护，却害羞不敢说出来。

丁醒一闪念："你知道那些杀手是谁派来的！"

"是我哥哥！"百晓娘咬着嘴唇说道。

鬼仙与丁醒都是一愣，同时脱口而出："你有哥哥？"

鬼仙道："我认识你好几年，也没听你说过啊。小娘们儿的嘴好像盖碗似的，可够严的。"

"你哥哥是什么人，为什么要杀我？"刚说到这里，丁醒赫然一惊，"他与天雷殛村案有关，是不是？"

百晓娘沉吟着，最终摇摇头："天雷殛村的事情……我不清楚，也不相信是人为。但我哥哥确实有一个非常重大的计划，至于是什么计划，我也没问过。"

丁醒眉头紧锁："第一次天雷殛村时，我就遭到暗杀，德胜驿被毁，我也险些被烧死。现在想来，你哥哥那个时候就要杀我了。"

"这件事我不知道，你也没说起过。"百晓娘一脸歉疚，"我真的不想让你出事。那天在大观楼，也只是想保护你。"

丁醒伸手出去，轻轻握住百晓娘的玉指："我明白，我明白。什么时候，你都是为了我好。"

"你知道我刚才为什么哭吗？"百晓娘看着丁醒，见丁醒摇头，便道，"今晚我去见了我哥哥，求他不要杀你，他答应了。"

鬼仙呸了一声："嘴上说不杀，转头就派杀手，够阴够毒，你以后防着他点儿，说不定什么时候，他也会对你下手。"

"这个绝不会的。"百晓娘说得非常肯定，"我们从小就相依为命，哥哥一直视我为唯一的寄托，怎么也不可能害我。他要杀丁醒，是因为丁醒和雷恪可能会坏他的事。"

丁醒道："天雷殛村之事，你哥哥定是主谋。你告诉我他在哪里，我要通知雷恪，将他绳之以法。"

百晓娘板起脸："你要杀了他吗？"

丁醒看了看百晓娘的脸色，仍旧斩钉截铁地回答："如果两个村子的人都死在他手里，杀他已经够仁慈了，按律应当凌迟。"

百晓娘甩开丁醒的手，厉声道："我不会让你捉到他，况且就算现在告诉你他在哪里也晚了，他一击不中，定然已经换了住处。"

丁醒刚要继续说下去，鬼仙按了按他肩膀："如果两个村子的人都死在他手里，按律不光凌迟，还得诛灭三族，这当中就包括他的亲妹子。"

听了这话，丁醒突地僵住了。

百晓娘仰着头："你要想抓他，先抓我，现在就把我送到顺天府。"

丁醒长叹一声："天雷殛村之事你是局外人，根本不知情，我抓你做什么！我只是不知道，凶手下一步要干什么。"

鬼仙哼了一声："那还用问吗？如果换了我，一连灭掉两个村子后，接下来要干的，就是轰碎皇城。"

丁醒闻听，陡然吓出一身冷汗，他和雷恪从来没有往这方面想，皇城位于北京城中心，四外戒备极严，想要在皇城外搞什么阴谋，极为困难。

百晓娘也吃了一惊："你说什么？轰碎皇城？"

鬼仙道："村子可以毁，皇城就不可以毁了吗？皇城自永乐帝建成以来，失过好几次大火，前三殿烧得一片狼藉，如果换了天雷，只怕就得片瓦不存了吧。"

丁醒瞪大眼睛:"我一直怀疑前两个村子是被炮击所致,只是没有证据,因为铸造大炮太难了,民间私铸绝无可能。除了炮击以外,我实在想不出,凶徒还能有什么手段。"

"你为何总是认为,天雷殛村是人为,而不是天灾呢?"百晓娘问。

丁醒将自己的怀疑说了一遍,又请鬼仙打亮火折子,用手指在地上尘灰中画了那片残铁的图形,说道:"我总觉得,这块残铁便是天雷,但又找不出证据。你有没有见过类似的东西?"

百晓娘摇头:"我真的没见过。"

丁醒道:"我相信。如果它确是天雷,那一定是秘密铸造。雷恪曾对我说,他问遍了城中城外所有的铁匠铺,没人见过这东西。"

"所以你到现在也只是怀疑,并不能肯定是人为。"百晓娘吹灭了火折子。

鬼仙嘻嘻而笑:"光问铁匠有什么用?如果凶徒真要在京城做文章,肯定不会用京城的铁匠啊。"

"有道理。"丁醒沉吟着,"以前神机营曾经研究过掌心雷,内填火药,塞进火绳,点燃后可以迸开外面铁壳,杀伤力比实心铁弹要大,但那东西要用人来抛射,想轰碎皇城,没有几万人绝办不到。况且他们根本接近不了皇城,所以没有人会笨到想用掌心雷袭击皇城。"

百晓娘不说话,眼神变得复杂起来。

丁醒内心纠结了一番,终于下定决心,对百晓娘道:"你一定要带我找到你哥哥,我要阻止他的计划。我可以发誓,只要他停止作恶，便不会抓他，你可以把他送走，走到天涯海角，别让雷恪抓到就行。"

百晓娘好似没听到，还是不回答，丁醒又道："这是我能做出的最大让步了。天雷殛村案破与不破，对我没有影响，只是苦了雷恪。不过也不至于丢官，最多是降级罢了。至于两个村子的数百条人命……唉，北京之战时，死的人远比这个多……"

鬼仙听得出来，丁醒有点儿昧着良心，话说到这个份上，已经很不容易了。

百晓娘转过头来，望着丁醒："我知道你的苦心，这样吧，我有一个办法，你们凑过来……"

丁醒与鬼仙好奇地凑过去，要听听她的办法。

百晓娘从腰间摸出一个小布袋，倒出一颗圆滚滚的东西，放在手心上："你们闻闻，这是什么。"

丁醒与鬼仙把鼻子凑近，深深吸了一下，顿时觉得浓香扑鼻，原来百晓娘已将那东西捏碎了。

鬼仙骤然叫了一声："这是迷香，小娘们儿……"后面的话没说出来，鬼仙便歪倒在地上。

丁醒反应不如鬼仙快，已经闻了几鼻子，但他的体格远比鬼仙要好，呼的一下站起来，可马上觉得头晕目眩，脚下没根，紧接着一跤摔倒。

百晓娘拿出来的果然是迷香，这种迷香可以随身携带，外面是封住香味的蜡丸，要迷倒人的时候，只需要捏碎蜡丸就行。江湖上的人对于迷香并不陌生，鬼仙精通此道，但是也想不到百晓娘会用这种办法来对付自己，因此才着了道儿。

看着丁醒与鬼仙被迷晕在地,百晓娘将手中的迷香远远扔出去,掏出手绢擦了擦手掌,她刚才一直屏住呼吸,没有吸进迷香,因此保持着清醒。

鬼仙虽然被迷倒,但是他吸入得少,而且他那个一半好、一半坏的鼻子也不太灵光,所以只过了两盏茶的工夫,便清醒过来,四下一瞧,地上只躺着丁醒,百晓娘已经不知去向。

鬼仙知道迷香的破解之法,便去外面找来一些残雪,抹在丁醒脸上。丁醒被雪水一激,终于睁开了眼睛。

"百晓娘呢?"丁醒问道。

鬼仙嘿嘿两声:"不用问,肯定找她哥哥去了。按我猜测,她是要说服她哥哥,就此罢手。就如同你希望的那样。"

"那为什么要迷晕我们,大家一起去不好吗?"丁醒坐起身来,抹了两把脸上的雪水。

鬼仙敲了他的头一下:"你还晕着呢?这么简单的道理也不明白?我们一起去,他哥哥会怎么想?万一不答应,我们还能活着出来吗?"

丁醒一皱眉:"这么说,百晓娘是为了我们好。"

"当然。现在只有百晓娘能劝动她哥哥。我们去了,反而帮了倒忙。"鬼仙叹了口气,"况且,我们也不知道她去了哪里,现在只能等了。"

丁醒还觉得头脑之中有股眩晕感,他走到外面,抬头看天,天空星光点点,没有一丝风,但清凉的空气令他的神智终于回来了。

站了片刻,丁醒突然跺跺脚:"不行,不行。"他回到庙中,对鬼仙道,"我们还是得跟上去,一定要找到她。"

鬼仙翻翻白眼："你没听明白我的话吗？我们去的话，只会添乱。"

"不！"丁醒的语气非常坚决，"我感觉她会有危险！能毁了两个村子的人，一定丧心病狂。百晓娘的脾气你也清楚，为达目的，宁折不弯。我担心她无法说服她哥哥，如果是这样，后果将如何呢？"

"你的担心有道理。从她哥哥派人杀你就可以看出，小娘们儿的话，她哥哥是不听的。一旦劝急了……"鬼仙也站起身来，来回踱了几步，一转身向庙外走去，"我们去找她。"

丁醒跟在后面，出了庙门，四下看看："我们去哪儿找她啊？"

鬼仙道："她一定回京城了，我们到了城里，再想办法。"

二人肩并肩，脚下加紧，朝着那家布铺走去。

来到布铺门前，丁醒敲开了门，问那中年人："百晓娘来过没有？"

中年人也不开口，只是点点头。

鬼仙道："果然猜对了，我们得跟上去。"

中年人开了地道口，放他们进去，走了一段路，二人又从成衣铺钻了出来，一问那妇人，果然，百晓娘不久之前刚刚离开。

丁醒站在成衣铺外，看着眼前的街道，皱眉道："城中街道四通八达，天知道她去了哪里。怎么找啊？"

鬼仙转转眼珠，突然笑道："你在这里等我，我去问问老天。"

丁醒一愣："什么意思？"

鬼仙转身就走，只扔下一句："一定等我回来。"

丁醒应了一声，只得躲在街边的暗影里，等着鬼仙。

不一会儿，鬼仙回来了，还带着一个人，走到近前一瞧，那人样子很陌生，尤为奇怪的是，那人脸上居然戴着包布，蒙住了眼睛。

丁醒一皱眉，将鬼仙拉住："这人是谁？"

"老熟人，你也见过的。"鬼仙一笑。

丁醒便是一愣："我见过？"他想了半天也想不起到底在哪里见过。

此时那蒙眼人冷冷地道："当然见过，一个多月前，你跳进我家，陷进了烂泥里。"

丁醒恍然大悟，脱口道："北城玄武！"

丁醒当然不会忘记，在寻找神机图图样之时，百晓娘带他去过此人家中，此人叫武贤，当时屋子里没有灯，丁醒只看到一个朦胧的黑影，所以记不起来。

丁醒此时才明白，为什么北城玄武的屋子里不点灯了，因为他本就是个盲人。

可一想到这里，丁醒便瞪了鬼仙一眼，心想，我们两个明眼人还无法寻找百晓娘的踪迹，你现在带个瞎子来，不是开玩笑吗！

没想到鬼仙觉察了他的意思，嘻嘻笑道："北城玄武是个怪物，别看他的一对招子没什么用处，可鼻子比狗还灵，相信我，如果有一个人还能找到小娘们儿，就只能是他。"

听他这么一说，丁醒方才明白。目盲之人耳朵、鼻子灵敏，本就不奇怪。

鬼仙捅了一下武贤："老白，小娘们儿有危险，这下子可全靠你了。"

武贤点点头，在街上走了两步，提起鼻子闻了几下："有了，我闻到了她的香水味，跟我来。"

于是武贤在前,丁醒和鬼仙紧随其后,顺着大街走了下去。

百晓娘步履匆匆,走在京城的街上。这个时辰,街头已经不见人了,只有不时晃过一两个醉汉,或扶墙而行,或靠树而眠。

一些宽阔街口上架着巨大的花灯,那些花灯还没有最后完工,灯烛也没有点亮,地上堆着不少木料和石料。

百晓娘心中沉甸甸的,也像是压着一堆木石,有些事情,她必须要弄清楚。

进入思诚坊之后,百晓娘又来到了那处宅子,举手敲门。她的敲门声有种奇异的规律,等了一下之后,有人开了门,正是那个小童子。

小童子瞧见百晓娘,先是一愣,随后脸上堆起笑容来,闪身将百晓娘迎入。

百晓娘轻车熟路,直入正屋,迎面正对着门口的还是那扇屏风。百晓娘站到屏风前,双手一叉,对着屏风道:"哥,你还记得我曾经的话吗?"

屏风后面有人笑道:"当然,妹子说的每一句话,我都记得。"

"那你为什么还要杀丁醒?"百晓娘涨红着脸,眼睛瞪得大大的。

"谁说我要杀他?"

百晓娘的脸更红了:"你还撒谎!我这一整天四下打听,所有事情都清楚了。你已经前后三次要杀丁醒了。"

"三次?"

"三次!"百晓娘肯定地回答,"第一次,你派人在德胜驿暗

141

杀他，结果整个驿馆的人全被烧死，丁醒侥幸逃脱。第二次，你故意让人透露出九宫真人的消息，引得雷恪与丁醒去碧霞观，想用地下丹房的机关将他们烧死。这两次不成，你便索性让人假扮差官，上门暗杀。我没说错吧？"

"我的计划如果能顺利进行，丁醒便不用死。可上天非要丁醒撞上来。我也没有办法！"屏风后的人也有些怒了，"现在你知道了，是不是要去官府告发我？"

百晓娘满面怒容："哥哥，到现在，你还说这种话！我若去告发，用不着来这里！"

屏风后的人语调柔和下来："不错，是哥哥不对，不该怀疑你。"

百晓娘咬着嘴唇："这么说来，天雷殛村案，是你做的了。"

屏风后的人沉默了一下才道："是我做的。"

"两个村子，几百条人命，你到底要干什么？"百晓娘语气有些愤怒。

屏风后的人道："我要做的，就是父亲一直希望我做的事。"

"父亲从来没说让你做这样的事。"百晓娘道。

屏风后的人呵呵一笑："他是单独叮嘱我的，瞒过了你，因为知道你绝不肯答应。"

"以前为什么瞒我？如果我不问及丁醒，你打算一直瞒下去是不是？"百晓娘质问道。

屏风后的人叹了口气："我不希望你牵扯进来，这种有违天理的事情，就由我独自承担后果吧。"

"不管你对付谁，总之丁醒不能死。"百晓娘的语气稍稍软了些，"我本来安排好了人看守他的，而且那地方也很不容易逃脱，真不知道他用了什么法子,居然回了城。"

屏风后面的人语气也缓和下来:"妹子,咱们一直隐姓埋名,好像桥下的老鼠,见不得光,这不是咱们应该过的日子。现在哥哥的计划很快就要成功了,只要成功,我们就可以拥有一切。你可千万不要拖了哥哥的后腿。"

百晓娘应了一声,接着道:"我不想知道你的计划,更不会破坏它,可你也不能杀丁醒。这是我唯一的要求,答应我好不好?"

屏风后的人沉默了一下:"这世上,我最牵挂的人就是你,我不会再为难丁醒,但是你也得想办法把丁醒弄走。"

"这个我会想办法,应该不是难事。不过哥哥,我得叮嘱你一句,凡事顺势而为,千万不可强求,免得逆了天理。"百晓娘说得非常恳切。

"我知道自己在做什么!若有天理,咱们兄妹又岂会沦落到这般田地?"屏风后的人语调之中充满了怨毒。

百晓娘眉头紧锁,语气中微带恨意:"你越来越不像我哥哥了,你变了……"

屏风后的人沉默片刻,才道:"妹子,你到后面来,我告诉你另外一件事,是关于丁醒的。"

"什么事?"百晓娘站在原地没动。

屏风后的人道:"你进来,我给你看一样东西,你把它拿给丁醒,他看后就知道我的苦心了。"

百晓娘沉吟了一下,终于举步走进屏风后。但她刚走进去,就发出一声惊呼:"你……"

她只说了这一个字,声音就停止了。

便听脚步声响,一个人从屏风后面走了出来,这人身上罩着黑色宽袍,连头带脚地遮起,脸上戴着铁面具。他的怀中,横抱着已经昏迷不醒的百晓娘。

"夏侯鹰!"铁面人叫了一声,夏侯鹰从门外走了进来。

铁面人将百晓娘交给他,夏侯鹰将百晓娘扛在肩头:"恩主,今夜还有祭祀大典,弟兄们已经等在观里了。"

"这就赶去,误不了,把她也一并带去。"铁面人冷冷地说道。

夏侯鹰愣了一下:"带她去?难道不怕……"

铁面人截道:"祭品不是已经准备好了吗?"夏侯鹰点头,铁面人盯着百晓娘,狞笑道,"那个祭品不用了,眼前这个女人用作今晚最后一次大典的祭品,更为合适。"

"明白,我这就去安排出城马车。"夏侯鹰扛着百晓娘,走出屋去。

铁面人回头瞧了瞧这间屋子,眼睛里射出阴冷的寒光,随后吩咐那个小童子:"收拾好里面一切东西,不要留下任何痕迹。"

说完他一甩袍子,身形如同鬼魅一般,消失在门外的夜色里。

武贤一路嗅着百晓娘的香水味,穿过两条大街,又拐过几条胡同,最终停在一家宅子的门前。他左右闻了几下,朝大门走去,但脚下有一层台阶,他看不见,险些摔倒,丁醒和鬼仙连忙扶住他。

鬼仙道:"老白,前面是一户人家,你确定小娘们儿进去了?"

"确定,这条路的前面没有香水味了,一定是进了这家。"武贤说得非常肯定。

丁醒将火铳背在身上,拔出腰刀,轻手轻脚地来到大门前,轻轻一推,门后上了闩,推不动。他将刀刃从门缝里探进去,一点一点地拨动门闩,没几下就拨开了,随后朝身后的两人示意,先不要进来,自己一个人缓缓推开门,走了进去。

看起来这是一户普通的平民之家,院子中青砖铺地,倒是很干净,只是现在天晚,正屋当中烛光全无,黑灯瞎火的。

丁醒仔细听了听,全无动静,这才朝门外招招手,鬼仙带着武贤走了进来,武贤一进院子就连吸鼻子,悄声道:"没错,百晓娘来过这里。"

鬼仙看了看面前的屋子,寂静得可怕。他嘴里嘀咕着:"不妙,不妙啊……"

说着,他从后面猛地一推丁醒,叫道:"还不冲进去!"丁醒没防备,被他用力一推之下,脚下"噔噔噔"连抢几步,"砰"的一下,撞开了屋门。

丁醒心头怒火迸发,暗想如果屋子里有埋伏,他这可是自投罗网。

可是他撞进屋子后,并没有发生任何情况,整个屋子还是寂静如死。鬼仙推丁醒进了屋,自己也随后冲了进来,一手打亮了火折子。

火光亮起之后,丁醒这才看清楚屋子里的陈设。眼前是一道屏风,上面画着春夏秋冬四景,两侧放有两把椅子,除此之外,一无所有。

"老白,进来闻闻。"鬼仙叫道。

武贤进了屋,马上说道:"百晓娘在这里停留过。因为香水味道比外面浓得多。"

丁醒吸了吸鼻子,并没有闻到香水味,暗想这家伙真是长了一个狗鼻子。他没有犹豫,吩咐鬼仙马上找人。

二人在屋子里找了一遍,没有任何发现,丁醒转到屏风后,发现那里有一把椅子,好像有人坐过的样子。

武贤冷冷地说道:"不用找了,人肯定已经离开了。"

丁醒问道:"能知道从哪里离开的吗?"

武贤道:"百晓娘的香水味还很浓郁,应该刚离开不久。如果从大门离开,肯定要与我们碰头,因此这宅子定有后门。"

三人出了屋子,四下一找,没有发现后门,但发现了一道侧门,这道门很隐秘,就在西墙上,门板画成砖墙模样,如果不仔细看,很难发现。

出了侧门,眼前是另一条胡同,武贤用力吸了两鼻子:"没错,百晓娘确实是从这里出来的,不过……还有马尿的味道。"

鬼仙一皱眉:"不好,小娘们儿一定上了马车,或者……"

丁醒接道:"或者被人胁持上了马车。快,我们得跟上去。"说到这里,他又看看武贤,"人上了马车,味道还能留下多少,你还能找得到吗?"

"问得好,百晓娘的味道我可能闻不到了,不过另有一种味道,却逃不过我的鼻子。"武贤回答。

"什么味道?"丁醒急问。

武贤道:"百晓娘上的是一辆香车。"

香车,便是用香木做成的车,这种车一般比较华贵,而乘坐的人也大多是有钱富户家的小姐夫人,或者官员的家眷等。

丁醒松了口气:"如果我能再见到百晓娘,真的要感谢你呀。"

武贤一笑:"你应该感谢老天爷。"

丁醒一愣："这话怎么讲？"

"今夜无风。如果有风的话，我就算全身长满鼻子，也找不到了。"武贤说完，举步朝胡同外走去。

北京城南门十里外，在夜色之中看起来，昊天观仿佛一只静静伏在暗影之内、等待猎物的狰狞巨兽。

忽然，一阵咕噜噜的车轮声打破四周的寂静，一辆马车飞快奔向观门，马车的车厢外挂着行灯，灯光虽然微弱，仍可照见整个车厢。

这是一辆装饰华贵的香车，可以想见，里面坐的人定是非富即贵，但是这么晚了，为什么要来这么僻静的所在？

如果路上有行人看到马车，想必会有这样的疑问，但此刻已是丑时，加之天寒地冻，哪里会有什么行人？

因此马车一路行来，车夫连连加鞭吆喝，并不怕被人看到。

到了观门前，马车停下，车夫跳下来，收了鞭子，掀起车帘，那个铁面人钻了出来，缓缓走上观前台阶。

车夫摘了头上的棉笠，正是夏侯鹰，他敲开观门，几名道士出得门来，按着夏侯鹰的吩咐，从车厢里将百晓娘抬了下来，跟在铁面人身后，进了昊天观。

大门缓缓关闭，夏侯鹰赶着马车扬长而去。

铁面人带着几名道士，抬着百晓娘，走向正中的昊天殿，刚到门前，大门便吱吱嘎嘎地开了，里面燃起了灯，铁面人走进殿内，四下看了看，但见大殿之内挤满了人——这些人全部穿着黑袍，连头带脚地罩住，只不过他们脸上没有铁面具，露出一张张年轻而充满兴奋的脸庞。

"进入祭坛！"铁面人发了令，有人将供案移走，打开洞口，铁面人当先走进去，接着众人鱼贯而入，连百晓娘也一并抬进地道。

地室中间还是那个石台，石台上还是那根镶有铁环的石柱，此时石台之下放有六个大铁炉，炉内正燃着熊熊烈焰。

铁面人缓缓走上祭坛，盘膝打起坐来，余下众人在石台下围坐，整个地室之内只有木柴燃烧发出的毕剥之声。

过了约一炷香的工夫，有人来到铁面人跟前，轻轻道："恩主，时辰到了。"

铁面人睁开双眼，一摆手，那人走下石台，归入人群。

铁面人起身走到石柱之前，停步站定，缓缓转过身来，双手高高举起，仰头上望，嘴里说道："天理昭昭，大道轮回。今晚是我们最重要的一次大祭，祭祀之后，我们将改天换地，尔等切记，谨守一心，摒弃二意，仰望三光，俯观四象，定能百无禁忌，千古留名。纵使我等身名俱灭，亦会香火永传，万代不绝。"

那些黑衣人立刻跟着高呼起来："香火永传，万代不绝。香火永传，万代不绝……"

铁面人猛地将双手一收，祭坛四周的黑衣人呼声立止，一个个圆睁双眼向上瞧着，铁面人朝祭坛下看了一眼，厉声喝道："献祭开始！"

丁醒与鬼仙跟着武贤，一路出了北京城南的正阳门，武贤仍旧不停。丁醒感觉有些诧异，悄悄问鬼仙："马车出城了？会不会弄错？"

武贤的耳朵也很灵，听得清清楚楚，便冷笑道："你如果怀疑，那我便回去了。"

丁醒连忙道歉:"不不,我只是纳闷,就算有人胁持了百晓娘,出城干什么?"

鬼仙摇摇头:"也许怕你会召集人马,满城搜寻吧。再说了,城里人多眼杂,万一有人看见,便露了马脚。"

丁醒看看天色,夜色深沉,星光暗淡,天空笼上了一层薄云,便催促道:"快点儿赶路吧,再过一会儿,万一起了雾,就不好办了。"

武贤带着二人一路前行,出正阳门之后,向南疾走。走了约一盏茶的工夫,鬼仙突然向前一指:"你们看,那里好像有座庙宇。"

三人来到近前,这才发现是一座道观,丁醒眉头一皱:"怎么又是道观?"他前些日子见到百晓娘时,百晓娘正和两个小道士说话,后来遇到九宫真人之死,这些事情都与道人有关,而此处又有一处道观,他自然会怀疑内有蹊跷。

此时夜深,道观大门紧闭,里面灯火全无,黑漆漆的一团。三人接近道观大门,突然武贤身子一僵,脸上表情凝重:"百晓娘的味道……她果然在这里。"

一听这话,丁醒终于松了口气,暗中佩服武贤。如果不是跟着他,就算找遍了北京城,也摸不着百晓娘的影子。

丁醒刚要上前叫门,便被鬼仙拉住,鬼仙轻声道:"还是不要惊动里面的人。"

丁醒点头,三人转到东墙边上,丁醒在下,鬼仙在上,搭起人梯,把鬼仙送进墙内。鬼仙进去之后,转到大门附近,果然发现有两个道士裹着棉袍,在门洞里打盹。

鬼仙悄悄上前,好像猫儿一般摸到二人近前,这两个道士可能睡得熟了,丝毫没有觉察。鬼仙从身上掏出一个小小竹筒,拔开塞子,分别给两个道士嗅过,这两个道士睡得更香了。

鬼仙轻手轻脚地开了大门,放丁醒与武贤进来,三个人一起向大殿摸去。

道观之内死寂无声,大殿中也是一团漆黑,鬼仙轻声对二人道:"这道观不对头啊。"

丁醒一愣:"怎么不对?"

鬼仙指指眼前的大殿:"所有道观的正殿,整个夜晚都会燃着灯烛,从来不会黑灯瞎火的。"

"进去瞧瞧!"丁醒手握钢刀,轻轻推开了殿门。

大殿之内悄无声息,鬼仙点亮了火折子,四下查看,一眼就盯上了中间的供案,此时供案已经被移到了一边,显然很不正常。

三个人来到供案边,突然武贤一摆手,轻声道:"有声音……"

丁醒一愣,侧耳细听,哪里有什么声音,刚要发问,武贤一指地面:"声音来自地下。"

鬼仙把火折子交给丁醒拿着,自己在地面上摸了几下,果然摸到一道缝隙,他将双手抠进地砖的缝隙里,发觉手上是一块厚木板,于是轻轻向上扳起。

下面果然有一道台阶,通向地下。地道中有火光透上来,还隐隐传出人声。

丁醒将火折子吹灭,交还给鬼仙,他紧握腰刀,一手拔出身后的火铳,慢慢走下去。自从上一次连环神机炮的案子之后,为防万一,这支祖传的火铳里时刻装填着火药与铅弹,丁醒还额外加了火绳,随时可以点火击发,没想到今天就派上了用场。

鬼仙拉着武贤，跟在丁醒身后，三个人潜入地道之中。

丁醒走到地道尽头，悄悄探出头去，立刻被眼前的场景惊呆了。

此时正有几名黑衣人将百晓娘抬上石台，然后七手八脚，将她绑在石柱之上。其中一个黑衣人捏开百晓娘的嘴，将一个麻胡桃塞了进去。

百晓娘还在晕迷当中，任凭他们摆布。等到绑好之后，几名黑衣人退下祭坛，铁面人缓步走到百晓娘跟前，从怀里掏出一个小瓷瓶，打开塞子，放在百晓娘的鼻子下，给她吸了几下。

百晓娘这才有了知觉，缓缓睁开眼睛，四周的火焰跳动着，室内的情形一览无余。等看清楚之后，百晓娘悚然一惊，身子开始扭动起来，但哪里挣脱得出来！

铁面人冷冷地说道："今晚，你将作为最后的牺牲，献给天道之神，届时天道之神定会护佑我等，成就大事。"

百晓娘怒目圆睁，嘴里呜呜作响，却说不出话来。

铁面人突然喝道："迎神器！"

一名黑衣人捧着那支一尺余长、雕有奇特花纹的金棒走上祭坛，送到铁面人跟前。

金棒头上的那只飞龙，雕缝之中仍旧带着凝固的鲜血，看起来异常恐怖。

铁面人双手接过金棒，向天一礼，以示恭敬，然后将金棒后部用力一转，"咔"的一声响，枪尖般的龙牙向上翻起，如同两把尖刀般锋利。

百晓娘拼命挣扎，却无济于事，眼睁睁地瞧着锋利的龙牙朝自己的脖子伸了过来。

眼见得百晓娘就要丧命，丁醒哪里按捺得住，他大喝一声："住手！"一个箭步跳进石室之中，冲向石台。

这一声大喝，好似晴天霹雳，震得室中众人耳朵嗡嗡直响，不禁扭头看去。

丁醒借着众人愣神的工夫，三步并两步，抢到了石台之下。有几名黑衣人反应过来，上前拦阻，丁醒像疯了一样，舞起手中钢刀，狂砍乱劈，将那几个家伙逼退。

铁面人停了手，冷冷地看着丁醒，嘿嘿一阵冷笑："丁千户，你倒有本事追到这里来。"

丁醒将手中钢刀一扬："你要对她干什么？"

铁面人晃了晃手中金棒："你自然会知道的。"

说完，他突然把金棒一挺，闪电一般刺入百晓娘的脖子。

金棒刺入的地方，原本是颈上大血管，如果被刺破，鲜血狂喷，无法止住，百晓娘的命就没了。但百晓娘此时很清醒，她拼命摇头，同时向上拉动自己的身子，以避过要害。

果然，金棒没有刺破她的颈上血管，而是刺在了脖子根上，虽然也是血流如注，但并不致命。

一见铁面人行凶，丁醒再也忍不住了，他挥着刀向石台上冲去，几名黑衣人不顾一切地向他扑来，丁醒几刀砍翻了两人，但双腿被一个黑衣人死命抱住，无法动弹。

丁醒顺手一刀，剁在这名黑衣人头上，这家伙虽然被砍得重伤，可是仍不松手。此时百晓娘脖子上流出来的血已经注入金棒之内，铁面人目露凶光，手上还在加劲，以期快速注满金棒。

丁醒红了眼睛，他拔出背上的火铳，对准了铁面人，但无法点燃火绳。

就在这时，一根燃烧的木柴飞了过来，丁醒抛了刀，一手接住木柴，凑到火绳之上。

刺刺……

火绳开始燃烧，只要眨眼两次的工夫，就能击发出铅弹。

扔来木柴的当然是鬼仙，他与武贤也冲了进来，二人手中没有武器，却毫无惧色，也许是看到百晓娘危在旦夕，顾不上害怕了。

"砰！"

枪响了，一个人仰面栽倒在石台上，却不是铁面人。原来在击发的一刹那，有名黑衣人扔过一件衣服，罩在了丁醒头上，丁醒眼前一黑，失了目标，因此这一枪打偏了，擦着铁面人的身子打到对面一人身上。

此时铁面人见金棒已经堪堪注满，发出一阵阴冷的怪笑："祭礼已毕，万事大吉，杀了他们。"

几十名黑衣人扑向丁醒等三人。丁醒这才想到，自己一方寥寥数人，如何与数十人对敌？看来这次不光救不了百晓娘，他们三个也是自身难保。

看着这些黑衣人冲上来，鬼仙却毫不在意，只是嘿嘿一笑，一缩身子，躲到了武贤的身后。

这家伙，居然让一个盲人给自己做挡箭牌，丁醒一边暗骂，一边抡起火铳，砸中了一个黑衣人的脑袋。

火铳没有了枪弹，但通体铁铸，可以作铁棍用，抡起来呼呼生风，甚是威猛。

但他仅能自保，顾不上另一边了。

武贤听到为数众多的敌人扑上来，不跑不闪，嘴边泛起一丝冷笑，突然双臂一扬，袖子里连连飞出几条绳子样的东西。

这几条短绳迎面飞到几人的身上，突然活了过来，把头一扬，嘴里吐出血红的信子来。

居然是毒蛇！

刹那间，石室之内一片大乱。这些黑衣人因参加祭礼，手上没有武器，个个赤手空拳，无法抵挡毒蛇，只能四下逃窜。

武贤双臂不停，连连扔出毒蛇，眨眼工夫，地上、人身上、石台上，蜿蜿蜒蜒地爬动着数十条毒蛇，这些蛇有的通体漆黑，有的遍身花纹，有的身上布满红色圈环，所有的蛇都扬起脑袋，似要择人而噬。

铁面人也挥舞着金棍，打飞几条爬过来的毒蛇，他眼珠一转，感觉来人不易对付，更何况此三人身后，可能会尾随着大队人马，再纠缠下去恐生变故。

于是他叫了一声："祭礼已经完成，大家速速离开。"

几名黑衣人在前开路，护着铁面人，还有人背起地上的尸体，一窝蜂地奔出地道。丁醒刚要去救百晓娘，鬼仙叫道："你追出去看守洞口，别让贼人把洞口堵了。"

丁醒一想也对，如果贼人冲出去之后，回手把洞口堵塞，自己这些人再想出去就难了。于是他拾起腰刀，挥舞火铳，追了出去。

鬼仙不敢怠慢，一边叫武贤收了毒蛇，一边冲上石台，从柱子上将百晓娘解了下来。百晓娘双手得了自由，这才从嘴里掏出麻胡桃，喘过一口气。

她的伤口还在流血，幸好鬼仙身边带有伤药，立刻施救，很快就止了血。此时武贤也不知用了什么办法,满室的毒蛇一条条地爬到他的脚下,顺着双腿爬上身体,消失不见。

三人不敢在此久停,顺着地道爬了出来。

守着洞口的丁醒一见三人上来,尤其见到百晓娘并无大碍,这才长长舒了口气:"谢天谢地!你没事就好。"

鬼仙四下看了一眼:"那些贼人呢?"

丁醒道:"跑了,一个个跑得比兔子还快,我没有追。"

鬼仙嘎嘎笑道:"就算追上去也没用,你一个人哪捉得住几十个凶徒?"

"不说这些了,我们先离开这里,再做打算。"丁醒提着刀在前面开路,四个人奔出大殿。

举目望去,整个道观还是一片死寂,一个人影也不见。丁醒知道,此处已经暴露,贼人们绝不可能再回来了。

到了此时,丁醒基本可以断定,天雷殄村事件,就是这些人所为。没有抓到一个活口,确实遗憾,但能救得百晓娘性命,也属大幸。

四个人出了道观,此时天色已经蒙蒙亮了,丁醒决定先回城去,找到雷恪,向他说明此事。

一路之上,丁醒十分关心百晓娘的伤势,百晓娘安慰了他几句。这一次遇险,幸好伤口不深,血也流得不多,行动无碍,丁醒听了,这才放心。百晓娘问他案子的情况,丁醒简单讲述了一下案子的过程,连着陆炎的出现也一并说了。他可以不告诉雷恪,但不能不告诉百晓娘等人,也好让大家有个防备。毕竟陆炎突然现身京中,现在还摸不透他的真实意图。

鬼仙插了一句:"你哥哥怎么会如此狠心,真下得了手啊!你说过，这世上你是他唯一的寄托，现在看来，他所谋划的大事才是唯一的寄托。"

百晓娘长叹一声："虽然事实如此，可我总觉得哪里不对劲，我哥哥不可能如此阴狠，难道他真的变了？变得连我的性命也不顾及了？"

丁醒恨恨地道："早知如此，你就应该带着我去。"他顿了顿，又道，"现在我要抓他，你还阻拦我吗？"

百晓娘摇头："我不会阻拦你，相反，我还要助你一臂之力。等抓到了他，我要当面问他，是什么让他变得如此丧心病狂……"

一路说着，四个人在天亮的时候进了城，百晓娘等三人都是江湖人，不愿在官府面前多露相，因此去了武贤家中等候，丁醒一个人来顺天府找雷恪。

第八章
抛石器

结果到了顺天府门前,一问当值的差役才知道,雷恪昨夜带人赶往妙峰山,此时还没有回城。丁醒这才想起,妙峰山离着京城近百里,而且到了山中,他们还要搜索一番,哪能这么快回来?

丁醒心急如焚,但也没办法,只得先在顺天府当值的门房中睡下,昨夜几乎累了一晚上,因此他很快便睡着了。

这一觉直睡到中午,丁醒才被人推醒,睁眼一瞧,雷恪一脸憔悴,满身灰土,瞪着一双充满血丝的眼睛站在面前。

丁醒猛地跳了起来:"雷兄,你终于回来了。我有事要告诉你。"

雷恪点点头:"正好,我也有事相告,你先说吧。"

丁醒看着风尘仆仆的雷恪:"你不用休息吗?"

雷恪道:"边听边休息。"

此时有差役端上饭菜,二人坐在桌边,狼吞虎咽起来。

丁醒边吃边将昨夜之事告诉了雷恪,将百晓娘等人相助之事一并说了，只是略过铁面人与百晓娘的关系，雷恪听后连声道："这就对了，这就对了。道观，所有的一切，都与城中道观有关。你可知道，我这次进妙峰山，找到了什么？"

丁醒道："正要请问。"

雷恪道："我在山中的一个山洞里，发现了几十具尸体，死者全是京中的道人。昨天我已派了人去各处道观打听，我刚回来时，他们向我报说，京城中所有道观的观主，半个月前都被邀请去涿州参加一个道场举行的无遮大会，只有一个道观除外。"

"碧霞观，九宫真人！"丁醒说道。

雷恪点头："对，九宫真人近几年来不问外事，更不出观一步，因此请不动他。现在我知道了，这些道观的观主哪里是去参加什么无遮大会，分明是被那人骗到了妙峰山中，替他们开炉炼制火雷。"

丁醒眉头紧皱："这些人多日不归，就没有人怀疑吗？"

雷恪回答："此人心思缜密，说道场在涿州，这一来一回，总得有十天吧。况且道教无遮大会是要坐坛论道的，也可能要开三五天。所以这些人半月未归，无人怀疑。而且我还知道了一件事。"

"什么事？"

"去请这些观主的人，就是姜腊，也就是那个如悔。"雷恪说道。

丁醒想了想，突然问道："如悔是碧霞观的弟子，若是他去请各位观主，必定是以九宫真人的名义，那九宫真人就应是此事的幕后主使，他又怎么会死呢？"

雷恪一笑："原因很简单，九宫真人只不过是个提线木偶，如悔是奉了别人的命令，很可能就是你说的那个铁面人。"

丁醒叹了口气："利用完了九宫真人，便下手毒杀，果然阴毒。"

雷恪看着丁醒，若有所思，突然把碗一放："丁兄，百晓娘为什么会牵扯进这件案子里来？"

丁醒心头一动，忙掩饰道："是我找她帮忙的。你也知道，上次张百川大人的案子，就是我们一起侦破的。"

雷恪突然压低声音："丁兄，百晓娘这个女人，可不是一般人，她非常神秘。我说的神秘，不光指她的行踪，还有她的手段和她的身世。"

丁醒并不奇怪，百晓娘对自己的身世一直讳莫如深，连自己都不肯告诉，外人就更猜不到了，于是淡淡地回答："那又怎么样？"

雷恪道："数年之前，百晓娘突然出现在京城的江湖市井之间，没有人知道她从哪里来，更没有人知道她的真实姓名。只不过短短两年，她的名号就在京城的江湖中传扬开来，江湖百晓娘，知天知地赛玉皇。无论什么人，有什么事请教到她头上，只要她愿意解疑，一定让你得到满意的答案。甚至很多皇家的事情，她也知道。"

丁醒笑道："你不是常说，京城之中要论消息灵通，还得数你们顺天府吗？连她这样一个大活人的身世都查不出来吗？"

雷恪摇头："话不能这么说，百晓娘既不作奸，也不犯科，我凭什么调查她？算啦，不提这个，从我在妙峰山山洞里发现的泥坯来看，凶徒已将火雷制造完成，那个地方是他们主动遗弃的。你想想，几十个人，不分白天黑夜地干了十几天，能造出多少火雷？"

丁醒对这方面有点儿了解，捏着指头算了算："熔铁、灌模、铸造、冷却，这一套工艺下来要两个时辰，主要是熔铁费工夫。拿普通炮弹来说，一炉铁能造二十枚，因为是实心的，用铁多。如果是空心火雷的话，我认为至少能造出五十枚。"

"那一天下来，保守算十个时辰，也能造出二三百枚火雷啊。"雷恪道。

丁醒点头道："这只是一个炉，如果摆上十几个炼铁炉的话，一天至少也能造出两三千枚。"

雷恪回忆着那个山洞："照我看，那个洞里摆不下十个火炉，多说也就七八个吧。"

丁醒道："那一天也有上千枚的产量，连续干了半个月，只怕已造了两万枚火雷出来。"

雷恪闻听，倒吸一口凉气："两万枚火雷，别的不敢说，若真想毁掉皇城，只怕还绰绰有余。"

丁醒吃饱了，放下碗筷："眼下找火雷是不可能的了，唯一的目标，是找大炮吧。没有大炮，火雷有什么用处？"

雷恪道："那个山洞不高，立不起高炉，无法铸造大炮。因此我认为，这些凶徒定是在别处私铸的大炮。我这就派人去城外寻找，就算把城外二十里之内的土地都翻过来，也得找到大炮。"

便在此时，孙洪跑了进来，拱手道："大人……"

雷恪头也不回："什么事？"

孙洪道："城中突发流言。"

雷恪一愣，这才回身看着孙洪："流言？什么流言？"

孙洪看了一眼丁醒，回答道："不光城中，连城外四郊也是流言蜂起。说近两天又会有天雷降下，只有靠近真龙，才能得到佑护。所以从半个多时辰以前，京城各个城门都有成群的乡民拥入。这些人都说是进城来观灯的，但很多人带着贵重财物，看起来更像是为了避难。"

雷恪一摆手："知道了，你去吧。"

孙洪退出门外，雷恪看着丁醒："流言！哼哼，早不起，晚不起，偏偏这个时候流言四起，丁兄，你觉得会是巧合吗？"

丁醒摇头："绝不是巧合，以我判断，始作俑者，应该就是天雷殛村的幕后凶手。"

雷恪沉吟着："可散布流言的目的又是什么呢？乡民入城避难，难道想趁乱把大炮带进城中？"

丁醒笑了："那怎么可能啊！一尊大炮要上千斤，得好几个人用车拉，能骗得过当值守城的人吗？"

"话是这样说，不过小心些总是好的。"雷恪道，"我这就传令，多派人手在城中巡察，以防有变。"

丁醒突然想起来："对了，那个姜腊找到没有？"

雷恪哼了一声："没有，我几乎把碧霞观翻了个底朝天，就是不见他的人影。真是怪了，一个大活人躲在观里，居然会找不到！"

"从他去请各位观主，到毒杀九宫真人，都可以看出，他是整个事件中的关键人物，姜腊一定知道幕后凶手的一切计划。"丁醒说，"只要能找到他，撬开他的嘴，事情就清楚了。碧霞观里还有兄弟看守吗？"

雷恪点头："当然，我不会放过任何一个疑点，一直留了两名手下在那里。你想做什么？"

丁醒道："我想带着那几个江湖朋友再去看看，百晓娘救我们的时候，我就感觉她对碧霞观很熟悉，也许她去了以后，会有发现。"

雷恪皱紧眉头想了想："不错，江湖人的玩意儿，咱是不太懂，我带着人和你们一起去。"

丁醒摇头:"不,你还是赶紧追查大炮吧,咱们双管齐下。按我的猜测,火雷制造完,他们很快就会有所行动。别忘了,春节那天,可是大朝会的日子,皇帝和所有重臣都会齐集皇城,如果那时来一个天雷焚城,后果……"

雷恪一拍桌子,挺身站起,沉声道:"你说得对,我就是粉身碎骨,也要保住皇城安全。"

二人说定了,雷恪调集人马,出城巡查,丁醒则回到武贤家中,来找百晓娘与鬼仙。

到了武贤家门外,丁醒不敢进去,免得又弄一身泥水,便站在篱笆墙外吹起口哨。过了片刻,便见屋门打开,百晓娘探出头来,一瞧是丁醒,忙向他招手。

丁醒摇头:"你出来说话。"

百晓娘明白了丁醒的意思,不禁莞尔。她开门走到院子里,三转两转,来到篱笆墙边,问道:"你去找雷恪,有什么结果?"

丁醒将自己与雷恪商议之事说了,百晓娘想了想:"好吧,我跟你去一趟碧霞观。"

丁醒看看屋门:"鬼仙呢?也让他跟着吧。"

百晓娘摇头:"鬼仙最不喜欢白天抛头露面,现在正睡觉呢。"

丁醒点头:"好吧,我们走。"

百晓娘出了武贤家,与丁醒并肩走向碧霞观。

十二月二十九日,距春节还有两天。

今天的阳光很好,大街上异常热闹,明天便是除夕了,街边满是摆摊的小贩,叫卖着各种年货,红红绿绿的看上去非常喜庆。很多摊子前放着炉火,制作豆腐、面筋、油炸食品,腾腾热气和香味飘满了整个北京城。

丁醒看着满大街来来往往的行人,心头叹息,在喜庆的年关,自己却还有重任在肩,一路奔波遇险,个中滋味,只有自己晓得。

百晓娘也被年节的气氛所打动,轻轻碰了碰丁醒:"看见了吧,这才是人该过的日子。自由不当官,当官不自由。"

丁醒嘿嘿一笑:"可不知有多少人,削尖了脑袋往朝堂里钻。当然,这些人也不全是为了功名利禄,比如于谦于大人……"

百晓娘道:"我不是说当官不好,只是觉得当官太累。远不如江湖上来得洒脱。"

"十年寒窗为的什么呀?还不是朝为田舍郎,暮登天子堂?人各有志,勉强不得。"丁醒道。

百晓娘似笑非笑地瞟了他一眼:"那你有什么志向?"

丁醒愣了一下,说实话,他还真没什么志向。要说当多大的官,带多少的兵,他一直没想过。当年老爹送他来荫职的时候,也只是让他好好在军中效力,不要给祖上丢脸而已,此时听百晓娘这么问,便支支吾吾地说不出来。

百晓娘也了解他,笑道:"人生嘛,走一步说一步。先把眼下的案子破了,上面一高兴,你也许又得高升。"

丁醒若有所思:"如果让我选择,我宁愿外放,到别的地方去当军将,也好过在京城明里暗里、刀光剑影的。"

百晓娘闻听,大为高兴:"好啊,这个想法好。我也觉得京城没什么意思。"

丁醒扬起头,装出一副趾高气扬的样子:"我可没说要带你走啊。"

百晓娘呸了一声:"好稀罕吗?"

一路说笑着,二人的心情终于好了起来,走了一炷香的工夫,来到碧霞观的门前。

举目一瞧,碧霞观大门紧闭,观内也是一片寂静。

丁醒一皱眉;"不对劲啊。虽然观里死了人,可也不至于紧闭大门,况且还有公人在这里。按理讲,现在观中弟子应该正给九宫真人做法事呢。"

百晓娘也甚是不解,二人走上台阶,丁醒一推门,大门缓缓开了,但迎面的院子里也是空无一人。

"也许都在大殿里吧。"丁醒随口说着,与百晓娘走进院内。

放眼望去,正殿也是大门紧闭,侧耳听时,殿中没有任何声响。丁醒与百晓娘对视一眼,心头都掠过一丝不祥之感。

丁醒将腰刀递给百晓娘,自己手提火铳,虽然火铳里没有火药铅弹,但可以当铁棒用,两个人一左一右,朝着大殿而去。

走到门前,丁醒凝神听了听,便向百晓娘使个眼色,飞起一脚,踢开大门,冲了进去,百晓娘紧随其后。

丁醒一抬头,立刻看到了两个人。这二人身穿差役服饰,腰悬单刀,正是雷恪留下的弟兄。但令人吃惊的是,这二人被绑在大殿的两根柱子上,嘴巴被布塞住,动弹不得。

二人一见丁醒与百晓娘,连忙挣扎起来,嘴里呜呜乱哼。

百晓娘连忙上前,用刀挑断了绳子,两名差官从嘴里掏出破布,呸了几声,长出了一口气。

丁醒问道:"发生了什么事?"

一名差官忙拱手禀报道:"丁千户,多谢你赶来,我兄弟二人已经被绑了一天了。"

丁醒扫视四周:"那些道士呢?"

"全跑了……"另一名年轻些的差官道。

丁醒心中一动:"跑了?为什么要跑?"

年轻差官道:"我二人在此留守,天亮之时,道士们暴动起来,说是拿不住如悔,很可能要让他们抵罪,这是官府的寻常手段。道士们害怕被抓,这才要一起逃走。我二人一边阻拦,一边解释,他们不听,还将我二人绑了起来,之后便一哄而散。"

丁醒苦笑摇头:"你们回去吧,将情况报给雷大人。至于这些道士……相信他自有主张。"

两名差官再次向丁醒拱手致谢,随后急匆匆地跑出殿去。

百晓娘带着丁醒,在碧霞观中转了一圈,见道士们的卧房中很是凌乱,显然这些人跑得匆忙,生怕被抓进顺天府抵罪。

看了一遍后,没找到可疑之处,二人又来到殿间的院子里,虽然头顶上是灿烂的阳光,但心情都有些沉重。

"这案子处处不顺利,直到现在,也没有什么有价值的线索出现。我感觉这个对手很厉害。"丁醒无奈地慨叹着。

百晓娘瞟了他一眼:"你是说我哥哥很厉害吧?"

丁醒苦笑一声:"我尽量不点明,以免雷恪知道。"

"他知道也没关系。我现在想清楚了,那个要把我献祭的铁面人,不是我哥哥。"百晓娘肯定地说。

丁醒一愣,马上又有些欣喜:"你能肯定他不是你哥哥?"

百晓娘看着他惊喜的样子，心中欣慰："对，可以肯定。虽然他戴着铁面具，但他的眼神完全不像我哥哥，这一点我心里有数。"

"那就太好了，我可以全力追捕他。"丁醒松了口气。

百晓娘将话头岔开："昨天夜里回城的时候，我听你说起整个案子的过程，有一个感觉，你与雷恪始终在被人牵着鼻子走。"

丁醒叹道："谁说不是呢？我也感觉到了，而且所有线索都是断头路。"

百晓娘冷冷一笑："你们身在此山中，不如我们这些外人看得清楚。在你去找雷恪的时候，我与鬼仙就商量过这件事，得出了一个结论。"

"什么结论？快说。"丁醒急问。

百晓娘正视着他的眼睛，缓缓地说："你们办案的人中，有奸细！"

闻听此言，丁醒悚然一惊。这一点，他可从来没有想过，不光是他，只怕雷恪也与自己一样，从未怀疑过身边的人。

丁醒脑袋里闪过几个念头，又问："为什么这样讲？"

百晓娘扳着手指头："我给你算算，第一件事，你在德胜驿遇袭，险些丧命，而知道你住在德胜驿的，只有雷恪和他身边的人。"

丁醒点头："有理。这件事，我也曾怀疑过雷恪，但事实证明不是他。至于他身边的人……"

百晓娘继续说下去："第二件事，陆炎透露出九宫真人的消息，你与雷恪赶去，结果九宫真人在你们眼前被人毒杀。而他喝下毒药，应该是你们在路上的时候，时间拿捏得如此之准，没有奸细送信，是不可能的。"

"对，你的怀疑很有道理。"

百晓娘扳下第三根手指："你在路上对我说过雷恪去妙峰山的事情，结果在制造火雷的山洞里只找到了尸体，说明你们又落后一步。"

"是啊，雷恪说贼人已经完成了火雷的制造，临走时杀人灭口。"丁醒说。

百晓娘却摇头："不，凶手应该是得知雷恪率人赶去，匆忙之间杀人灭口的。如果有充足的时间，他们会将尸体移走，或者将那些人赶到一个隐秘的地方之后，再集体杀死掩埋。这样一来，你们根本找不到那个山洞。"

听了百晓娘的分析，丁醒呆住了："对呀，我怎么没有想到？"

百晓娘加重语气："如果不找到这个奸细，你们破不了天雷案。"

丁醒连连点头，恨恨地道："一定要把他挖出来。不然我们的每一步，人家都看在眼里。可是这奸细一定比鬼魂还狡诈，怎么样才能让他露出马脚呢？"

百晓娘一笑："你现在去找雷恪，告诉他如此这般……"她凑近丁醒的耳朵，轻声说了一番话。丁醒眼睛一亮，面露笑容："好主意，用这个计策，不怕他不现身。"

午后，将近申时。

雷恪已经派出人手，在京城四周打探消息，他自己则卧床小睡了一会儿。这几天以来，他总共也没有睡过几个时辰，实在太困乏。醒来以后，便召集了手下的班头，在堂中商议接下来的事情。

此时，那名叫铁三的差役跑了进来，拱手禀报："大人，刚才有巡城兄弟来报,抓到了一个可疑人物。"

雷恪一喜:"可疑人物,是哪个?"

铁三道:"是前锦衣卫镇抚使,陆炎。"

雷恪皱着眉头想了想:"陆炎,难道是那个出卖神机炮图样的人?"

铁三点头:"就是他。"

孙洪站在雷恪身边,叹了口气:"这跟咱们顺天府关系不大!抓到了,就交给锦衣卫吧,他们会摆布这个姓陆的。"

铁三道:"大人,这个姓陆的可能与天雷案有关。"

雷恪一愣:"此话怎讲?"

铁三道:"在抓捕他的时候,陆炎居然扔出一枚火雷,炸伤了一个兄弟。"

雷恪与在座众人齐齐一惊:"火雷?"

孙洪忙问:"看清楚了?真的是火雷?"

铁三道:"确实是火雷,兄弟们拼命追赶,陆炎见逃不掉,想抹脖子,被一个兄弟一弩射中手腕,这家伙倒也狠辣,一头撞在石墙上。"

雷恪忙问:"死了没有?"

铁三道:"没有,只是昏迷不醒,兄弟们直接把他抬到就近的一家药铺,请郎中医治,现在人还在药铺,我连忙来给大人报信。"

雷恪喜道:"太好了!他有火雷,就一定知道秘密。我们立刻赶去。铁三,头前带路。"

说着,雷恪带领众人,骑上马,跟着铁三顺大街向西疾奔,转了一个弯,又向北而来。铁三在一条名叫牛角胡同的地方下了马,向里一指:"大人,就在前面。"

雷恪跳下马来,见胡同狭窄,行不得马,便吩咐一名差役在胡同口看马,自己带着孙洪等人步行而入。铁三将众人带到一处药铺前,雷恪也顾不得看药铺招牌,掀帘子走了进去。

迎面正有一名差役坐在堂中,手臂上缠着绷布,显然是被炸伤的那位。

雷恪简单地问道:"伤得重吗?"

那差役忙回答道:"不重,皮外伤,没伤到骨头。"

雷恪这才问:"那个姓陆的呢?"

那差役指了指身后一道布帘:"在内室,有三个兄弟看守着。"

雷恪刚要进去,却又停下了,扭头吩咐众人:"我进去瞧瞧,你们在这里等着。"

孙洪等人本也想进去,但一听这话,不得不止步在外堂。雷恪独自一人大步走进了内室。

过了片刻,雷恪又走了出来,脸上眉目不展,孙洪忙上前问道:"大人,陆炎说了什么?"

雷恪摇头:"还没醒,我怕他装晕,用针试了试他,结果他不是假装的。"

说完,雷恪看了看这间药铺,吩咐铁三:"你带四名兄弟守在这里,等陆炎醒过来,马上通报于我。"

铁三点头道:"药铺坐诊的郎中说过了,陆炎最迟明早就会醒来。"

孙洪想了想:"大人,这里人多眼杂,我看还是抬回顺天府稳妥一些。"

雷恪摇头："这家伙不但头部重伤，还中了好几刀，我怕路上一颠簸，他伤口迸发会危及性命，先在这里静养，其余人等，立刻出城打探消息。"

说完，雷恪率领众人，回了顺天府。

时值年关，日短夜长，未到酉时，天色便全黑了下来。铁三坐在药铺门口，大口啃着烧饼夹肉，最近案子紧，差役们也很辛苦，有时候一天下来也吃不上一顿安稳饭，雷恪安排他们在此值守，算是个轻省活，难得休息一天。

另外四个差役，两个在药铺堂中，两个在陆炎屋里，以防陆炎醒来逃走或自杀。

虽然有五个人在此守候，铁三也不敢大意，因为雷恪对陆炎很是重视，一旦他醒来，还要立刻禀报。

时间点滴流逝，来到了戌时。

陆炎所处的房间有一个小小的后窗，此时有人悄悄捅破了窗纸，慢慢伸进一根细细的竹筒，竹筒里冒出一股轻烟，喷入室内。

很快，屋子里值守的两名差役头一沉，伏在桌上睡着了。

过了一会儿，后窗的窗闩被刀轻轻划断，紧接着有人轻轻打开后窗，慢慢钻了进来。来人一身黑衣，黑布蒙面，闪动着一对警惕的眼睛，小心地站稳，先是看了看桌上沉睡的差官，又侧耳倾听了一下门外的动静，这才伸出双手，朝床上的陆炎走过去。

桌上放有油灯，此人来到床头，借着昏暗的灯光，看到陆炎的头上裹着纱布，几乎裹了满脸，只露出鼻子、眼睛和嘴巴，纱布上犹自透着血迹。

来人目露凶光，伸出双手，慢慢扣紧了陆炎的脖子……

床上的陆炎本来连呼吸都很微弱,但当来人准备掐死他的时候,陆炎陡然从被子里伸出双手,钳住了来人的手腕,与此同时,他的腿也探出被子,一脚踢向来人的下腹要害。

来人本以为陆炎已无反抗能力,哪里想得到他会反击,一愣之下,下腹已经结结实实地挨了一脚,剧痛使得他双手无法用力,反被陆炎控制住。陆炎翻身而起,跳下床来,反手一拧,将来人扳翻在地,一脚踏住胸膛。

屋子里一闹腾,门外的差官立刻听到了。铁三拔出腰刀,带头冲了进来,三把刀齐齐指在来人的脖子上。

来人这才醒过味来,他忍住疼痛,瞪着陆炎,恶狠狠地说道:"你不是……陆炎!"

床上的人这才把脸上的纱布一层层揭下,露出自己的本来面目,打个哈欠:"你猜对了。"

"丁醒!果然有手段,你为什么没有被迷香迷晕?"

丁醒从鼻子里掏出两块药棉花,丢在他胸前:"区区的迷香,又怎能迷得倒我?"

此时,只听门外传来咚咚的脚步声响,一个人出现在灯影下,正是雷恪。他双目圆睁,一脸怒容,走到来人面前,冷哼一声:"果然有奸细,我倒要看看,你是哪一个!"

说着,他弯下腰,一把扯下了来人脸上的黑布。

来人的面目暴露在众人眼前,雷恪的眼睛瞪得更大了:"孙洪!居然是你。"

孙洪突然发出一阵狂笑:"不错,可惜你现在才识破,已经太迟了。"

雷恪怒吼道:"你奉了谁的命令前来卧底?那个人的计划到底是什么?"

孙洪并不回答,只是一个劲地狂笑。大笑之中,他猛地伸手,抓住眼前的刀尖,狠命向脖子上划去。那名差役毫无防备,不想他会自杀,一时没有抓紧刀柄,刀被孙洪扯了过去。

血花飞溅,刀尖在孙洪脖子上划开一条血口,至少有两寸长,一寸深,登时切断了血管与喉管。

雷恪立起一脚,将刀踢飞,但已经晚了,孙洪倒在地上,脖子上血流如注,喷得到处都是。雷恪顺手扯下床帘,想堵塞伤口,止住流血,但孙洪运起最后的力气,手脚乱挣,不让雷恪为自己施救。

只是眨眼工夫,孙洪胸膛便不再起伏,一双眼睛也翻了上去。等众人扑上去制住他的手脚时,孙洪已因失血过多而奄奄一息,嘴里和气管里不住喷出血沫,一张脸涨得紫红,很快便气绝身亡。

雷恪用手探了探孙洪的鼻息,又摸摸他的脉门,气恼地将床帘扔在地上,恨恨地道:"死了。"

差役们都站了起来,一个个面面相觑,默然不语。

丁醒也跺了跺脚:"好不容易抓到了内奸,还是没让他开口。"

雷恪道:"孙洪死意坚决,看来是对指派他的人无比忠心,可称死士,这就难办了。"

丁醒安慰道:"不过我们也除去了身边的奸细,总归胜了一场。"

雷恪指示部下将孙洪的尸体抬走,随后和丁醒并肩走到药铺外,明天便是除夕,城里已经热闹起来,皇城外的四条大街上车水马龙,游人如织,玉壶光转,鱼龙飞舞,一派盛世景象。

可是雷恪与丁醒心中却是无比沉重,本想借着抓到内奸之机,顺藤摸瓜，找出幕后凶徒，但这一次又落空了。

雷恪抬头看了看烟花盛放的夜空，说道："明天便是除夕，过了除夕夜，便是元日，圣上将在金銮殿大会群臣，改元开泰。时间不多了。"

中国历来对春节这个节日十分重视，明廷更是对其非常看重，显得与众不同。在这一天，不光群臣，连那些平素不上朝的皇亲贵胄也要来给皇帝拜贺，天亮以前，王公百官按品级列队在金銮殿前广场，等候皇帝登朝。在钦天监报时之后，皇帝于礼乐之中升坐金銮殿，随后众臣入贺。贺毕，由大学士宣读皇帝亲拟的表文，普天同庆，然后赐宴，宴罢贺礼结束，众臣归家。

由于今年恰逢改元，因此皇帝对春节的安排极为重视，从寅时众臣入皇城，直到过了辰时才可结束。

丁醒也知道这一套程序，接口道："是啊，我们必须在除夕夜之前破获天雷案，以保京城的安稳，你派人去京城四下打探，可有消息？"

雷恪摇头："还未有回报。我按着你的经验，以八里炮为标准，在京城周围撒下了人手，可京城四郊，地面广大，哪能这么快就有消息？"

丁醒叹息一声："我们猜测得应该不会有错，虽然想不明白贼人的大炮从哪里来，可他们要做的，肯定是轰击皇城。不过我想，如果炮弹是空心的，内装火药，它的重量比普通炮弹更轻，因此射程还要远一些，所以八里炮不能作为标准。"

雷恪点头："确实如此，我已经想到了，所以将搜索范围扩大到了十里。"

丁醒道:"这样最好。"

雷恪眼睛转了转,问道:"你猜到我身边有奸细,这并不难,但你怎么知道用一个假陆炎,就可以把他引出来呢?"

丁醒一笑:"九宫真人炼制出火药的消息,就是陆炎透露给我的。这一点,我在白天找你秘商的时候,已经告诉过你了。"

雷恪道:"是的,但你没回答我的问话。"

丁醒微微一笑:"陆炎透给我这个消息,现在看来,应该是引我们去丹房,置我二人于死地。因此可以猜想,陆炎必定与幕后之人有联系,而陆炎这样的人,无论心机与手段,都是上等的,肯定会得到那人的重用,知道一些秘密。所以只要一说陆炎被抓,那个内奸必定会铤而走险,赶去刺杀陆炎。"

雷恪眼望夜空,突然恨恨地说道:"天雷案发生以来,已经死了数百名无辜,我却连对手的影子也没碰到。自我做了推官,从未吃过如此大亏。"

丁醒安慰道:"急也没用,现在只能寄希望于你派出城外的人,他们定会有所发现。"

但二人还是失望了,半个时辰以后,派出城外的差官陆续回来禀报,结果都一样,城外各处均没有发现异常。雷恪看着眼前疲惫的部下,想骂几句,却没有骂出口,只是吩咐他们先回去好好休息一夜,明天天亮再继续搜索。

丁醒拍了拍雷恪的肩膀:"今晚找不到是正常的,因为凶徒们一定会在元日朝会之时,炮轰皇城。现在把大炮摆上了,岂不露了相?"

雷恪翻翻眼睛:"你说得对。除夕之夜,应是他们出动之时,我们就在明晚进行大搜捕。"

二人商定之后，雷恪回顺天府，丁醒则想回家看看。自那晚他和鬼仙从失火的家中逃出来，他到现在还没有回去过，不知道家被烧成什么样了。

如今他不再担心杀手了，从碧霞观道人集体逃离京城可以推测，现在凶徒定已藏于城外，准备明晚的行动，这个时候再来杀他，徒增暴露的风险，因此他是安全的。

丁醒走上大街，沿途观看花灯，感受着节日的气氛，他很清楚，明天直到春节当天，都是极为紧张的，弄不好还有一场恶战。

正走着，突然，一个人跟在了他的身后，初时丁醒没有在意，毕竟街上人很多，但走了半条街后，丁醒感觉不对，那人始终跟着他，不离不弃。丁醒回头看了一眼，发现那人戴着个纸面具，画的是捉鬼的钟馗。

丁醒刚要问上一句，冷不防腰间被一把尖刀顶住，那人低声道："转过头去，一直走。"

声音非常熟悉，丁醒心中一闪念，立刻听了出来，说话的人是陆炎。

这家伙此时出现是要做什么？自己刚刚演了一出假陆炎的戏，没想到真陆炎就出现了。

丁醒没作声，他感觉得出来，腰间的刀子顶得很紧，只要自己稍有异动，很难保证陆炎不会一刀捅进自己的腰眼，于是只得信步朝前走去。

走出人丛之后，陆炎低声吩咐丁醒拐进一条胡同，这里要僻静很多，只是胡同口上挂有风灯，巷子中则一团漆黑，很难分辨人影。

陆炎用刀逼着丁醒来到胡同中央的黑暗处,这才松了手。丁醒没犹豫,猛地转身拔出腰刀,架在陆炎的脖子上,喝道:"你好大的胆子!我正找你呢。"

陆炎居然悠闲得很,满不在乎地说:"怎么,想我了?"

丁醒恨恨地道:"对,太想你了!你现在是想进诏狱,还是想进顺天府?"

陆炎一笑:"我想进茶馆。"

丁醒把刀往他脖子上压了压:"别以为我不敢宰了你。你骗我和雷恪进碧霞观,根本没安好心。如果不是有人出手相救,我们早就烧成灰了。"

"是百晓娘救了你,对不对?"陆炎并不奇怪。

丁醒道:"不错,你的计划落空了,失望吗?"

陆炎淡淡地说道:"可你知道百晓娘为什么会去碧霞观吗?"

丁醒愣了一下:"她……她一直在跟着我,保护我。"

陆炎不屑地哼了一声:"如果不是我告诉她,你有危险,她又怎么会跟着你?"

丁醒语塞,陆炎说得确实不错,百晓娘那次见了自己就跑,却又在危急时刻突然现身,陆炎说的应该是实话。不过丁醒并未放松,继续问道:"为什么这样做?"

"你这么聪明,难道猜不出?"陆炎反问。

"你是要取得幕后凶手的信任。"丁醒轻轻点头,见陆炎笑了,便继续问道,"你现在来找我有什么事?"

陆炎的脸色这才正经起来:"这里不是讲话的所在,我们去找百晓娘,我知道她和鬼仙都在北城玄武的家里。"

丁醒转念一想，也好，陆炎来找自己，定有要事，有百晓娘和鬼仙等人在，正好能商量商量。于是他收了刀，把手一伸："把你的短刀给我。"

陆炎也不说什么，将手中的匕首递了过去。腰刀入鞘，丁醒将匕首尖顶在陆炎腰间，二人正好换了一个方位。

"你在前面走，别耍花样。否则我先捅了你。"丁醒凶巴巴地说道。

陆炎一笑，举步前行，二人穿过胡同，又拐过两条大街，再进入一个胡同后，来到了北城玄武的家门口。

武贤的家中照旧没有点灯，丁醒在门外吹起了口哨，很快百晓娘便开了门，见是丁醒到了，还押着一个人，就猜到了八九，将丁醒二人领进屋子。

借着门外天空中不时闪亮的烟花，丁醒留意到武贤还是坐在窗前，鬼仙则在床上盘膝而坐，对他们二人的到来并没感觉到奇怪。

陆炎摘下面具，不客气地找了张椅子坐下，丁醒不敢大意，握着匕首站在陆炎身后。

百晓娘却笑了："不用紧张，陆大人此来，不是害我们的，对吧？"

陆炎却收起了那副悠闲的神态，眉头紧锁："我这次来，是有一个想法，需要鬼仙证实。"

鬼仙闻听便是一愣："要我证实？证实什么？"

陆炎道："实不相瞒，我所投靠的那个铁面人，前几天夜里给了我一个任务，让我去杀你。"

鬼仙这才恍然："原来那天掏我老窝，将木人砍了头的人，就是你。"

陆炎道:"可我始终不明白,铁面人为什么要杀你,单纯为了试验我的忠心?绝不是这么简单,所以我猜测,你一定和他有过关联。"

鬼仙叹了口气:"我也想过,但始终想不起来,我有哪里得罪过人。"

"不是得罪,而是怀璧其罪。"陆炎道,"他既然要做大事,就一定少不了请人帮忙,所以我认为,他一定也找过你,让你帮他做过什么东西。"

"我做过的东西多了,你也不是没见过!"鬼仙撇撇嘴,"大到房屋车船,小到孩童戏具,我无一不做。"

"大炮呢?"陆炎问道。

鬼仙摇头:"这个从未有过。民间私铸大炮,是要杀头的。我还不至于连这个也不懂。"

陆炎点点头,又问:"那有没有别的,可以发射弹丸的东西?"

此语一出,鬼仙不说话了,张着嘴巴,眼珠也定住,好像变成了一具木偶。

陆炎立刻觉察出来,急问:"你做过,是不是?"

鬼仙沉吟着:"确实做过一件,是给小孩子抛泥丸用的。"

丁醒听了,赫然一惊:"是抛石器?"

鬼仙点头:"非常小的抛石器,只能把几钱重的泥丸抛出一丈来远。"

陆炎一拍大腿:"这就是了。你还记得那人的模样吗?"

鬼仙摇头:"你也知道鬼市的规矩,从不看脸,人家认货,我认银子而已。"

百晓娘嗔道:"这事你怎么不早说?"

鬼仙哭丧着一张怪脸:"都以为那些火雷是用大炮发射的,哪能想到这一层?"

丁醒问道:"如果把你做的抛石器扩大几十倍的话,炮弹能打多远?"

鬼仙扳着仅有的七根手指头算了算,说道:"如果加上双层皮弦,最远能打两三里远吧。"

"足够了!"陆炎叹息一声,"如果铁面人在城内民居当中摆上几十架抛石器,完全可以毁灭皇城啊!"

丁醒一跺脚:"一直在城外找大炮,谁知道它居然在城里!"

百晓娘却摇头:"这仅仅是我们的猜测,你们想,那么大的抛石器,制造起来非常麻烦,得要多少木匠啊!况且好多木匠做一样东西,岂不惹人怀疑?"

丁醒不同意:"他用不着在城中找木匠,你们想,铁面人制造火雷,是在妙峰山中,那他制造抛石器,也可以在山里呀!"

百晓娘道:"但制造完成之后,总得运进城吧,那得要多少辆大车,多少人手?"

"这些他不用发愁,进腊月以来,城中制造花灯的工匠便不知道有多少,铁面人完全可以借着制造花灯的名义,堂而皇之地把造好的抛石器拆分之后,运进城来。守城的士兵根本就看不出来。"丁醒解释道。

"如此说来,那些火雷也已经运进城中了。"陆炎自言自语,"只等时辰一到,便将火雷抛向皇城……"

鬼仙还有些不解:"既然早就运进城了,为什么不直接轰击皇城,杀了皇帝？"

陆炎道："原因很简单，就算能杀了皇帝，只要于谦等重臣活着，很快就会再推举一个新皇帝出来。因此铁面人是要等到春节大朝之时，将皇帝与所有王公重臣全部轰杀。"

丁醒倒吸一口凉气："这是要毁我大明江山啊，铁面人到底是谁？"说着，他用眼睛瞟了一下百晓娘。

百晓娘没发现丁醒看她，回答道："也许是瓦剌人。也先上次攻打京城未能成功，便又施一计……"

丁醒收起匕首，向外就走："我马上去找雷恪，要他在城中展开搜索。"

陆炎也起身："铁面人对我说过，明晚我要派上大用场，所以我今晚出来，已是在冒险，铁面人可能会派人盯着我，我得马上走。"

百晓娘与鬼仙送二人出了院子，陆炎与丁醒分头离去。

丁醒马不停蹄地赶到顺天府，一见雷恪的面，便问道："城外搜索大炮的人都回来了吗？"

雷恪点头："都回来了。"

丁醒松了口气："那样人手就充足了。"

雷恪一愣："此话怎讲？"

丁醒将鬼仙制造抛石器的事情说了，雷恪一听，眼睛便瞪了起来，连拍大腿："对呀，咱们真是太笨了。你曾经不止一次讲过，用大炮发射掌心雷太过危险，可是用抛石器的话，就不存在炸膛的情况了。"

丁醒点头："所以我们几个猜想，此时抛石器定然已经运进城中，分散于皇城四周，只等春节大朝之时，发射火雷。"

雷恪一拍桌子："我现在就把人手都派出去，搜索这些抛石器。"

"你要挨家挨户搜吗？那样动静太大了。"丁醒有些担心。

雷恪思索了片刻："有了，往年时值年关，京中燃放鞭炮，经常起火，我可以让部下发动坊间暗线，挨门通知，让他们注意放炮时远离干柴，反正这些话谁都会说，真正之目的，是进院查看。那么大的抛石器，就算拆散了，也不可能都藏进屋子，只要找到一处，我们就可以顺藤摸瓜了。"

丁醒表示同意。

雷恪立刻将几个班头找了过来，以铁三为首，撒下人去，在皇城中各个坊间严密查访。铁三等人听了，便是一皱眉："大人，京中数万户居民，要在一天之内查完，太难了。"

雷恪虎着脸："我不管你们用什么办法，必须给我查完，只要见到院子里有宽大木料，一概登记在册，不要惊动，速报我知。"他看着众人的脸色，又补充道，"时间紧迫，把所有能用上的人，全部用上。明天天黑以前，必须报上来。"

铁三等人咬着后槽牙，只得称是，随后不敢怠慢，分头召集人手去了。

雷恪这才稍稍松了口气，转头又问丁醒："丁兄，这个陆炎，你相信他吗？我是说咱们的对手十分狡诈，别又上了他的当。"

丁醒道："我认为两次的天雷殒村事件，都是用抛石器完成的，为什么对方要毁掉两个小村子呢？肯定是为了试验火雷的威力，再有就是计算抛石器的射程。"

雷恪点头："我一早就有过怀疑，天雷毁村之后，如果是人为的，为什么没有人来现场查看？现在看来，孙洪就是那个查看的人。就算现场留下没炸的火雷,孙洪也一定会藏起来的。"

"好周密的安排!"丁醒叹息一声,"这个人如果被朝廷所用,应该是个人才,可他偏偏是个反贼!"

雷恪向丁醒拱拱手,正色道:"这次如果能及时侦破天雷案,保京城安全,全仗丁兄的帮助。没有你,我简直没地方下手啊。"

丁醒摇摇手:"现在说这个,为时尚早,接下来我们要做什么?"

"没有什么要做的了,只有等待。明天天黑以前,关于抛石器的调查应该会有眉目,到时候我去找你,一同带人出击。现在你该好好休息休息了。"雷恪目光之中微带歉意。

丁醒想了想,确实也只能如此,便向雷恪告辞,向家中走去。

凄冷的长夜,几点寒星在天空眨动着眼睛,一似将死之人的最后一点火花。北风渐起,呼啸着掠过荒野,干枯的老树摇晃着朽骨般的树枝,偶尔有两只寒鸦发出几声哀鸣,更显得天地间一片萧索。

在城东十五里外的一处密林里,闪动着几双野狼般警惕的目光,那是几名黑衣汉子,埋伏在树林边,扫视着周围的动静,任何地方有响声,都逃不过他们的眼睛。

密林深处,约莫五七十名汉子,黑压压地躺了一片。他们将枯枝砍下来当床铺,裹着棉袍,大多数都在酣睡,也有几个瞪着双眼望向天空,不知在想些什么。

在这些人的中间,铁面人穿着一袭黑色狐裘,盘膝而坐,正在闭目养神。

沉静的夜色中,突然响起了沙沙之声,那是人脚踩过地上落叶的声音,铁面人立刻睁开了双眼。

夏侯鹰从林外走了进来，站到铁面人身边，轻声禀报："恩主，我回来了。"

铁面人没有抬头，淡淡问了一句："探得怎么样？"

夏侯鹰蹲下身子，凑近铁面人："恩主算得很准，就在今晚，陆炎离开了他的藏身之处，应该是去找丁醒了。"

"应该？"铁面人语气有些不悦。

夏侯鹰忙道："陆炎很厉害，小人怕被他发觉，跟得远了些。"

"你都看到了什么？"铁面人继续问。

夏侯鹰道："小人跟了一会儿，陆炎进了人群，便跟丢了。于是我只能回到陆炎的藏身之处埋伏。过了约莫半个时辰，陆炎回来了。"

"也就是说，陆炎总共离开了一个多时辰。"铁面人道，"这一个多时辰，足够办很多事了。"

夏侯鹰继续说下去："就在陆炎回来不久，我突然发现顺天府有异动。"

铁面人这才看了他一眼："有异动？"

夏侯鹰点头："那些差役带了不少人，分头去敲每一家的门。"

铁面人目光闪动："是搜查吗？"

夏侯鹰摇头："他们在挨家挨户地通知，年关注意防火。当然我知道，这只是表面掩饰，其真正目的在于……"

铁面人笑道："真正目的在于，寻找抛石器。"

夏侯鹰道："恩主说得对。那些差役每敲开一家的门，都要进入院内，说明他们一定在找东西。"

"去找吧。这正是我想让他们做的。"铁面人缓缓起身，"我

183

知道鬼仙不在鬼市，却还是让陆炎去杀鬼仙，他一定很怀疑其中动机，以他们几个人的聪明，应该会想到抛石器，也一定认为抛石器已经运进城中，要等到春节凌晨之时，发炮轰击皇城，所以顺天府才会出动。"

"恩主说得是。"

铁面人发出一阵阴冷的狞笑："让他们去找那些根本不存在的抛石器吧。城中数万民居，春节大朝之前，他们绝忙不过来，根本不可能抽调出人手来妨碍我们的行动。"

夏侯鹰叹息道："恩主，您这一计，端的是鬼神莫测，小人佩服得五体投地。这大明江山早就该让您来坐。"

"快啦！"铁面人缓缓从怀中掏出一个白瓷瓶，晃了晃，"明晚你进城去，找到陆炎，请他喝一碗壮行酒。"

夏侯鹰愣了愣，马上明白过来，接过瓷瓶："恩主放心，我知道该怎么做。"

他伸手欲接，但铁面人又补充道："这个瓶子是特制的，你要好好利用。"

夏侯鹰点头，接过了白瓷瓶。

铁面人走到人丛当中，突然沉声说道："众位兄弟！"

那些睡着和没睡的人，听到铁面人的话，立刻跳了起来，显然训练有素。几十人起身之后，目光紧盯着铁面人，鸦雀无声。

铁面人环视四周："天雷计划已经成功在即，明天凌晨，便是我们大展身手之时。轰碎京城之后，我等立刻杀入，将那些侥幸没死的王公大臣斩草除根。从此之后，整个大明江山，便尽入我们的掌握。当我登基之日，你们个个封侯拜相，荣华富贵，唾手可得。"

几十名黑衣汉子一齐低呼:"忠心奉主,天道长存,忠心奉主,天道长存……"

几只夜宿的寒鸟被惊动,扑簌簌地飞上半空。

一片奉扬声中,铁面人走出人群,来到林中一片空地之上,那里放着二十门人腰粗细,泛着青光的铁炮,黑洞洞的炮口,正对着夜色中的北京城。

第九章
转壶

丁醒回到家中时,天已经蒙蒙亮了,这是今年的最后一天。他刚进胡同,就闻到一股焦糊味,走到门口,发现大门还是完好的,进了院子一瞧,房子居然烧得并不厉害,只是窗子没了,屋瓦也燎得黑漆漆的。

走进屋门,丁醒这才皱起眉头,原来屋子里已是一片狼藉,家具东倒西歪,满墙都是黑灰。进了卧室一瞧,床烧得只剩了四个床脚,桌椅全成了焦炭,更不要说枕头被褥。

丁醒摸摸身后的火铳,暗自庆幸,这些粗重家伙烧了倒没什么打紧,去杂货店买一些旧的来用,价钱也不贵。至于房子,等过了年,找几个泥瓦匠来修葺一下就好。

他走出卧室,来到院子里,静下心来想了想,决定还是去找百晓娘他们,至少先有个地方睡一觉。

等来到武贤家,见了百晓娘,未等丁醒开口,百晓娘便心疼起来:

"你的脸色好憔悴,很久没有好好休息了吧,来,先睡上一觉。"

百晓娘将丁醒领到另一间卧室,安排他上床睡了。丁醒也实在困倦,头一沾枕头就呼呼睡去。

这一觉直睡到午后,丁醒闻到饭香味,醒了过来。这种本事是丁醒从小就有的,他老爹为了方便儿子荫职,从两兄弟少年时就训练他们,不管睡多久,只要闻到饭香,立刻就醒。

因为他老爹知道,一旦打起仗来,几天吃一顿饭都是正常的。

丁醒抹了把脸,翻身起床,感觉全身的疲乏减轻了许多。窗外响着此起彼伏的鞭炮声,整个北京城笼罩在一片喜庆的气氛当中。

便在此时,百晓娘端着一个食盘走了进来,食盘上放着一碗米饭,两样小菜,还有一碗红豆粥。

"谢谢你,还得伺候我吃饭。"丁醒微有歉意。

百晓娘把食盘在他面前一放,脸上泛起红晕来:"多吃一点儿,锅里还有。"

丁醒确实很饿,便毫不客气,狼吞虎咽地吃起,吃了半碗饭以后,他这才问道:"对了,鬼仙和北城玄武呢?吃了没有?"

百晓娘道:"鬼仙离开了,他这个人,不喜欢人多的场合。至于北城玄武嘛,他也正吃着呢。"

丁醒便要起身:"大家一起吃吧。"

百晓娘按住他:"最好不要,如果你和他一起吃,你会吃不下去的。"

"为什么?"丁醒好奇地问道,"他的吃相很难看吗?不要紧,我在军中,再难看的吃相都见过。"

"不,不是吃相难看。"百晓娘微微皱了皱眉,"他吃的东西,你看到以后,八成得呕吐。"

丁醒想起第一次和百晓娘来这里的时候,武贤正在吃东西,屋子里有血腥味,于是问道:"难道这家伙是吃生肉的?"

百晓娘点头:"他只吃一种肉,蛇肉。"

丁醒笑了:"怪不得他身上有那么多蛇,原来随时可以开饭啊。"

他转念一想,又好奇地问:"听鬼仙说,北城玄武和西城白虎都是怪物,老死不相往来,可我看他们都挺喜欢蛇的。"

百晓娘笑道:"一个吃蛇,一个养蛇,当然是老死不相往来了。"

丁醒恍然大悟,想想武贤盘子里放着半条吃剩的蛇,果然有些反胃,便转换了话题:"今天应该就会查到那些抛石器了,顺藤摸瓜,相信会把凶徒揪出来。不过我还是有些担心,万一这些凶徒的头领是你哥哥,那你可怎么办?"

百晓娘坐在床边,叹了口气:"那晚我险些被当成祭品杀了,就算那个铁面人不是他,也是他的手下吧,他不可能不知道。由此看来,他已经不认我这个妹子了。我又何必再认他这个哥哥?"

丁醒看着她的脸色,笑道:"你言不由衷。这不是心里话。"

百晓娘低下头:"几个月以前,瓦剌人还没有打到北京的时候,他跟我说要去云游,好几年才回来。那时候我就猜到他在说谎,一定是要干什么大事了。果然,瓦剌人退走以后,天雷殄村案发生了,而他也戴上了铁面具,神神秘秘的。我猜想,他可能是在云游途中,遇到了什么事情,才转变了心性。"

"也许他云游是幌子,真实目的是召集人马、展开计划吧。"丁醒吃完最后一口,舒了口气,将食盘推到一边,跳下床伸展了一下手脚,回身从床头抄起腰刀和火铳,"酒足饭饱,我要去顺天府,看看雷恪那边的情况。"

百晓娘也起身道："我跟你去。"

丁醒笑道："你不是不喜欢见官面上的人吗？"

百晓娘道："我不进顺天府，在外面等你。"

丁醒没说别的，一个女孩子，身边守着一个吃活蛇的人，总不是件快乐的事情。

百晓娘对武贤说了一声，二人便出了门，走上大街，直奔顺天府。

走在路上，丁醒留心观察了一下，见仍有差役挨家敲门，这些差役看起来已经有些疲劳，个个眼睛通红，步履沉重。

丁醒心头一凛，从差役的表情上可以看出来，搜索抛石器的进展好像并不顺利。

很快到了顺天府门外，百晓娘自去街边的一个茶馆里等他，丁醒一个人来找雷恪。

此时的雷恪正不住地在堂上来回走动，他嘴唇枯干，神色焦急，抬眼看到丁醒，也没说什么，只是叹息一声，请丁醒坐下。

丁醒没有坐，马上问道："看样子，你的人没有找到抛石器。"

"连影子也没捞到！"雷恪骂了一句，"我的人忙了七八个时辰了，居然连半点儿线索也没有，真是见了鬼了。"

"别急。我们的对手很是狡猾，抛石器在未用之前，一定藏了起来，所以才不好找嘛。"丁醒只能安慰。

雷恪气鼓鼓地坐在椅子上："若到了晚上再找不到，那就麻烦了。"

丁醒想了想："也不一定。就算把抛石器藏起来，可用的时候总得搬出来吧。况且他们还要组装好，这样一来，动静也不会小。"

雷恪听了，突然眉头一展："这话倒提醒了我。丁兄，你看这样行不行，万一天亮之前还搜不到，我就把所有人手分散在皇城四周。贼人们组装抛石器，必有动静，只要有人发现，就发出烟花响箭，我立刻带人去抓贼。"

丁醒道："还可以在城中所有高楼上布置人手，观察城中动静。"

雷恪长叹一声："实在搜不到的话，只能这样了。"

丁醒道："现在离天黑还有几个时辰呢！也许过不多久，就会有线索。"

二人闷坐了半个时辰，可还是没有任何消息传来。丁醒怕百晓娘在外面孤单，便起身道："我去外面转转。"说着走出顺天府。

百晓娘正在对面的茶馆里闲坐，喝着大碗茶，嗑着瓜子，一见丁醒来了，便招呼他坐在自己对面："看你的样子，肯定没好消息。"

"是啊，我也奇怪，如果真有那么多抛石器运进城来，分散于各处，怎么会一个也查不到呢？"丁醒抓起几粒瓜子，忽然想起陆炎来，他看看四周无人，低声说道，"难道陆炎真的是骗我们的？"

百晓娘摇头："陆炎以前背叛朝廷，是因为兄弟落于瓦剌人之手，现在他兄弟死了，他也成了孤魂野鬼。据我所知，在他的家乡，族人已将他们兄弟销了族籍，这对他的打击太大了！"

丁醒想了想："如此说来，他在想尽一切办法立功赎罪？"

"应该是吧。"百晓娘道，"我只是以常理测之，而陆炎也是个理智之人，不会再做出疯狂之举。所以我相信他。"

二人一边闲谈一边等待着消息，可是直到天色擦黑，也没有差役前来报信。

丁醒看看天色，说道："与其在这里干等，不如我们去找陆炎，他说过,今夜那幕后之人会派给他一个大任务。"

百晓娘道:"对,他是说过。我们这就去找他。"

丁醒笑道:"看来你知道他的藏身之处。"

"当然,他告诉我了。"百晓娘并不隐瞒。

丁醒撇撇嘴:"可他没告诉我。"

百晓娘指指他身上的官服:"你是官,他当然有所保留。而我嘛,他知道我不屑于去官府通风报信。走吧!"

两个人会了茶钱,一同出门,百晓娘带路,朝城西而去。

天黑以后,城中变得更加热闹,很多大街上都立起了龙灯、彩凤,游人如织。丁醒与百晓娘穿胡同,走小巷。丁醒一边走,一边问百晓娘:"我们应该找雷恪要些人手,只等贼人对陆炎交代完之后,立刻捉了他。"

百晓娘白了他一眼:"就你聪明,别人都是傻子?那贼首极为狡猾,肯定防着这一手哩。如果是我的话,会派好几个人过来,一个人去找陆炎,其余的人在四周埋伏,只要发现可疑之处,立刻风紧扯呼,一跑了事。这样一来,不光官府一无所得,连陆炎都得被怀疑。"

丁醒连连点头:"说得是。那我们只在暗中观察,等那些人走了再找陆炎。"

此时,城西的一座小客栈之内,陆炎正坐在一间屋子里,安然闭目养神。他知道,用不了多久,便会有人前来找他。

这座客栈是一个外乡人开的,这个外乡人名叫张小七,以前做过飞贼,手脚极灵便,陆炎曾经有大恩于他,因此这里便成了陆炎的藏身之处。

如今张小七已经金盆洗手，不再干江湖营生，陆炎住下以来，并未遇到过什么危险。在北京之战以后，朝廷认为他与兄弟陆林已经死于乱军当中，陆林的尸体找到了，陆炎则尸骨无存，很可能被马蹄踏作肉泥，没有人知道他还活着。

如果不是他主动现身，连丁醒与百晓娘也不会知道。

突然，后窗外传来一声响雷，陆炎身子一震，睁开眼睛，警惕地侧耳听了听，发觉只不过是鞭炮后，又松了口气。他起身从床铺下抽出那把绣春刀，回到灯下，拿了块布慢慢地擦拭着。

这把刀从他一进锦衣卫时就佩戴着，几年下来，刀锋上没少沾染鲜血，有贪官的，也有清官的。做了锦衣卫，他的意识里就不再有贪官和清官之分，皇帝说谁是贪官，谁就是贪官。因此只有忠臣与不忠之臣。

刀锋闪着寒光，映过他的脸庞，陆炎从刀锋上看着自己的面容。短短几个月的工夫，他居然生出了白发。

陆炎拔下一根，贴在刀锋上，猛地一吹，白发变成两段，飘然落地。他心中慨叹，自己现在的处境，就如同这根白发，不知道什么时候就会一刀两断，更不知道日后人们评价起自己来，到底是忠臣，还是叛臣。

"咚……咚咚……"

门外响起了有节奏的敲击声，来的是张小七，陆炎将刀背在肘后，缓步走到门后，轻声问道："什么事？"

张小七回答："客官，有人来访你了。"张小七不能称呼他为大人，只叫客官，这也是事先说定的。

陆炎知道，铁面人派的人到了，于是道："请他进来。"

不多时，门被推开了，夏侯鹰出现在灯影之下，朝着陆炎一拱手："陆大人，我来了。"

陆炎请他坐下，将绣春刀收回鞘内，插在腰间，问道："我早就在等候恩主的消息了，好报答他的收容之恩。"

夏侯鹰点点头："陆大人这样想就对了。主子说了，等大事成功之后，陆大人便是锦衣卫首领，到时候更可以光宗耀祖。"

陆炎向空中拱手："多谢恩主栽培！"然后转向夏侯鹰，"说吧，到底让我干什么？"

夏侯鹰笑道："不急，时候还早。恩主特令我带来美酒一瓶，说是给你一壮行色。要知道，你接下来要做的事，可是惊天动地的，岂能没有好酒践行？"

说着，夏侯鹰从腰间取出一个白瓷瓶来，放在桌上。陆炎笑了，伸手拔起木塞，一股香洌的酒味冒了出来，陆炎当然是酒中行家，赞道："果然是好酒，多谢恩主！"

夏侯鹰从桌上的茶盘里拿过两个茶杯，分别给自己和陆炎倒满了，举杯道："来，我们一同干了，再议大事。"

陆炎缓缓端起茶杯，眼睛却一眨不眨地盯着夏侯鹰。作为前锦衣卫镇抚使，察言观色的本事已经炉火纯青，他在观察对方的表情与动作，只要有一丝的可疑，手中这杯酒就不能喝。

夏侯鹰看出来了，淡淡一笑，当先将杯中酒水一饮而尽，然后一把抢过陆炎的茶杯："陆大人不愧是锦衣卫镇抚使，果然小心谨慎。"说罢，他也不管陆炎如何表示，一仰头将这杯酒也喝干了。

陆炎反倒不好意思起来，讪笑道："哪里哪里，阁下多虑了，我只是在想着恩主的大事，一时分了心。"

夏侯鹰端起酒瓶，第二次给他斟满，做出一个"请"的手势。陆炎不能再拒绝了，也一仰头喝了下去。

夏侯鹰目光闪动："怎么样，酒的味道如何？"

陆炎咂咂嘴："应该是陈年汾酒吧，确实甘醇爽冽。"

夏侯鹰挑起大指："果然一语中的，陆大人不愧见多识广。"

陆炎逊谢道："哪里哪里，酒囊饭袋而已。不知恩主要我今晚做些什么？"

夏侯鹰一笑："不急，等一等。"

陆炎一皱眉："等什么？"见夏侯鹰微笑不答，陆炎心中一凛，他太清楚这样的表情了，自己以前在面对要处决的人犯时，也是这样笑的。

他一把抄起面前的酒壶，拔开塞子看了看，酒色无疑，又闻了闻酒香，也没异样。陆炎眼尖，他发现酒壶上的花纹有些错乱了，于是用手一摸壶底，心头便是一惊。

酒壶的底部是可以转动的。

他久在锦衣卫，对这样的酒壶并不陌生。这种酒壶名为"转壶"，壶底可以转动，一般都是江湖上害人时所用。

壶中装的是好酒，但壶底藏有毒药，要害人时，只要暗中将壶底转动，毒药就可以露出，混入酒中，整壶酒也就变成了毒酒。

陆炎立刻明白，对方是来杀他的。这一点他也曾想到，但却没防备转壶这一手。

陆炎怒从心生，猛一扬手，将转壶向夏侯鹰砸去，夏侯鹰一歪身，转壶砸到墙上，碰得粉碎，酒水洒了一地。

"你对我下毒！"陆炎腾地跳起身来，拔出绣春刀，直指对方。

他心中明白，刚才夏侯鹰第一次倒出的酒，都是好酒，他知道自己会小心在意，因此才夺过杯子，将酒喝干。等取得了自己的信任之后，第二次暗中转动壶底，换成了毒酒。

夏侯鹰冷冷一笑："现在知道，晚了。酒中下的是烈性毒药，过不了多久，你就会七窍流血而死。"

陆炎举刀欲剁，可肚子里已在轻微绞痛，他咬牙道："为什么……"

夏侯鹰道："你的事情做完了。恩主还要多多感谢你，因此赏你这壶酒。"

陆炎毫不迟疑，纵身朝后窗撞了上去，"砰"的一声，窗子被撞碎，陆炎也蹿入了胡同中。

眼见陆炎逃了，夏侯鹰却不追赶，只是冷笑："你跑得越快，毒药就发作得越快。等你的尸体被人发现，想必也会被锦衣卫砍头示众，以正国法。哈哈……"

说着，他一口吹灭了屋内的蜡烛，转身出门。此时张小七听到声音，心里不踏实，前来查看，正好走到门口，见夏侯鹰出来，屋子里又灭了灯，便开口问道："这位爷，屋子里的客官……"

夏侯鹰不等他说完，把手一挥，一把雪亮的匕首朝张小七的咽喉划去。张小七自陆炎来了以后，一直心存谨慎，反应也很快，连忙向后一闪，匕首没划到他的脖子，而是在他下巴上割出一道血口。

张小七感觉到一阵剧痛，一声惊叫，转身就跑。夏侯鹰想要追上去，但张小七熟悉地形，手脚又快，连滚带爬地跑出走廊，奔向大厅。等到夏侯鹰追到大厅时，早不见张小七的踪影。

"算你跑得快！"夏侯鹰哼了一声。他知道，张小七收留陆炎在客栈里，便是犯了窝藏钦犯之罪，断不敢去报官，因此将匕首收入袖中，扬长而去。

他丝毫不担心陆炎，酒中的烈性毒药过不了一盏茶工夫就会发作，到时候就算神仙也救不活。此时他还有大事要做，不能节外生枝，于是快速出门，消失在暗夜之中。

陆炎逃到客栈后的胡同里，这条胡同中住的都是外地进京做工的人，如今早都回乡过年了，因此没有人发现他。陆炎捂着肚子向前奔跑，没跑几步，就觉得肚腹绞痛加剧，脚步开始踉跄。

幸好这时候对面走过来两个人，一眼看到陆炎，齐齐一愣，其中一个女人道："不好，陆炎出事了。"

来人正是丁醒与百晓娘，他二人见客栈有了异动，便急急赶来，不想迎头碰上了。

丁醒急奔上前，一把扶住陆炎，急问："怎么了？"

陆炎此时脸如死灰，大汗淙淙而下，咬牙挤出两个字："中毒……"

百晓娘上前一搭他的脉门，又翻开眼皮看看，声音也有些发颤："好厉害的毒药，必须马上解毒。"

丁醒道："谁知道他中的什么毒？就算知道了，哪里找解药？"

百晓娘目光闪动："这里是西城，西城……有了，背着他跟我来。"

丁醒知道百晓娘有办法，立刻将陆炎扛在肩上，随着百晓娘，朝着日中坊而去。

走过两条胡同之后，丁醒看看方向，赫然记起，脱口道："前面是崇玄观，你要找西城白虎！"

百晓娘道:"不错,这个人善于解毒。也该着陆炎有命,住的地方离崇玄观很近,如果换了地方,他就没命了。"

丁醒想起一个多月以前,为了神机炮案件,他与百晓娘来找西城白虎取图样,没想到今天又要见到这位怪异的江湖人。

他们很快来到了崇玄观的后面,眼前还是那片竹林,只不过叶片大多变得干枯。百晓娘一进竹林便叫起来:"白虎,白虎!"紧接着她又自嘲道,"怎么忘了,他是个聋子,听不到的。"

丁醒知道底细:"他才不聋呢。"说着他扬声大叫,"白虎,赶紧滚出来救人,要不然老子把你的秘密全说出去……"

话音未落,一个矮小的人影便出现在眼前,正是西城白虎。此时他仍旧穿着第一次见面的服饰,锦衣华服,腰围玉带,足下小靴,打扮得像戏台上的王侯将相似的。

西城白虎翻着眼皮,阴阳怪气地道:"救什么人!你再大呼小叫,我可不管了。"

丁醒连忙将陆炎放到地上:"这是我的好朋友,刚刚中了剧毒。"

此时借着天空中烟花的闪光,三人看到,陆炎的鼻子里、嘴巴里已经开始流出黑血来。

百晓娘急道:"能不能救?"

西城白虎用手探了探陆炎的脉搏,皱眉道:"毒药很猛,直攻心脉,殃及五脏,救活不易。就算救活了,这人下半辈子也是百病缠身,落个半残。"

丁醒道:"先不管下半辈子,救活他就行。"

西城白虎朝他二人摆摆手:"你们躲远点儿,我来看看。"

丁醒不明白为什么要躲,百晓娘拉着他,闪到了一边。丁醒瞪大眼睛看着西城白虎,只见他从怀里掏出一把小刀来,朝着陆炎肚子上一划,丁醒以为他要给陆炎开膛,吓了一跳,定睛看时,发现只是划开了衣服,露出陆炎的胸膛。

西城白虎收起刀子,居然在地上跳起舞来,他的舞步很奇特,上身不动,只有双脚在地面上不住蹬踏。

丁醒暗自皱眉,心想:陆炎是中毒,不是中邪,跳大神可不管用。

他看看百晓娘,发现她倒是脸色平静,一副见怪不怪的样子。丁醒知道江湖人诡门道极多,所以也没有说话,只是凝神看着。

西城白虎跳了没几下,就听到草丛之中有动静,窸窸窣窣的,二人仔细一看,不由得汗毛直竖。原来草间游过来很多条蛇,这些蛇爬到西城白虎脚下,游走不去。西城白虎抓起两条蛇,走到陆炎身边,直接将蛇头按在了陆炎的胸前。

两条蛇张开嘴,露出毒牙,咬进陆炎的肌肤之内。丁醒又是一惊,但马上想到,西城白虎这种手法,应该是以毒攻毒。

放下两条蛇之后,西城白虎手脚不停,又接连将四条蛇咬在了陆炎的双手手指与双脚脚趾之上。这样一来,陆炎身上两条,手上两条,脚上两条,共被六条毒蛇咬住。

丁醒手心里满是冷汗,陆炎中的毒非常猛烈,此时再加上蛇毒,会不会登时毙命?他心中暗自祷告起来。

西城白虎放完六条蛇之后,蹲在陆炎脑袋边上,仔细观察他的脸色。那六条蛇也极为听话,一直咬住,始终不放,百晓娘心中清楚,它们在一直释放毒液,直到将陆炎所中之毒逼出去。

就这样过了小半个时辰,陆炎的脸色一会儿灰,一会儿红,后来慢慢变成青色。

西城白虎看在眼里，这才双手飞舞，将陆炎身上的毒蛇全部抓下来，放回草里，又跳了几步，那些毒蛇全都散入草间，眨眼间便不见了。

丁醒这才发问："怎么样了？"

西城白虎也抹了一把脸上的汗水："幸好你们来得快，如果再慢一刻，就算有仙丹也救不活他了。"

丁醒十分高兴："这么说，他没事了？"

西城白虎摇头："他现在还是中毒。"

丁醒一听便怒了："你不是说……"

百晓娘截道："我明白了，现在他中的，是蛇毒，不是原来的毒了。"

西城白虎咧开嘴笑道："还是小娘子聪明，你们摸摸他身上。"

百晓娘当然不会去摸一个男人，丁醒蹲在陆炎身边，在他身上一摸，着手之处湿漉漉的，他以为是汗水，结果放到鼻前一闻，有一股腥臭味儿。丁醒这才明白，西城白虎利用更厉害的蛇毒，将陆炎所中之毒从毛孔逼出体外，这一招可称得上神仙圣手。

可是看着陆炎发青的脸色，丁醒还有些担心："他现在中的毒，怎么救？"

西城白虎从腰里摸出一个一寸粗、三寸长的竹筒来，拔开塞子，将里面的白色药粉倒在被蛇咬过的伤口上，约莫倒了半筒："这是最好的蛇药，遇血即溶，放心吧，再过半个时辰，他就会醒来，只不过恢复成什么样子，我可不敢保证。"

"能活就好，能活就好……"丁醒向西城白虎连连拱手称谢。

西城白虎再不看他，转身进了竹林。

百晓娘走到陆炎身边，低头瞧了瞧他的脸色："脸上青斑正在消退，白虎说得没错。"

丁醒脱下外袍，为陆炎盖在身上，与百晓娘走到林边，问道："陆炎中毒，定是那个铁面人干的，难道他知道陆炎与我们暗通消息？"

百晓娘摇头："也不一定，铁面人心狠手辣，视人命如草芥，有些人利用完了，就干脆处理掉。也许他觉得，陆炎出身太不一般了，不好控制，而且为了防止被他出卖，才痛下杀手。"

丁醒想了想："也说得过去。不管怎么样，等陆炎醒了，一问便知。"

二人回到陆炎身边，坐了好一阵子，陆炎这才呻吟一声，睁开双眼。

丁醒喜道："你终于醒过来了！"

陆炎看到丁醒与百晓娘，发出一声微弱的苦笑："又欠你们一次……"

丁醒笑道："是啊，希望你没机会还。"

百晓娘并不关心他的身体，陆炎的死活在她眼里，根本无足轻重，但对他被灭口的事情很感兴趣，开口问道："你无比警惕小心，怎么还被下了毒？"

陆炎将鹰眼人使用转壶给自己喝下毒酒的事情简单说了一遍，丁醒听罢，咒骂了一句："这帮王八蛋，不但心狠如豺，还狡猾如狐。如此下毒手法，任谁也猜不到。"

百晓娘继续问："你中了毒，就没问问他为什么要害你吗？"

"我问过了……"陆炎低声道，"他说……我的事办完了，主子要感谢我，才赏了……这壶酒！"

丁醒呸了一声："这算哪门子的感谢！"

百晓娘却一扬手："等等，那人说，你的事办完了？"

陆炎道："是……"

百晓娘眉头紧皱，嘴里喃喃自语："这话是什么意思？"

丁醒哼了一声："这还不清楚吗？铁面人的意思是陆炎已经照他的意思做完了事，也就没必要再活着了。"

百晓娘摇头："不对，我总觉得这句话没那么简单。你想，陆炎自从投向铁面人之后，做过什么？"

陆炎感觉身体一点点好转，说话也慢慢有了力气，便接口道："他让我透出九宫真人的消息给丁醒，之后又令我去杀鬼仙……"

"还有别的吗？"百晓娘问。

陆炎摇头："我杀鬼仙未能成功，铁面人就让我藏起来，等他的消息，之后就再也没有见过他。"

百晓娘看着丁醒："你不觉得这里面有蹊跷吗？"

丁醒愣住："什么蹊跷？"

百晓娘道："铁面人给陆炎分派了两件事情，引你们进碧霞观和暗杀鬼仙，结果怎么样？陆炎虽然都办了，但结果都没成功。你们是进了碧霞观，但被我救走，鬼仙也没死在他手里。照理讲，铁面人对陆炎应该是不满意的，可怎么又会说他的事办完了呢？"

"对呀！"丁醒拍拍额头，"经你这一说，我也感觉不对劲。"

百晓娘蹲在陆炎身边："那人还说过什么？"

陆炎道："没有了。此人惜字如金，如果不是铁面人让他说的，他绝对不会说。"

百晓娘眼光转动："有没有可能……你去北城玄武家，被他的人发现了?"

陆炎想了想:"当然有可能。他觉得我不可靠,这才杀我灭口。"

百晓娘脸上霍然变色,起身对丁醒道:"陆炎来找我们,是不是铁面人也希望他这样做?"见丁醒一时没明白她的意思,百晓娘接着道,"自从听了陆炎和鬼仙的话,我们便认定凶徒将利用抛石器来进攻皇城,对不对?"

丁醒点头:"对呀,难道还有内情?"

"可以反过来想一想,如果铁面人不是用抛石器来进攻呢?"百晓娘道,"那我们就白白浪费了一天一夜的工夫,就算把京城翻个底朝天也是没用的。"

丁醒赫然一惊:"你的意思是说,铁面人故意把我们的思路引向抛石器,其实他根本没有制造抛石器。"

百晓娘叹了口气:"可问题又回到原点了,他若不用抛石器,到底会用什么来抛出火雷呢?"

"大炮,一定还是大炮!"丁醒极力地思索着,"可是在民间根本不可能私铸大炮……"

百晓娘问:"为什么不可能?"

"一是民间私铸大炮有重罪,二是因为技术原因,大炮不光是一个简单的铁筒子,铸造之时,需要在装塞火药之处加厚,前后各有照门照星,普通工匠根本无法仿制。自我朝太祖开国之后,便严令管束,连国家重臣都不能私自铸造,更何况民间。"丁醒解释说。

百晓娘听完,突然眼神一亮:"铁面人会不会从别的地方偷来大炮?"

丁醒连连摇头:"更不可能,每个边镇大炮都是有数的,只要缺失一门,守将便会受到责罚,因此绝没有人敢偷着卖出……"

说到这里,他突然哽住了,眼睛不住地转动,神色渐渐变得惊恐起来。

"怎么了?你想到什么?"百晓娘追问道。

丁醒好像没有听到她的问话,嘴里嘀咕着:"北京之战前……也先攻破大同、紫荆关……天哪,这两个地方可是有大炮的……"

百晓娘一愣:"也先?难道又是他搞的鬼?"

地上的陆炎接口道:"也先攻破大同、紫荆关之后,已经将城头的大炮全部焚毁了。"

丁醒低头盯着他:"说是毁了,有谁亲眼得见?只是后来的溃兵这样说,实际上他们也没有看到大炮被烧成铁水啊。"

百晓娘这才明白:"你是说,铁面人可能是瓦剌人,也先对外宣扬说大炮已经被毁去,其实由铁面人悄悄运到了京城?"

"再加上九宫真人的火药,"陆炎道,"于是他们便策划出春节之日炮轰皇城这一计!"

丁醒一跺脚:"极有可能。可惜我们现在才想到。"他问百晓娘,"现在什么时辰了?"

百晓娘抬头看看天空,说道:"子时已过,眼下是丑时。"

丁醒道:"寅时末刻便是群臣进皇城的时候,照理讲,这个时候就可以开炮了。"

百晓娘道:"如此说来,我们只有一个时辰的时间了。"

丁醒看了看陆炎:"你在这里好好休养,我马上去找雷恪,让他放弃搜寻抛石器,调派人手出城巡查,一定要找到这群凶徒。"

等到丁醒与百晓娘远去之后,陆炎又躺了好一会儿,这才缓缓爬起身来,咬牙忍住头脑中的眩晕与肚腹的不适,跌跌撞撞地向另一个方向走去。

丁醒走在路上,百晓娘突然问他:"刚才你说的事情,只是猜测,我们出城搜索,扑空了怎么办?如果让雷恪把人手调出城外,万一城中凶徒真的组装起抛石器来,可就连应急的人都没了。"

一席话,令丁醒左右为难,他相信自己的判断,但又没有十足的把握。百晓娘说得很对,如果顺天府的人手全部调出城外,一旦城中有事,回援肯定来不及,到时候可能会引发惊天动地的后果。

"那怎么办?"丁醒急得冷汗直冒。

百晓娘想了想:"不如这样,我们不动用城中顺天府的人,另外调兵,调你神机营中的兵马,怎么样?"

丁醒吓了一跳:"什么?调动神机营的人马?说得轻巧,没有兵部或者皇帝的命令,神机营的人我连一兵一卒也调不动啊。"

"事急从权,现在要去兵部禀报已经晚了,况且咱们又没有十足的证据表明会有凶徒炮轰京城,只凭猜测,兵部怎么肯信?"百晓娘转着眼珠,"我倒是有个办法,神机营中的兵马,现在还有多少在营中?"

丁醒想了想:"营中规定,自春节起到初五放假,那些离家较近的士兵应该已经回家过年了,但外乡士兵都在营中过年,人手应该不会少。不过他们只听军令,我没有兵符,没法调动他们。"

百晓娘笑道:"这就好办了。我们先去找雷恪,让他加紧搜索城内,盯住一切可疑的地方。然后再去你军营调兵,出城巡查。"

丁醒半信半疑,心想你一个江湖女子,难道比我这位千户还有办法？但他深知百晓娘心思灵巧，既然敢说出来，就一定做得到。

二人加快脚步赶往顺天府，可到了顺天府之后，发现雷恪不在，问了值守人员才知道，雷恪由于一整天都查不出抛石器，心急火燎，按捺不住，自己亲自带着几个手下上街了。

丁醒一皱眉，暗道不好，找不到雷恪，自己的想法无法告诉他。

百晓娘安慰道："就让顺天府里的人给雷恪带个信吧，只说我们出城搜查了。"

丁醒只得如此，吩咐了顺天府值守人员之后，和百晓娘直奔神机营而去。

走在路上，丁醒问百晓娘："就算我们调到了兵，出城搜索，可京城四周数十里地，怎么可能在一个时辰内搜完？"

百晓娘想了想："说得也是。你是神机营军将，如果是你炮轰京城的话，会选在什么地方？"

丁醒沉吟着："京城四面城墙高厚，要想用大炮轰击……对，必定要选在一处高坡位置，如果大炮放在平地，是打不过城墙的。"

"说得有理，"百晓娘问，"要多高的位置？"

丁醒心中测算了一下："至少要三四丈高才行。城外有这样的高坡吗？"

百晓娘稍一思索："有一处，城东四五里外，有个村子叫汉家台。村子被一面高坡分为两半。"

丁醒道："那我们就去汉家台。"

百晓娘又问："可那高坡在村子中间，贼徒们要把大炮推上去，一定需要不少人，动静也不会小，村子里的人怎能不察觉？"

丁醒蓦地想起一件事来："你不知道，我在与雷恪商议时，曾有人来报说,京畿四周流言四起,说今晚还要有天雷降下,所以城外的村民大多都逃进了城中。现在的汉家台,想必已经是个空村了。"

百晓娘叹息一声:"这个铁面人真是算无遗策,计划的每一步都有作用。"

一路谈论着,二人来到了神机营外。此时神机营营门紧闭,隔着木栅,丁醒看到值守门房中亮着灯光,便大声叫喊。

门房中走出一个人来,脚步一跛一跛的,正是老铁。老铁光棍一人,在军营中养老,每年值守的人都是他。

丁醒一见老铁,立刻叫道:"铁叔,快开门!"

老铁上前一边开着营门,一边笑道:"好几天见不着你,今晚可不能走,反正咱爷俩都是光棍,白天的时候上峰给送了一坛酒来,咱们且喝了它……"

营门一开,老铁一眼看到百晓娘,稍稍愣了一下,又看看丁醒,脸上笑开了花:"二郎,长本事了,给叔引见引见,这位姑娘是……"

丁醒哪有工夫和他闲扯,随口敷衍道:"我的朋友,铁叔,我有急事要回营,等办完了事再陪您老喝酒。"说完,他一拉百晓娘,二人进了营门,朝营房而去。

老铁刚要关门,丁醒回头道:"铁叔,把大门敞开,我一会儿还得出去。"

老铁哼了一声,低声骂道:"有了相好的,就忘了老子。"

丁醒暗笑,与百晓娘并肩来到营房前,神机营中建有二十余个大营房,此时每个营房中都灯火通明,离着老远,就听到一片喧哗之声,丁醒知道这些士兵正饮酒猜拳。往年也是如此,士兵们一年当中也没几天休息,只是在春节、冬至与万寿节时才能放假,因此每到年节，这些士兵都开怀痛饮，喝得烂醉。

"但愿今天别都喝醉了。"丁醒心里想着，刚要推门，却被百晓娘拉住。

丁醒一愣，回头问道："又怎么了？"

百晓娘道："你进去之后，想怎么说？"

丁醒道："实话实说啊。城外有叛党谋反，大家随我去剿灭乱贼。"

百晓娘连连摇头："你不能这么说，如果这样说的话，不会有几个人跟你走的。"

丁醒笑道："剿灭乱党，功劳非小，他们会不跟着我去？"

百晓娘道："你久在军中，应该明白，朝廷剿贼，小兵能分得多少好处？能有几个人升官？"

丁醒不说话了，百晓娘虽不是军将，但说的却是实情。自古以来，战阵之上出生入死的，多是兵卒，而升官发财的，却全是将官。就算上面有赏赐，等分到普通士兵手中，也会层层克扣，所剩无几。

"那我应该怎么说？"丁醒问道。

"我告诉你，你进营之后，这样说……"百晓娘凑近丁醒耳边说了几句，最后道，"这番话一讲，我保证会有很多人随你前去。"

丁醒向她拱拱手："多谢提醒！"说罢，他猛地推开大门，闯了进去。

神机营的营房很大，营房之内分成一个个隔间，每个隔间住八名军士，这样一个营房，可以住一百多人。

正如他猜测的一样，营房之内生着七八个炭火盆，热气扑面，几十个士兵脱了上衣，露出劲健的肌肉，正大呼小叫地喝酒猜拳。营房内桌子不够，这些士兵便将床铺搬去被褥，抬到中间空地上，把酒食摆到上面。此时整个营房之内杯盘狼藉，酒气熏天。

还有几十名士兵东倒西歪地躺在地上，有些人嘴角流沫，鼾声如雷，早已喝得烂醉如泥。

丁醒突然闯进来，大多数士兵没有反应，仍旧沉浸在自己的乐趣当中，只有几个不喝酒的抬起眼睛向他看了看，其中一人认出了丁醒，大叫道："丁千户，丁千户来了！"

千户在神机营中算得上大官，这些士兵哪会想到堂堂千户大人居然在这个时候来士兵营房，因此清醒着的人都立刻站了起来，向丁醒行军礼。

丁醒一脸威严，站在门前，用眼睛四下一扫。此时喧哗之声渐渐低沉下去，正喝酒的士兵纷纷转过头来，看到丁醒之后，也三三两两地站起，睁着醉眼向他行礼。

等到营房之内安静下来后，丁醒突然大叫一声："众兄弟听了，刚才本千户接到城外乡民禀报，有一伙地痞无赖正在洗劫村庄，抢了很多财物。上面有令，让我带人去剿了这伙地痞，大家抄家伙跟我走！"

众士兵听了前面几句，毫无反应，但当丁醒说到地痞们抢了许多财物时，很多人眼睛都亮了起来。等丁醒说完之后，那些还清醒的士兵齐齐发出一声呼叫，冲向各自的隔间。

他们的兵器都放在床边，这些人有的抄起火铳，有的拿起刀剑，穿了上衣，借着酒劲，随着丁醒拥出营房。丁醒看了看，约莫三十多人，他觉得人数不够，一面吩咐众兵前去马厩牵马，一面到另外几个营房中，照样喊了一遍。

眨眼间，丁醒身边聚集了约莫一百多名士兵，随着他走出营房。

丁醒来到百晓娘跟前，向她竖起大拇指，百晓娘莞尔，伸手接过两匹战马的马缰，甩了一条给丁醒。

士兵当中有人借着酒劲起哄："丁千户，这位姑娘是谁呀？"

丁醒豪笑道："你嫂子！"

众兵大笑。百晓娘落落大方，也不反驳，还朝着众人施了个礼。

二人翻身上马，率领着一百多士兵，冲出神机营。老铁站在门房前，呆呆地瞧着，嘴里喃喃说道："大过年的，这是要打仗？我看是撒酒疯！"

说着他摇摇头，等到这些人冲出大门之后，他才将大门关上，独自回屋继续喝酒了。

丁醒与百晓娘带着这些人马，一溜烟地冲上大街。此时城中的热闹劲消散了很多，大多数的人家已经熄灯休息，因此街上通行倒也无碍，二人快马加鞭，率人直奔朝阳门。

朝阳门本来是走粮车用的，京城人口众多，粮食耗费极大，因此要从南方经通惠河运粮到通州，再进入朝阳门。不过时值春节，京城所有城门全部开放，昼夜不闭，因此朝阳门也一直开着。

丁醒等人冲到朝阳门，值守的门官没有接到有人马要出城的通告，一见来了百多匹战马，吓了一跳，扬声问道："哪里的人马？"

丁醒随口道："奉兵部谕令，出城公干！"随后奋臂加鞭，带领一百多人马像一阵风般冲出城外。

百晓娘知道汉家台的所在，在前引路，百余匹战马如一阵暴风般卷过地面。丁醒自从荫职以来，从未经过实战，上一次错过了北京之战，令他十分懊悔，此时他是这一百多人的最高官长，众军皆听他的指挥，丁醒立时感到重任压肩。

如果铁面人率领凶徒们真的在汉家台,那就是一场恶战,想到这里,丁醒捏了一把冷汗。

此时的雷恪正在长安街上急走,整整一天一夜了,他撒下去数十名差官,会同各坊的头面人物,在整个京城之中清查了一遍,可是除了几个木匠家中有圆木等物以外,一无所获。差官们在那几个木匠家中一通乱搜,什么也没找到,那些圆木也仅仅是做家具的材料而已。

雷恪听完了差官的禀报,心头更是火急,时间过得飞快,一晃已过了子时,再有一个多时辰,百官就要开始进入皇城,等待朝贺了。

就在这时,一名留守顺天府的差官急急跑来,向他禀报了丁醒吩咐之事。雷恪闻听便是一愣:"你是说,丁千户要出城巡查?他一个人?"

那差官道:"还有一位女子随行。"

雷恪知道他说的是百晓娘,便又问:"他还说别的了吗?"

差官道:"他只说请您仔细盘查城内,盯住一切可疑地方。"

雷恪哼了一声:"一切可疑地方?我要知道哪里可疑,不就早破案了?"说完一摆手,"你去吧。"

这时周义走了过来,小心地说道:"大人,弟兄们把城中近万户居民家中都找遍了,没有发现抛石器,会不会是我们猜错了,根本就没有抛石器呀?"

雷恪摇头:"不大可能,丁醒说过,鬼仙曾经受人之托,造过小型的抛石器,然后就遭人追杀,而凶手是为了灭口。如果没有抛石器,干什么费这般心思?"

周义不敢说什么了,正在这时,一名差役急匆匆跑来,在周义耳边说了几句，周义一愣，向雷恪禀报："大人，刚才有兄弟看到丁醒率领一百多骑，冲上大街，奔东城而去。"

"一百多人马？"雷恪眼睛转动，"不用问，他是找不到我，于是调动神机营的人随行。难道说，他得知了什么重要消息？"

周义道："现在我们怎么办？"

雷恪眉头一扬："来人，立刻备马，召集附近所有人手，随我出城。"

雷恪心里很复杂，他深知如果丁醒在城外抓到了凶徒，自己这几天来拼命所做的一切，就全白费了。他倒不是要争功，只是人家丁醒一个军将，万一单独抓到了贼人魁首，自己这个专一办案的顺天府推官可就太丢脸了，日后在众人口中一定会成为笑柄。

他更多的是为了自己的名誉，而不是功劳。

周义答应一声，去招呼人手，不多时给他拉来了一匹马，雷恪飞身上马，刚要加鞭，却听"嗖"的一声响，一样东西朝他的肋下打来。

雷恪久做推官，手疾眼快，幸好那东西的速度也不快，因此雷恪手起一刀鞘，将那东西打落在地。定睛看时，只不过是块碎砖头。

"什么人！"雷恪转头看向一条胡同，碎砖就是从那里飞出来的。他身边的差役拔刀在手，挡在雷恪马前。

胡同里传来一阵喘息之声，慢慢走出一个人来，此人身穿黑袍，脸上用一块手巾蒙住，一边走一边咳嗽，还未到雷恪马前，便有些支持不住，以手扶墙靠在那里。

是个病鬼！雷恪愣了愣："你到底是谁？来此何干？"

黑袍人喘息几下，缓缓把脸朝向雷恪，摘下了遮面的手巾。

第十章
汉家台

雷恪的眼睛立刻瞪圆了："陆炎，你好大的胆子！"

一听是陆炎，周义紧张起来，毕竟做过锦衣卫的人极不好惹："大人，你要小心！"

雷恪一摆手："不要紧，从扔的那块砖头来看，他已经没力气了。"

陆炎靠在墙上，嘴角又有一丝鲜血流下。他在西城白虎那里休息了一阵子，放心不下，便到城中探看。刚到长安街，正好看到雷恪。

本来他不愿在官差眼前露面，但见雷恪要随着丁醒出城，这与丁醒的计划不符，只得现身。他原想高声制止雷恪，但是中毒深重，初愈之下底气不足，居然喊不出来，只好扔出碎砖头，以吸引雷恪的注意。

陆炎喘息了几口，这才道："雷大人，你不能出城……"

雷恪一阵冷笑："莫说你如今是孤魂野鬼，就算做锦衣卫镇抚使之时，也指挥不到我头上。"

陆炎看看四周,不远处已经有顺天府的差官向这里奔来,于是抬手指指黑暗的胡同:"请借一步说话……"

周义把刀一横,低声对雷恪道:"大人,他想诱你过去,不如现在抓了他。"

雷恪一摆手:"不用,看他的样子,只剩半条命了。你在这里看着马。"说完,他跳下马来,大步走向陆炎。陆炎先进胡同,雷恪紧随而入。

"你有什么事情?为何要阻我出城?"雷恪问道。

陆炎平定一下剧烈的心跳:"那个铁面人曾说我今晚会派上大用场,我本想等到接受了指派之后,再来找你禀报的,没想到他派来的人居然要毒死我灭口,幸好被丁醒救下。丁醒认为,铁面人只是利用我散播迷雾,来扰乱你们的勘察,抛石器很可能根本就不存在。"

雷恪心头暗自吃惊,这一点他从未想到过,如果事实真像丁醒说的那样,自己这一整天的搜索根本就是缘木求鱼。他此时才明白,丁醒为什么要调兵出城。

不过他心思缜密,马上问道:"如果没有抛石器,那帮凶徒用什么轰击皇城?"

"丁醒认为还是大炮。"

雷恪一阵冷笑:"大炮?哪儿来的大炮?天上掉下来的吗?"

陆炎解释道:"丁醒怀疑,可能是瓦剌人攻占大同和紫荆关时没有焚毁的大炮,被暗中运到了京城附近。"

此语一出,雷恪心头剧震,确实,这一点以前所有人都忽略了。他沉吟着:"既是如此,丁醒为何不让我出城一起搜捕凶徒?"

"毕竟他只是猜测,所以认为双管齐下比较稳妥。"陆炎又喘了几口粗气,"幸好你还没有出城,否则我找不到你,便是天大的麻烦。"

正在此时,铁三带着几名差役气喘吁吁地跑了过来,见了周义劈头就问:"大人呢?"

周义一指胡同,铁三冲进胡同,看到雷恪正与陆炎交谈,脸上微微变色。

他当然认得陆炎,只是不知道他为何会在这里。

雷恪转脸问他:"什么事?"

铁三拱手禀报:"大人,属下发现了一些不同寻常的情况。"

"快说。"雷恪沉声道。

铁三平复了一口气,说道:"属下在进城观灯的百姓中,发现了一批可疑乡民。"

"可疑在哪里?"雷恪眯起眼睛。

铁三道:"这些人全是青壮年,没有老人女人和孩子。而且其中的一两个,属下依稀有些眼熟。"

雷恪一愣:"眼熟?在哪里见过?"

"属下也一直在回想,最后终于想起来,那几个面熟的人,应该是碧霞观的道士。"铁三说得非常肯定。

雷恪眉毛一扬:"碧霞观的道士?你没看错?"

铁三道:"绝不会错。这些人已经畏罪逃离京城,如今时隔不久又偷偷进城,必有蹊跷。因此属下特来禀报。"

"他们都带了些什么?有没有赶着大车,运送花灯木料之类的?"雷恪追问道。

铁三摇摇头:"不,他们几乎都是空身入城的,只是提些篮子,背些包袱,也有挑着筐的。"

雷恪眉头紧皱:"篮子……包袱……挑筐?"他赫然眼睛一亮,"他们很可能是运送火雷进城的!"

"肯定是的。如今时值年前,入城乡民众多,值守城门的官兵不会搜查,不管运送什么物件,都方便得很。"陆炎道,"况且那些火雷体积小,重量也不大,容易携带。"

"那些人都去了哪里?火雷送给了谁?"雷恪追问着。

铁三缓缓摇头:"这个就不清楚了,属下跟着他们一路至南薰坊。可到了坊头,那里正在放灯,人太多,这些人挤进人群后就不知去向。所以属下只知道他们进了坊,却不知到底去了哪一家。"

"这是多久以前的事?"雷恪又问。

铁三想了想:"大概多半个时辰。属下等在坊外,多时没有发现他们出来,所以才来禀报。"

雷恪心中闪过北京城的地图,南薰坊……他赫然一惊,脱口道:"南薰坊是皇城边上,紧靠着城墙的居坊啊。火雷送到这里,一定是针对皇城的。"

"恐怕还不止皇城!"陆炎补充道,"南薰坊外便是兵部、吏部、礼部、都督府、锦衣卫等机构,而且离太庙也不远,如果在这个地方发炮,大明朝所有的重要机构,怕是要全部被毁。"

雷恪倒吸一口凉气:"铁面人的计划,难道是从城外轰击皇城,然后城内同时发炮,炮轰各部,将整个京城变成火海?这样一来,不光朝贺天子的重臣被一网打尽,各部留守人员也难逃噩运。"他气得直咬牙,"好凶残的手段!这是要将北京城连根拔起啊!"

"所以，你要加派人手，盯住这个居坊，全力搜捕可疑人等。"陆炎说完，靠在墙上喘息起来，仅是说了一番话，他的精力便几乎要流失干净。

雷恪没有立时行动，反而上下打量陆炎几眼，突然问道："你为什么要来找我，而不跟着丁醒一起行动？"

陆炎也不隐瞒："因为，我不会把鸡蛋放在一个篮子里。一旦丁醒死了，谁还会知道我对大明的一番苦心呢？"

雷恪呵呵大笑："不愧是做过锦衣卫镇抚使的人，狡兔三窟。我要立刻赶去南薰坊，你也得跟着。"

"当然，我定要立功赎罪，万死不辞！"陆炎虽然声音很轻，语气却极重。

雷恪大步走出胡同，吩咐铁三等人："牵马过来，跟我走！"

再说丁醒与百晓娘，他们率领人马出了朝阳门之后，向东疾走，赶往汉家台。走了半里路，丁醒吩咐所有人下马，步行向前。

他知道，大队人马夜间行路，马蹄声会传得很远，万一汉家台真有贼人的话，听到马蹄声也必然会加强戒备。

其实加强戒备也没什么，他真正担心的是贼人提前开炮，炮轰京城。

众兵下了马，带上家伙，丁醒留下五个人看守马匹，带领众兵冲向汉家台村。

那五名留守士兵不敢抗令，只是央求熟识的人，有了好处分他们一份，丁醒听了暗自发笑。

这汉家台原来叫作元家台，村内的高坡并非天然，而是前元时期人工堆砌而成的。这一带本是前元的皇家围猎场所，到了秋季，元人经常来此行围采猎，走马射箭。

明朝驱逐前元之后，将元家台改名为汉家台，后来陆续有人搬来此处，倚坡而居，渐渐形成村落，村内高坡就这样留了下来。

丁醒一边跑一面看着天色，问百晓娘："现在什么时辰了？"

百晓娘道："接近寅时，放心吧，来得及。"

丁醒又问："汉家台还有多远？"

百晓娘朝前面望望："还有两三里远，这条路再拐一个弯，应该就可以看到村子了。"

丁醒向后看了看，那些神机营的士兵一个个意兴正酣，他们满心想的全是地痞无赖手中的财宝。丁醒暗自佩服百晓娘，如果不是她教自己的这几句话，可能来的人连一半也不到。

但丁醒又有些担心，如果到了地头，发现没有凶徒，那这一趟可就白跑了。

神机营中的这些士兵虽然以前与丁醒一样，均是后备官兵，但经过一个多月前北京一战后，战斗力提升得极快，毕竟连凶狠的瓦剌人也战胜过，更不在乎眼前这一股地痞无赖。因此人人怀着发财的梦想，跟着丁醒与百晓娘，向汉家台摸去。

大路转过一个弯，果然看到了远处的村子，不多时，众人摸到了村外。此时天空星光暗淡，众兵训练有素，脚步轻快，很快扑到村前，丁醒侧耳细听，没听到有什么动静，于是看了看百晓娘："会不会扑空了？"

百晓娘道："去高坡下看看。"

汉家台村被那道高坡隔成两半，丁醒率领众人，穿过前半个村子，摸到高坡之下。刚到时，百晓娘突然一挥手，丁醒示意众人伏在地上，不要出声，自己悄声问道："有情况吗？"

百晓娘吸了吸鼻子："有人在上面，天气冷，他们在喝酒取暖。"

丁醒问道："会不会是身后士兵的酒气？"

百晓娘摇头："风从坡上吹来的。"

丁醒心中高兴，这样的天气，除了贼人，谁会在坡上喝酒？

他朝后一摆手，做了几个手势，示意一个小旗带一部分人绕过高坡另一边，然后听他号令，同时发起冲锋。

丁醒等了一会儿，感觉小旗已经埋伏到位，这才一挥手，带着余下的士兵，向高坡上冲去。

他们刚刚站起来，高坡之上立刻有人发出惊叫："有人，坡下有人……"

叫声未落，坡上便是一阵骚动，听得出来，坡上至少有几十个人，丁醒心中高兴，同时也庆幸自己带来的人手充足。

他大喝一声："点火！"

神机营的士兵因为使用火器，每个人都随身带有火种火石，众兵听了丁醒的命令，立刻点燃十几支火把，一时间将坡顶上照得通亮。

借着火光，丁醒定睛一瞧，坡上约有三四十条人影，全都是黑衣劲装，黑巾蒙面，正拔刀挥剑，围成一个圆形。更令他惊喜的是，在这些人当中，笔直排着十多门黑漆漆的大炮，炮筒全部朝向京城方向。

"大炮，果然是大炮！"丁醒脱口叫了出来。

此时摸到坡后的小旗也率人扑向坡顶,与丁醒这面的人形成双面夹击之势,将坡顶的贼人团团围住。众士兵端起手中的火铳,将燃香凑近火门,随时准备点火射击。

丁醒与百晓娘站到最前,丁醒扫视了对面一眼,叫道:"你们已经插翅难飞,谁是贼头?快滚出来!"

对面的黑衣人中立起一个人来,看样子是站到了石头上,高出众人一截。丁醒仔细一瞧,此人虽用袍子上的帽兜遮住了脸,但还是可以看到,他脸上反射着火光,应该是戴着铁面具的那人。

丁醒将手中火铳向他一指:"我们又见面了。"

铁面人发出一阵沉闷的冷笑声:"丁千户,想不到你居然能找到这里来,看来我一直低估了你。"

丁醒反唇相讥:"你不是低估了我,而是高估了自己。区区炮轰皇城的把戏,并不难猜。"

"是吗?"铁面人道,"可我并不认为我失败了。"

丁醒轻蔑地一笑:"一百多支火铳对着你们,这不是失败,难道还是成功?"

铁面人突然一声断喝:"点火!"

随着他的吩咐,不少黑衣人掏出火折子,向大炮凑去。丁醒知道,眼下十余门大炮皆填好了火药火雷,炮眼处塞进了火绳,只要用明火点燃火绳,大炮就可以击发。

不待他多作思考,另有二十余名黑衣人狂喊乱叫,手舞钢刀朝着众官兵冲来。

丁醒也不怠慢,早就防着这一手,厉声发令:"开火!"

"砰砰砰……"

一连串的枪声响起,数十支火铳几乎同时喷出了火舌,冲在最前的十几名黑衣人被齐齐击中,相继发出惨叫。

两方相隔十几步,这个距离,神机营火铳正好能发挥最大的威力。冲过来的黑衣人有的前胸中枪,有的头部中枪,惨叫后纷纷倒地。

然而,这些黑衣人全是凶悍的亡命之徒,中枪的人,只要不是当场毙命的,仍在继续猛冲,想要冲进神机营士兵的队列当中。

此时第一排的士兵见状立刻蹲下,后排站立的数十名士兵则平端火铳,展开了第二轮的轰击。

这轮轰击之后,冲上来的黑衣人尽皆被打倒在地,每人至少身中两弹,当场毙命。

百晓娘眼见着手持火折的黑衣人借着同伴的掩护凑近炮筒,心里暗自着急,因为只要有一门大炮射出火雷,落到皇城里,丁醒与雷恪就是天大的罪过。

况且她明白火铳的特点,击发一次之后,想要再次击发,还需要重新装填火药铅弹。而在这个时间之内,火绳早就被点燃了。

可百晓娘哪知道神机营官兵作战的特点,神机营临阵对敌,一般都是排成三行,可以轮番射击。

眨眼间又是一阵排枪,那些点炮的黑衣人也纷纷倒地,没有丝毫接近火绳的机会!

此时,铁面人身边只剩下两个护卫,虽然手持长刀,可在火铳面前,完全不值一提。

丁醒暗自庆幸,自己带来的是身负火铳的神机营官兵,如果换作仅靠弓箭对敌的顺天府差官,又哪里阻止得了贼人点火?

三轮射击之后,余下的两三名士兵挺起火铳,瞄准了铁面人和他仅剩的两个部下。丁醒却一摆手:"先别开火,我要问话。"

众士兵从前后围了上来,将铁面人与两名凶徒围在中央。

眼下局面已在掌控之中,所以丁醒并不急着围歼,提着家传的火铳,向前走了两步。百晓娘见铁面人已成瓮中之鳖,却仍旧不慌不忙,有些不放心,从士兵手中接过一把刀,紧跟着丁醒。

二人与铁面人相隔十步,丁醒用火铳指了指他:"你现在已经一败涂地,我劝你立刻投降!再有,把铁面具摘下来,让我看看你的庐山真面目。"

"让我投降?哈哈哈……"铁面人突然仰天大笑,"别做梦了。我便投降了能有什么好处?朝廷还能饶我不死吗?"

丁醒道:"你用大炮火雷,毁了两个村子,炸死数百人。这个罪过,不光朝廷,连上天也饶不了你。"

铁面人道:"那我何必投降?抗争到底,还算一条好汉。我今天必定要死了,为何还要投降出丑,来让世人耻笑呢!"

百晓娘突然道:"你是不是我哥哥?快点儿摘下面具!"

铁面人向她钩钩手指:"你上前来,我就摘面具,让你看个清楚。"

丁醒冷笑:"想挟持人质吗?这一招早有人用过了。"他想起侦破神机炮之案时,那个穷凶极恶的女人王瑶仙便曾将百晓娘挟为人质,如果不是自己在危急关头将王瑶仙一枪毙命,百晓娘也不能生还。

百晓娘当然不肯过去,她低声对丁醒道:"别和他废话了,开枪吧,别打要害部位,抓活的。"

丁醒点头:"没问题。"说着,他举起了火铳,缓缓瞄向铁面人。

便在此时,铁面人突然双手猛地一推,将身边两个黑衣人向前推出,这两个黑衣人没想到铁面人会有此一手,身子猛然撞向丁醒与百晓娘。

丁醒身后的两名士兵见状,立刻击发火铳。

"砰砰"两声枪响,那两名黑衣人胸上中弹,喷出两道血泉,一头栽倒在地。而铁面人借这个空当,双手从黑袍内伸出,右手中托着一个黑黝黝、碗口大小的东西,另一只手打亮了火折子,便向那东西凑去。

丁醒一眼瞧出来,铁面人手中托的,正是一枚火雷。丁醒毫不迟疑,手中燃香往火铳的药室中一放,"砰"的一声响,铅弹击发出去,正中铁面人肚腹。

铁面人中弹之后,身子一弯,没有倒下,他忍着剧痛,点燃了火雷上的火绳。

火绳冒出了火花,铁面人一扬手,就要将火雷向右侧一堆黑乎乎的物事抛出。

百晓娘身法极快,丁醒的火铳刚刚击发,她便一个箭步跳到铁面人近前,咬着牙挥起一刀。

这一刀掠过铁面人手腕,"噗"的一下,便见一只血淋淋的右手掉落在地,手心里还死死握着那枚点燃的火雷。

未等铁面人叫出声来,丁醒早抢上去,飞起一脚,将那只断手连同火雷一同踢下高坡。

"轰"的一声响,火雷在平地上炸开,立时腾起一股硝烟,离坡下最近的一名士兵尖叫一声,用手捂着屁股,好像剁了尾巴的猴子,在原地转起了圈。

身边的士兵连忙将他扶住,让他趴在地上,扒下裤子一瞧,屁股上挨了一块火雷弹片,约有指甲盖大小,打进肉里半寸深,怪不得他疼得乱跳。

丁醒也吓了一跳,原来那枚火雷爆炸的地方,竟出现了一个方圆二尺的地坑。以前神机营造过掌心雷,但杀伤范围极小,方圆七尺以外,便难以伤人。而那火雷爆炸的地方,离受伤士兵足有几丈远,炸裂的弹片仍可透肉及骨,令人胆寒。

百晓娘情急之下,一刀削断了铁面人的手腕,此时心有余悸,一时呆愣在那里。

铁面人肚腹中弹,手掌被削,受伤极重,已经站立不住,身子摇摇欲倒。丁醒上前一脚,将铁面人踢倒在地,喝道:"立刻救治,别让他流血流死了。"

两名士兵上前,踩住铁面人的断腕,也不管他疼不疼,将手中的火把凑近伤口灼烧,用以止血。铁面人疼得全身直颤,嘴里哼哼作响,但一声也不叫,的确是个硬汉。

丁醒上前,看到铁面人脚下有一具沙漏,想来是记时间用的。他一把扯开铁面人的袍子,借着火光朝他肚子上一瞧,不由得紧皱眉头。

百晓娘凑过来,关切地问:"怎么样?他会死吗?"

丁醒叹息着:"没救了,肠子打烂了。"他看向铁面人,"现在,让我们来看看你的真面目吧……"说着,他弯下腰去,轻轻摘下了那张铁面具。

铁面人的脸终于露了出来,映着火光,他脸上的肉在不住抽搐着。

百晓娘的神色瞬间放松了起来,但丁醒却大吃一惊,脱口叫道:

223

"姜腊，怎么是你？"

姜腊发出一阵惨笑："怎么样，让你失望了吧？"

丁醒急问："难道你真的是幕后元凶？我不相信，告诉我，你是谁的替身，是谁的替死鬼？"

姜腊不说话，只是用怪异的眼神看着丁醒，鲜血顺着嘴角汩汩流下。在他的眼睛里，有戏耍，有轻蔑，有得意，有幸灾乐祸，唯独没有临死的恐惧。

被彻底激怒的丁醒扔掉火铳，双手揪着姜腊的衣袍，猛力摇晃着，大吼道："快告诉我……告诉我……"

姜腊还是不说话，他眼神中的光彩渐渐黯淡，脸上泛起笑容，好像看到了一生当中最美好的景物，不多时，那笑容就僵在脸上，瞳孔扩散开来。

丁醒还在摇晃着，百晓娘走过来，抓住他的胳膊，柔声道："他死了，放下吧……"

丁醒这才颓然松手，任姜腊的尸体倒在地上，那种怪异的神情犹在，仿佛还在嘲笑着丁醒。

"这人就是你说的姜腊？他是你的部下吗？"百晓娘为了给丁醒分心，便问起姜腊的事。

丁醒坐倒在地："没错，他在北京之战中立下战功，可不知为什么没有升官，于是便怀恨在心，一怒之下脱离了神机营。只是，我没想到他居然走到了这一步。那天晚上，要把你作为祭品的，也一定是他。"

百晓娘陪着他坐下，安慰道："不管怎么样，炮轰皇城的危局，已经被我们解了，你是立了大功的。"

丁醒抬起头来，看看四周的士兵，那个小旗走了过来，赔笑道："千户大人，这些黑衣人身上只有兵器，没有财物，看起来不像是洗劫村庄的地痞无赖呀。"

丁醒这才朝众兵拱拱手，说明实情："列位兄弟，对不住了。这帮人是叛党，想要在明天大朝之时炮轰皇城，我没有对你们明说，是怕你们害怕，不肯随我来平叛。"

众兵这才明白丁醒的意思，有些人小声嘀咕着，不知道在说些什么。

丁醒站起来，大声说道："不过请你们放心，这一份平叛的功劳，远远大于剿灭什么地痞无赖，我会报请上峰，给你们记功，该升迁的升迁，该受赏的受赏，绝无偏私！"

众兵听了，一个个喜上眉梢，纷纷向丁醒道谢。

丁醒一摆手："现在马上把大炮里的火雷和火药倒出来，以免落上明火，引发爆炸。"

大家知道火药遇火的危险，听了丁醒的话，又看看手中火把，立刻行动起来，将大炮从炮架上推下，掏出火雷火药，堆到坡下。

百晓娘坐在那里呆呆地出神，丁醒坐回她身边："怎么了？既然铁面人不是你哥哥，你应该放心啊。"

百晓娘摇头："我更不放心了。你说得对，姜腊是替身，我怕的是，我哥哥真的是幕后指挥一切的人。"

丁醒沉默了片刻，才开口安慰道："他是幕后凶手也罢，不是也罢，总之你们兄妹以后还能见面。"

百晓娘看着忙碌的众士兵，面现疑虑之色："你说，天雷殛村案，就这样侦破了？"

丁醒迟疑了一下，转头看看姜腊的尸体："我也觉得，好像太容易了一点儿。幕后凶手策划这个案子，原本可称天衣无缝。你想想，他先一步毁了两个村子，传出天雷降祸的消息；等我和雷恪入局之后，又引我们上当，欲置我们于死地；在被你救过之后，又散布流言，将周围村民吓得逃进京城，这才在汉家台摆起大炮。这一步步的算计，如此周密，怎么可能只因我们猜到他要炮轰皇城，就被一网打尽？"

百晓娘思索着："可现在大炮和火雷都在眼前，难道别的地方还有大炮？"

丁醒摇头："不会的，你来看。"

他拉着百晓娘走到大炮前，百晓娘数了数，一共十八门。丁醒从士兵手中接过一支火把，凑近炮身："你看，这上面的字。"

百晓娘低头细看，果然见炮身上刻着铸造此炮的兵器局之名和铸成年月。

丁醒道："军中发放给边镇的大炮，都有详细记载，大同和紫荆关一共有二十门炮，在也先攻城之时，少不得摧毁两门，所余的全在这里。所以我敢肯定，凶徒们手中再没有其他大炮了。"

百晓娘点头同意："说得对，我信你。"

此时一个士兵抱着一样东西走上前来，对丁醒道："千户大人，你看看这个。"

丁醒借着近前的火光，仔细看着士兵怀中的东西。那是一个铁制的筒子，正好与炮口直径相仿，铁筒后部连出一条火绳。他接过铁筒子，向里看了看，见里面是一枚火雷，他将火雷倒在地上，随着火雷倒出来的，是一小堆火药。

百晓娘走上前问道："这是什么装置？"

她虽然号称"知天知地赛玉皇"，可这样制作的火雷，还是头一次见。

丁醒没有立刻回答，皱着眉头沉吟了片刻，这才道："我明白了，这是一种快速连续发射火炮的装置。"

百晓娘仍是疑惑，丁醒解释了一番，普通火炮与火铳的发射原理一样，发射之前先要装入火药，压实，再装入铁制弹丸，最后点燃炮身外的火绳，等火绳烧进炮膛，引燃火药，便可以将铁弹丸催发出去。

因此普通火炮的发射速度也是很慢的，张百川虽发明了可以连续射击的火铳，却用不到火炮上。而眼前的这个铁筒，似乎可以做到火炮的连续发射。

眼前的铁筒内已经装填压实了火药，并塞入了弹丸，用的时候，只要将铁筒放进炮膛，扯出火绳点燃，便可将弹丸击发出去。

等这一炮打完，将铁筒扯出炮膛，换过另一个铁筒，就可以继续发射。这样一来，火炮发射的速度至少可以提高四五倍。

丁醒解释完之后，叹了口气："怪不得这十几门火炮在短短的时间内，就可以毁灭一个村子。就算是上千发炮弹，也可以在一盏茶工夫之内发射出去。"

百晓娘聪明异常，听丁醒一说，便已完全明白，也赞叹道："制作这种弹丸的人真是聪明！"说着，她拾起地上的被拔掉火绳的火雷，递给丁醒。

丁醒伸手接过，仔细观察了一番，也发出一声赞叹："果然很巧妙。贼人将这带有火绳的火雷填进铁筒中，击发之后，炮膛中的火药将会引燃火绳。等飞出一段距离，火绳燃烧殆尽之后，火雷才会彻底炸开。"

此时他认定,这种火雷,便是毁灭城外两个村子的"天雷",因为火雷外面的构造形状,与自己拾到的那半片残铁十分相似,应该出自同一批模具。

百晓娘当然也是识货的,补充道:"火雷是空心的,炸裂之后,就可以凭着壳体碎片伤人,远比实心炮弹杀伤力大多了。这种炮弹,可以叫'开花弹'。"

后来的神机营仿制此次发现的火雷,亦命名为"开花弹"。之后的很多次战斗中,神机营的大炮连同开花弹威镇边疆。万历三大征时期,明将李如松便带着这种炮弹,远赴朝鲜抗击倭寇,更有名的是在明天启六年(公元1626年)的宁远之战当中,以袁崇焕为首的明军用开花弹重伤了后金之主努尔哈赤,此是后话。

丁醒倒没有对开花弹的名字产生多大兴趣,他琢磨片刻,突然喝止了士兵,吩咐道:"你们立刻统计一下火雷的数量,不要多精确,给我一个大概的数字。"

众士兵不知道他的意思,但千户发话,便是军令,于是纷纷跑上前来,分头去数。

不多时,那个小旗跑过来,拱手道:"千户大人,大概统计出来了。"

丁醒问道:"共有多少火雷?"

"两千余枚,不到三千。"小旗回禀。

"不到三千……"丁醒眼珠转动着,"这就不对了。"

百晓娘一愣:"怎么不对?是大家数得不对吗?"

丁醒摇头:"不,雷恪带人搜查妙峰山时,发现了铸造火雷用的模具，经我们测算之后，凶徒们炼制的火雷，少说也有万枚以上。可这里十八门大炮，却只带来了不到三千枚火雷，其余的火雷呢？"

百晓娘想了想："也许是凶徒认为，轰击皇城的话，三千枚火雷就够用了。再说了，那么多火雷，搬运起来也甚是麻烦，一时之间无法尽数运到此处吧。"

丁醒道："也有道理，不过我觉得，如果用不到这么多火雷，为什么要炼出来呢？要知道，炼制的时间越长，被发现的风险就越大。那个幕后凶手狡猾之极，绝不会做这样的傻事。"

"你的意思是说，炼制出来的火雷，肯定被运到了别的地方？"百晓娘问道，"可会是哪里呢？没有大炮，光有火雷有什么用？"

丁醒看了看京城的方向，突然一跺脚："不好，那批火雷一定被运进京城了。"

百晓娘愣了愣："运进京城？没有大炮，也没有找到抛石器，单单一些火雷，靠人来扔吗？"

丁醒摇头："它用不着发射出去。你想想，单单一枚火雷，就有如此威力，如果将上万枚火雷堆到一处，再引爆的话……"

百晓娘脸上变色："那样一来，不要说皇城，只怕整个北京城都要飞上天去。"

"怪不得姜腊说，他不认为自己已经失败了。原来还有后招。"丁醒看看天色，"现在几时了？"

百晓娘道："已过了寅时。"

丁醒道："再过一会儿，百官就要向皇城进发，如果这个时候引爆火雷，北京城必成一片瓦砾。"

说到这里，他大声喝令众兵："留下二十名兄弟，在此看守大炮与火雷,其余人等随我立刻回城。"

丁醒率领七八十名士兵,跑下高坡,出了村子,一路小跑来到驻马之处,飞身上马,向京城疾奔而回。

百晓娘心有不解,一边跑,一边问道:"如此看来,那些多余的火雷,应该是趁乡民进城之时偷运进去的,但既然早就运进去了,为什么非得等到大朝会时再引爆呢?"

丁醒想了想:"制造火雷,颇为不易。如果三千枚火雷能将皇城轰碎,炸死皇帝与众臣的话,城中的火雷便用不着了。倘若炮轰不顺利的话,再行引爆城中火雷。这是后招,万不得已时才用。"

百晓娘点头:"说得有理,不过我想,可能还有一个原因。"

"你说。"

百晓娘道:"在城中引爆火雷,那么引火之人也必定粉身碎骨。而且这是幕后首领的最后一招,一定极为秘密,知道火雷藏匿地点的人,定是首领最贴心之心腹。所以不到最后关头,这些人是牺牲不得的。"

"不错,所以我们得赶紧回城通知雷恪,举城搜查火雷。不过……"丁醒十分为难,"如果大举搜查的话,凶徒或许会感觉到危险,万一提前引爆火雷……"

百晓娘叹了口气:"现在只能寄希望于雷恪,希望他在城中找到了蛛丝马迹。"

一行人马一阵风似的来到城门口,那个值守军官喝了几杯酒,此时刚刚睡着,听到马蹄声,吓了一跳,但看到火把之下全是明军,这才稍稍放了心,知道是不久前出城的人回来了,嘴里嘟囔着:"大过年的,也不让人消停。"

城南三里外的一处密林中，黑压压地埋伏着一群人，约有一百余名。为首一人戴着与姜腊相同的铁面具，坐在枯草地上，在他身边，也有一具沙漏，沙漏里的细沙正缓缓流下，眼看就要流尽。

这时有一人走过来，正是碧霞观中的定尘，他蹲到铁面人身边，看看沙漏，低声道："恩主，已经是寅时末刻了，大炮怎么还没响？"

铁面人不答，定尘又道："莫非姓雷的找到了姜腊，阻止了大炮发射？"

铁面人哼了一声："雷恪是不会想到我们真有大炮的，除非是丁醒。作为神机营的军官，他知道大同和紫荆关的布防情况。"

定尘点头："幸好恩主还有后招，可是万一姜腊被捉，供出城中的藏雷地点……"

"放心，姜腊一直只是我的替身，他和他率领的那伙人，并不知道城中的藏雷之处，所有知道的人全在这里。你们都是我最心腹之人。"

"就怕姜腊有二心，恩主看重他，也只是因为他深谙火器。"定尘还是不放心。

铁面人断然说道："你等不知，姜腊还是很可靠的。我早在几年前便已秘密策反了他。不久前神机营上报战功，姜腊没有升职，就是因为神机营中有人对他产生了怀疑，暗中报举的结果。他要出首，也不至于等到今日。况且前两次天雷殄村都是他率领的，便想投靠朝廷也没了门路。"

定尘道："现在就看夏侯鹰的了。"

"他不会让我失望的。"铁面人眼望着京城方向，"大炮若响，皇城尽成瓦砾，我等趁机杀入，将残存的官员、皇室斩尽杀绝。等也先大军一到，夺取京城，我便可以号令天下。若不响，嘿嘿，整个北京城就要化为焦土！"

定尘叹息一声："北京城若是没了，将来恩主在哪里登基呢？"

铁面人冷然一笑："本来我也没想在北京城登基，我与也先早有约定，黄河以北，尽归瓦剌，到时候借助瓦剌大军直捣南京，那里才是我的登基之地。"

定尘有些忧虑："可如果到那时，也先翻脸怎么办？"

铁面人从怀中掏出那根金棒，在定尘眼前晃了晃："也先是无法控制整个大明国土的，他只能推我上位。有圣物在，就是我登龙御极的明证。"

定尘来了兴趣："恩主，您总是像宝贝一样供着圣物，现在左右无事，能不能给兄弟们讲讲此圣物的来历，也好让我们一开眼界。"

铁面人朝后看了看，那百余名黑衣汉子尽都围拢到他身边，眼睛里透出狂热的神色，显然在等着他说话。

"好，就算现在不讲，以后也是要讲的。此圣物关系着数十年前一场翻天覆地之大变，颇有来历。"铁面人加重了语气，"你们晓得伯温先生吗？"

提到"伯温先生"四个字，所有人均点了点头，定尘回答："刘基刘伯温，那可是大明朝的诸葛亮，谁人不知？"

"伯温先生上晓天文，下察地理，中通人和，自不必说了，他还曾做过一件奇事。太祖皇帝朱元璋初登基时，有一日，在殿中用膳，吃的是烧饼，刚咬一口，就赶上伯温先生前来奏事。太祖皇帝便用碗将烧饼盖起，让伯温先生口占一卦，算算碗中是何物件。结果伯温先生脱口而出，太祖大喜，于是问起大明朝的气运。伯温先生滔滔不绝，算出日后五百年天下之兴衰存亡。这篇文章被太祖皇帝藏于宫中，起名为《帝师问答歌》。"

众人面露惊讶之色，定尘便问："既是民间不传，恩主又如何知道？"

铁面人呵呵一笑："后来又发生了一件大事，太祖皇帝驾崩后，朱棣篡国，夺了建文的江山，人尽皆知。"

大家都点头，朱棣被朱元璋封为燕王，就藩北平，也就是现在的北京，他于建文元年（公元1399年）起兵，挥师南下，三年后攻入南京，建文帝朱允炆兵败失踪，不知下落，史称"靖难之役"。

定尘问道："此事与圣物有何关系？"

铁面人轻轻抚摸着那条金棒："当时建文帝能脱身而走，全仗了伯温先生。"

众人皆惊："建文继位时，伯温先生便已故去多年，又如何全仗了他？"

铁面人一笑："我来告诉你们实情吧。"他语调郑重，说出了一件令人匪夷所思的往事。

当时明太祖朱元璋殡天前，曾有刘伯温托梦，告之燕王必将反叛，得取江山，建文帝遭逢大难。朱元璋爱惜孙儿，便事先问刘伯温如何应对，刘伯温在梦中告之太祖，如此这般。朱元璋便按刘伯温的意思，吩咐一位太监，留下了一个铁盒，并告诉这个太监，要到事危之际，才可以交给建文帝开启。

南京城破之日，那太监便将秘藏的铁盒取出，奉与建文帝，说明来历，建文帝打开铁盒，内有三张度牒，三件僧衣，一把剃刀，白金十锭,遗书一封。建文帝展开遗书,书上写得明白:建文帝从鬼门出走,其余人从水关御沟逃出,往神乐观西房聚集。

建文帝览书之后,朝天跪拜,然后与两位近臣剃发,穿上僧衣,前往鬼门。鬼门在太平门内,只能容一人进出,外通水道。一行人出了鬼门之后,见水道上早有一条小船等在那里,撑船的便是神乐观住持,姓王名升。这王升说,昨夜梦到伯温先生要他在此等候。因此建文帝三人便去往神乐观,之后又趁乱逃出南京。

明太祖朱元璋本来做过僧人,建文此举,也算承继了祖业,流落江湖,得以全生。建文感念伯温先生的恩德,走之前带上了那篇《帝师问答歌》,之后《永乐大典》中所收录的,只不过是由后人记忆的抄本而已。

众人听完,无不瞠目结舌。

定尘看了看那支金棒,又问:"既是如此,这圣物又有何来历?"

铁面人道:"圣物便是鬼门之匙,那老太监请出圣物交与建文帝,当时圣物只是铁铸,谁料到了建文帝手中,居然焕发出金光,通体变作纯金。"

众人发出了一阵惊叹之声。

铁面人继续道:"凡铁化金,岂不是圣物?建文为感谢王升救命之恩,就将那篇《帝师问答歌》藏于圣物之内,赏给了王升,王升一直密不示人,直到他死前,又将圣物赠给了一位姓白的至交好友,这位白先生乃是江湖中一位博古通今的大才,得了圣物,不敢吐露一字,临终前将圣物一分为二,给了自己的一儿一女,儿子得了圣物,女儿得了那篇《帝师问答歌》。"

"那为何圣物到了恩主手中,难道您就是那位白先生的……"

定尘瞪圆了眼睛。

铁面人发出一阵得意的冷笑："我并非白先生的后人，只不过在机缘巧合之下，认识了白先生的儿子，我二人初时志同道合，准备凭借圣物，推倒明廷，以正天下。但白先生的儿子是位道者，随着道家修为日深，居然放弃了起事的打算，因此我便当仁不让。"

定尘连连点头："如此说来，恩主奉天起事，就是为了应合那篇《帝师问答歌》？"

铁面人一摆手："不，我并未见过那篇文章，之所以起事，是因为伯温先生曾留给王升一句话。"

"一句什么话？"众人齐问。

"京城天崩地裂之日，便是改朝换代之时！"铁面人目露凶光，"你们跟随我这么久，直到此刻我才将实情和盘托出，就是要让你们明白，伯温先生乃是天生仙人，他的话，一定不会有错。再过片刻，等到城毁墙塌，我等便一齐发作，开国就在今日！"

众人齐齐拜伏于地，铁面人眼望京城方向，发出一阵如夜枭啼号般的狞笑。

雷恪率人来到南薰坊，立刻下令将南薰坊各处出口全部把住，展开搜索，并特别交代，一定要小心谨慎，由经验丰富的差官带队，不要惊动贼人。

陆炎行动不便，雷恪令周义带着几名差役守着他，实则是监视陆炎，只要他有异动，立刻拿下。

吩咐完毕，雷恪也带了几名差役，进了南薰坊。

陆炎歇息了一会儿，身上一个劲地冒冷汗，剧毒虽除，但身子仍旧虚弱得很。

正在此时，南薰坊外跑来一人，下巴包了块布，血迹满胸，一眼看到陆炎，喜出望外，喊道："陆……"可下一眼便看到了周义等差官，吓得又把后面的字咽了回去。

陆炎何等机警，循音望去，看清楚了来人的面貌，便是一愣："小七，怎么是你？"

来人正是张小七，他被夏侯鹰划了一刀，没有伤到致命处，当时逃了，却不知为何会赶来这里。陆炎中毒之后，本以为张小七必定命丧夏侯鹰之手，此时见到他，也甚是意外。

张小七奔近，周义警觉得很，拔出佩刀一指："来人停住，干什么的？"

陆炎道："这是我的人，请他过来吧。"

周义朝身边那名差役使个眼角，那差役会意，拉出单刀，站到了陆炎身后。二人的意思很明白，只要张小七有异动，立刻将陆炎控制住，以免他逃走。

张小七忐忑不安地走上前来，朝周义施了礼，周义喝问道："你找谁，有什么事？"

张小七指指陆炎："我找陆大人，有要事禀报。"

周义和张小七保持三四尺的距离："你就站在那里说，大家都听得到。"

张小七看向陆炎，见陆炎微微点头，这才道："陆大人，那个找你的人要杀我，只是我跑得快。我后来一想，他肯定是来杀你的，为了给你报仇，我就一直暗中盯着他。"

陆炎心中一喜："他去了哪里？"

"小人跟着他走到南薰坊,看他进了一家客栈,便去找官府禀报,没承想听到几位差官老爷说你已随着雷大人来了这里,这才折了回来。"张小七如实回答。

陆炎大喜:"是哪个客栈?快带我去。"

张小七道:"在一条小胡同里,天黑没看清客栈牌号,不过地方我认得。"

陆炎看看周义:"都听到了?"

周义四下打量了一下,除了不远处把守坊口的人,现在身边只有一个差役。他想了想,说道:"我二人随你去。"

那名差役道:"要不要多调几个人?万一是贼巢……"

周义截道:"坊口只守着三四名兄弟,本就人手不足,现在没别的办法,如果我们发现是贼巢,立刻示警就是了。"

他指指张小七:"头前带路。"

周义说的是实情,但也有些私心,他在顺天府一直是底层差官,能力一般,上面又没有人情,眼下可是立功的大好机会,当然不会让别人分功。因此他一咬牙,决定富贵险中求,于是带了一名差役,由张小七领路,进了南薰坊。

四个人一路前行,走进一条僻静胡同,张小七朝前一指,低声对陆炎道:"就是那家。"

周义等人灭了火把,悄悄来到客栈门前,发现大门挂着铁锁,显见得已经关门歇业。

陆炎蹲下身子,在地上摸起一些细沙,先放在眼前看看,又用手捻了捻,接着站起身对周义道:"新铺的细沙。"

周义低声问道:"那便如何,有问题吗?"

陆炎道:"有问题。今日是除夕,来投宿之人应该少之又少,故而绝大多数客栈已经歇业。这家客栈明明处在僻静胡同之内,少有人迹,今日却有很多人进进出出。"

"你怎么看出来的?"周义又问。

陆炎回答道:"按照惯例,时值除夕,要将城中各条街道都清扫干净,清扫之后,免不了要洒些清水,压压灰尘。可如此一来,又容易结冰路滑,故而洒水之后,还会在街上扬些细沙。"

"这个我知道。那又如何?"周义不解。

"难道客栈前门的细沙上有很多人的脚印?"身后的差役插话道。

陆炎道:"没有脚印,街道上一个也没有,所以才可疑。"

那差役不解,愣愣地问道:"那不是说明没有人走过吗,有什么可疑?"

陆炎轻蔑地瞟了他一眼:"今天是除夕,街上怎么可能没有行人?唯一的解释就是,客栈中进了很多人,天黑之后,怕你们发现脚印起疑心,所以将细沙上的脚印扫去了,或者重新洒了一层细沙,明白了吗?"说完了这几句话,陆炎又出了一身冷汗,身子更加虚弱,蹲在地上连连喘气。

周义恍然大悟:"什么人会做这种事呢?当然是心怀不轨的凶徒。"

那差役好像脑袋不大灵光,又问陆炎:"你怎么知道细沙是新铺的?"

"细沙是干的,因为没有触到地上洒过的水。明白了吗?"陆炎的语气更是不屑。说实话,如果是他的锦衣卫手下发问,早就被开除出去了。

周义闻听,心中十分佩服。洒水之后,第一次洒上去的沙子,当然沾了水,是湿的,而过了多半天之后,细沙将地面上的水分差不多吸干,所以再洒上去的沙子就是干的。

不愧是锦衣卫中的高手,果然心思缜密。这一手,只怕连雷恪也及不上。

"那又怎么肯定,这许多人是进了客栈,而不是别家?"周义又问。

陆炎看看四周,胡同两侧对门有七八户人家,他用手一指,周义走到下一家的门前,用手捻起一些细沙,果然发现这些沙子一片湿潮。

周义看了看陆炎,对他的态度也变得恭敬起来,一方面是因为佩服,另一方面,陆炎如果这次立了大功,日后可能会复回锦衣卫,得罪不起。所以他低声问道:"现在怎么办?冲进去?"

陆炎想了想:"不要声张,悄悄摸进去。"

周义眼珠转了转,他知道陆炎作为前锦衣卫镇抚使,心狠手辣,诡计多端。自己奉了雷恪之命监视陆炎,可眼下陆炎身子极弱,不可能翻墙越屋,若是自己和那差役摸进客栈之内,陆炎趁机逃了怎么办?

他心头一转念,走到大门前,从怀中掏出一把铜片,伸进锁孔之内拨弄了几下,大锁便开了。雷恪部下的差官都经过严格训练,这方面的手艺很是熟练。

周义朝那差役一摆手:"你进去查看,我在这里守着,以防贼人逃脱。"

那差役望了望黑漆漆的大门，有些害怕，但又不敢不听命，只好硬着头皮来到门前，一手提刀，一手轻轻推开大门，侧耳听了听，断定没有人声时，才举步走进院子。

周义与陆炎、张小七守在门外，心中都有些紧张。借着天空不时闪过的焰火之光，看到那差役在院子里转了一圈，挺刀慢慢走进客栈之内。

不多时，那差役又走了出来，站在院子里朝周义招手，周义知道，他有了发现，便也向差役招手，想让他出来，但那差役好像没看到，站在院子里不动。

周义看了看陆炎与张小七："我们一起进去。"

陆炎也不想引起周义怀疑，便点头同意，三个人悄声进了院子。那差役进了屋，又朝他们招手。

陆炎等三人便也进了客栈的正屋。

屋子里几乎一团漆黑，只有门外不时闪过焰火的微光，三人跟着差役进了中间走廊，两侧都是客房。

可刚进走廊，前面那差役突然反手出刀，一刀捅进周义的心窝！

第十一章
惊天雷

周义猝不及防,感觉到前心剧痛时,刀已入腹,他惨叫一声,那差役回过身来,又是一刀,划破了周义的咽喉。

不等周义倒下,那差役顺手一刀,刺进张小七的小腹。

这两刀快如闪电,显然早有预谋。

张小七忍住痛楚,双手死命握住刀身,朝后说道:"大人……快跑……"

那差役拔了两下,没有拔出,便撒了手,张小七身带钢刀,倒地而死。

陆炎走在最后,周义刚一发出惨叫,他就感觉不对了,又听了张小七的话,连忙向后撤身,回到大厅之中。

就在这时,连杀二人的差役一步步走了上来。

门外焰火骤亮,陆炎看清来人虽穿着差役服色,但那张脸、那对眼睛却很是熟悉。

鹰眼人，夏侯鹰！

原来他一早就藏身于客栈之内，只是没想到张小七竟会发现自己的行踪。当那差役进门时，他躲在暗处，出其不意勒死了他，迅速换了衣服，引诱陆炎等人进门，以便一起杀死灭口，斩草除根。

如果周义不贪功，多带一些人来，或是先行禀报雷恪的话，他也不会死。

夏侯鹰见了陆炎，冷笑一声："你居然没死！"

"区区毒物，还要不了我的命！"陆炎冷冷地道。其实他正努力控制着自己的身体和语调，现在的他，满头满身都是虚汗，身子也在轻轻颤抖。

"算你命大，不过你终究活不过今晚。"夏侯鹰说着，一手从怀里掏出一把刀子。此刀形状奇特，吞口是一只飞鹰，刀身如一只鹰翅，还沾着血迹。

陆炎身上没有武器，况且就算有武器，此时也力不从心，他知道，自己的身体经过两番毒物的纠缠，已经羸弱至及，根本无法挡住对方的进攻。

夏侯鹰仿佛看出了什么，一阵狞笑："陆大人，你的腿怎么在抖？堂堂锦衣卫，临敌之时不会怕死吧？"

陆炎咬牙道："你已经暴露了，用不了一会儿，雷恪就会查到这里，不管你有什么计划，总之是失败了！"他在尽量拖延时间，好等顺天府的人赶到。

夏侯鹰无比狡猾，早就看出陆炎的心思，他现在一心想着逃离这里，哪会和陆炎废话，于是并不答话，突然一矮身子，朝着陆炎冲了过去，一刀便捅向陆炎的心窝。

陆炎举不起刀,只得侧身一闪,夏侯鹰从他身前掠过。陆炎以为他会顺势逃出门去,哪知夏侯鹰并不罢休,反手又是一刀。

眨眼之间,夏侯鹰就捅了四五刀,每一刀都朝着致命之处刺来。陆炎明白,夏侯鹰不是要逃,而是想杀了自己。

看来客栈里一定有秘密,否则夏侯鹰不会亲自来此,更不会一定要杀了自己灭口。

闪过几刀之后,陆炎鼓足一口气,突然一个驴打滚,滚到走廊之中,抄起了周义掉在地上的刀,反身一刀,向鹰眼人剁去。夏侯鹰横起手中短刀,双刀相击,迸出两点火星。

陆炎只觉得手掌剧震,已经拿捏不住刀柄,"当"的一声,钢刀掉落在地。

夏侯鹰狞笑一声:"看来你只剩下半条命了,下一刀就送你归西。"

陆炎知道,自己此时万不是对方的敌手,可他脚步虚浮,想逃跑都不可能。

夏侯鹰冲近,手起一刀,刺进陆炎的小腹。陆炎大叫一声,双手抓紧了刀身。夏侯鹰满面狰狞,仿佛一条咬中了猎物的毒蛇,他横刀一划,将陆炎的肚皮划开,肠子流了出来。

这是致命的一刀,陆炎身子晃了晃,便一头栽倒,血流了一地。

夏侯鹰眼见得陆炎是活不成了,他擦干了手上的血迹,将刀子收起,走到外面看了看天空,像是在估算时间,然后又走回来,进了一间客房。

不多时,他又出了客房,将门关好,来到正厅。胡同外传来杂乱的脚步声,显见得顺天府的人快要搜查到这里了。

夏侯鹰连忙出了客栈,到得大门外,将大锁重新锁好。

前面果然来了一伙顺天府的差役,一眼看到身穿同样服色的夏侯鹰,并没有怀疑。夏侯鹰朝他们挥了挥手:"这条胡同我们已经查过了,没有可疑之处。"

那伙差役便不再前进,转道去了别处。

夏侯鹰微微吐出口气,他看看身上,还好刚才杀人时手脚利索,没有沾到血迹,于是也一转身,离了客栈,朝坊外走去。

但就在夏侯鹰刚刚走出客栈大门的时候,肚破肠流,看似死透了的陆炎居然又动了起来。

陆炎此时几乎全身脱了力,肚子上的血还在汩汩流出。陆炎低头仔细看过,发现肚腹破裂,肠子都流了出来。

他知道自己的时间不多了,必须立刻找出夏侯鹰的秘密。他挣扎着将上衣脱下来,将肠子塞回肚内,用衣服死死勒住肚子。陆炎打亮火折子,努力站起,用手扶着墙壁,走向夏侯鹰进过的那间客房。他知道,这间房中一定有惊天秘密。

每走一步,地上便是一摊血迹,墙上便留下一个血手印。

陆炎咬牙支持着,刚走到客房门前,双腿便再也支持不住,身子滚进了房中。他趴在地上,借着火折子的光四下察看。

屋子里没有床,只有一个盘好的土炕,陆炎做过多年锦衣卫,勘察现场十分内行,扫过几眼之后,便认定屋内没什么可疑之处。

但夏侯鹰进这间屋子,一定有不可告人之目的,他到底干了些什么呢?

陆炎爬到土炕边,想上炕看看,可双腿已经立不起来。他用手抓了几抓,抓不到炕头,气得怒捶了两下地面。

这时他猛然发现,自己流出来的血,居然沿着地面的砖缝渗入了地下。

陆炎心头一动,看得出来,屋子里的青砖已有些年头,砖缝早就踏实了,血不可能这么快渗进去。他用手仔细摸了摸,发现有几块青砖是松动的。

这块地面定然有鬼。

陆炎一块块将青砖抠下,终于发现了下面的木板,再将木板掀起,眼前出现了一个洞口。陆炎暗自庆幸,如果不是自己受伤流血,还真不容易发现房中地道。

他无法起身,便一咬牙,将身子一缩,顺着洞口滚了下去。

这个地洞居然挺深,陆炎滚到地面,疼得险些昏死过去。他用手抽了几下自己的脸,恢复一下神智,举目望去。

借着火折子的微光,陆炎看到了一幅令他心惊胆战的景象。

眼前是一间宽敞的地室,地室中还有一条地道,不知通向哪里。地道之内堆起一座小山,仔细看来,那座小山竟是由一枚枚火雷堆成,看样子似有几千枚。

每个火雷中都填塞了火绳,还有约莫几十条火绳拧在一处,接上了一根更长的火绳。那条更长的火绳上泼了煤油,另一端绑在一束筷子般粗细长短的燃香上。

约有四五根燃香绑在一起,应该是避免单根燃香轻易熄灭。

这些燃香此时都已经点着,一段烟灰留在上面,约有一个指节长。

陆炎这才明白,刚才夏侯鹰定是下到地道之中,点起了燃香。

等燃香烧到火绳的位置,火绳就会引燃,紧接着,成千上万枚火雷便会同时引爆。

他虽然没有亲眼见识过火雷的威力,但这么多的火雷同时爆炸,只怕方圆几里的建筑全会飞上天。

之所以使用燃香,为的就是在火雷引爆之前,夏侯鹰有足够的时间离开这里。看着燃香燃烧的速度,陆炎可以肯定,最多半个时辰,火绳就会被引燃。那一刻,便是天崩地裂之时。

陆炎咬着牙,朝那根燃香爬去。他的血已经快流尽了,完全靠着意志力的支撑,一点点接近燃香。

在离着燃香还有几尺远的时候,陆炎再也爬不动了,他的生命即将耗尽。

陆炎鼓起最后一点力气,伸出手去,抓向那根燃香。

再说丁醒,他率领人马冲过城门,直接奔向顺天府。这时天色已经蒙蒙亮了。

他本想沿着朝阳门大街,去安定门大街上的顺天府,可刚刚穿过照明坊,来到灯市附近,就看到几个顺天府差官正在忙碌。丁醒勒住马,问一名差役:"雷大人在哪里?"

那差役认得丁醒,连忙向南一指:"雷大人正在南薰坊外。"

丁醒一愣,但此时无暇细想,连忙一转马头,带着众人来找雷恪。

到了南薰坊外,丁醒问过守在坊头的差官,得知了雷恪的命令,便让众部下勒马在此等候,自己与百晓娘进得坊去。

一条小胡同中,见到丁醒二人,雷恪稍稍松了口气,抢先问道:"城外情况如何?"

丁醒简单将围歼姜腊与众贼徒的事情说了，又告诉雷恪，汉家台那里备下的火雷很少，大多数火雷应该已经运进京城当中，此时未发，应该是在等候时辰。

雷恪听完了，思索片刻才说道："火雷运进城中是可能的。但若不凭借大炮或抛石器，要想毁灭皇城，我认为绝无可能。你平心一想就明白了，皇城四周戒备森严，贼人绝不可能将火雷运到城边，离得若远了，又有何作用呢？因此，陆炎的意思还是要搜寻抛石器一类的器械。"

"陆炎？"丁醒与百晓娘同时脱口而出，他二人并不知道陆炎来找过雷恪，雷恪忙解释道："他来找我，不让我出城去帮你，说要严查城中，以防有变。我看他的身子很弱，就让人看着他，在坊头那边休息呢。"

丁醒忙道："他不在坊头。"

雷恪一惊，他一直对陆炎心存怀疑，故此才让周义带人看管监视，哪料丁醒从坊头来，居然没见到陆炎，于是急问："那周义呢？"

丁醒摇头："坊头只有三四名差官，说是你让他们留守的，以防有贼人逃出坊外，除此再无旁人。"

雷恪一跺脚："不好，陆炎或许是诱我来此，然后找机会逃了……"

丁醒半信半疑："不可能吧，他要是想逃走，那何必见你？难道让你来这里，也是和铁面人安排好的一个圈套？"

百晓娘一直没说话，此时开口了："哪有什么圈套！陆炎中了剧毒，确是实情，我不相信他在使苦肉计。"

丁醒也认同百晓娘所说，陆炎中毒之后，如果不是百晓娘请出了西城白虎，陆炎就算有九条命也不够用，这种情况怎么可能是苦肉计！

雷恪沉声道："不管怎么说，我得去坊头问问。"

说着，他带领手下七八名差役，和丁醒、百晓娘等人一起，直奔坊头。

便在此时，夏侯鹰也急匆匆走在街上，他还有要事在身，一定要出坊。可当他看到坊头的差官时，便不敢向前走了。

虽然他身上穿的是差役服色，但毕竟只身一人，若是此时上前，定会吸引那些差官的注意，他知道，顺天府的差官眼里可不揉沙子，一旦暴露，便会误了大事。因此夏侯鹰便藏在暗处，焦急地等待着机会。不多时，他听到另一条胡同内脚步声杂乱，走出十几个人来，为首三人正是雷恪、丁醒与百晓娘，在三人身后，还跟着七八名差役。

夏侯鹰打定主意，当即悄悄跟了上去，尾随着一行人，来到了坊头。他走在最后，那些差役没有注意到他，就算看到了，也只会认为多了一个同伴而已。顺天府仅仅是当值的差役便分为三班，上百人之多，许多人之间并不熟悉。

雷恪来到坊头，便向那留守的差官问起陆炎，那差官回禀："我本来和周义、陆炎等人离着不远，之后来了一个人，向陆炎和周义说了些什么，几个人便一起进了坊间。属下猜测，也许是得了什么消息，要去找大人禀报。"

雷恪一听进了坊间，眉头放松了一些，他看看丁醒："那定是陆炎立功心切，一起去搜寻火雷了。"

自从听了丁醒的述说，雷恪知道城外的大炮、火雷已被缴获，心中稍安，但他心里清楚，上万枚火雷被运进京城，随时可以弄出惊天动地的大事来。这南薰坊中究竟有没有藏着火雷，藏了多少火雷，藏在哪里，现在可谓一无所知。

雷恪抬头望望天空，如今寅时已过，百官怕是早就进了皇城，在殿前列队，皇帝应该也起了床，正在更衣。

他又回头看看坊间，心中盘算着什么。在他回头的时候，夏侯鹰将身子闪到一个差役身后，不敢露头，生怕雷恪看出破绽。

雷恪眼珠转了转，吩咐后面的这些差役："你们速去别的坊间，将所有能找到的差官全都集中到这里来，就是翻天覆地，我也要有所收获。"

几名差役齐声领命，这里面就包括了夏侯鹰，他心中甚喜，正愁出不去，谁想雷恪居然帮了大忙，因此他拥在人群之中，跑出坊头去了。

一出南薰坊，这些差役便分头行动，夏侯鹰认准了一个方向，朝前猛跑，他要去的是小时雍坊。

小时雍坊在皇城西侧，与南薰坊正好相对，一东一西，将皇城夹在中间。

夏侯鹰跑进小时雍坊之后，向身后左右看看，无人跟踪，这才拐进一条胡同，停在一家客栈门口。

这家客栈同样大门紧闭，门上挂着铁锁。夏侯鹰从怀中掏出钥匙，小心地打开铁锁，闪身进入，回手把门关好，侧耳听了听，外面悄无动静，这才进了客栈之内。

他走进一间客房，来到墙角，打亮火折子，推开地上的一块木板，露出洞口，走了下去。

眼前是一间很大的地室，地室中还有一条地道，约有几丈长。

地道之内也有几千枚火雷堆在一起，火绳、燃香都与前一处地室中的布置相同。

夏侯鹰来到燃香前，估算一下时间，将燃香掰去一小截，小心地用火折子点燃。

做完这件事，夏侯鹰出了地道，将地道口盖好，来到客栈大门处，又仔细听了听外面，确认安全后，这才开了大门。

哪知他刚一开大门，迎头就看到了三个人，这三人一前两后，正站在门口冷冷地盯着他。

夏侯鹰一下子愣住了，来人正是雷恪、丁醒与百晓娘。此时雷恪与百晓娘手中握着单刀，丁醒则举着火铳，向他瞄准。

夏侯鹰双臂一振，便要关门，雷恪离他最近，早飞起一脚，将大门踢开，夏侯鹰向后退了几步，对面三个人紧跟着冲进院子。

夏侯鹰已经明白，自己不过是条被困在笼中的野兽，想要逃走难如登天。不要说雷恪的武功，只要丁醒手中的火铳一冒火，自己便性命难保。

不过生性悍勇的他在接受恩主的差遣时，便将生死置之度外。他眼珠转了转，突然向雷恪施了一礼："雷大人、丁千户，属下……"

"你不是我的属下！"雷恪冷冷地拆穿了他。

"雷大人，你……别开玩笑，属下在顺天府当差已一年有余……"夏侯鹰还在狡辩，他心中明白得很，雷恪既然跟踪到了这里，必定识破了自己。至于如何识破的，他并不关心，他现在关心的是如何拖延时间。

能拖一刻是一刻，只要时间一到，燃香烧到了火雷引线，一切便都无法挽回，在场所有人都要粉身碎骨。

现在他已经点燃了两处燃香：南薰坊和小时雍坊。大量的火雷只要相继引爆，皇城就会遭到巨大破坏，至少皇宫外的城墙会被轰碎。至于里面的皇帝和百官，也一定会伤亡惨重。恩主已经和他约定，只要爆炸声一起，城外埋伏的一百余名杀手便会一齐杀入京城。

这些杀手有的身穿顺天府差官服色，有的装扮成京城三大营的士兵，这些人一混进城，便会趁乱攻入皇宫。

只要杀了皇帝和百官，大明朝廷群龙无首，也先大军杀到之日，就是恩主登基之时。

本来点燃火雷、毁灭北京这种事，应该招募死士，隐藏在地道之中，等时辰一到，便点火引发，可铁面人疑心较重，不敢轻易相信外人。一旦那些死士临机胆怯，不想同归于尽，大事便功亏一篑，因此铁面人就将这个任务交与了夏侯鹰，这个他最信任的人，并以燃香作为延时引爆的装置，以免夏侯鹰被炸得粉身碎骨。

如今夏侯鹰被雷恪三人堵住，知道自己必死无疑，不如尽可能拖到火雷爆炸，还可以拉雷恪等人陪葬。

雷恪打断了他的话："在我面前，也敢花言巧语。实话对你说，早在南薰坊的时候，我就发现你身份有异，这才使出欲擒故纵之计。放你出来，就是想看你要去哪里。"

百晓娘环顾四周："客栈，真是个好地方，运进城中的火雷，应该都藏在这里了吧。"

"你们在说什么，我不明白。"夏侯鹰赔着笑脸，故意问道。

百晓娘一笑："运送火雷需要大量人手，可若是普通住户，一天之内来往太多的行人，会让人起疑。顺天府安在民间的眼线，岂能不报告？但客栈就不同了，这里本就是人员聚集之所，况且前来住宿的客人大多携带行李箱包，正可以暗藏火雷。"

雷恪一摆手，打断了百晓娘："不用跟他废话，我只问你一句，火雷藏在哪里？你若招供，我可以饶你不死。"

夏侯鹰还在嘴硬："大人，属下真不是歹人呀，您不要凭空诬陷我。"

雷恪冷笑："不说出你的破绽，谅你也不服。你身上穿的虽然是差官服色，但脚下的鞋子却露了马脚。"

夏侯鹰朝脚下望了望，心中赫然一紧，他脚上穿的是一双麻鞋。

根据明朝服饰规定，严禁庶民、商贾、步军、杂役等人穿靴，在天气寒冷的北方，也只能穿牛皮直缝靴，而且不许缀以装饰。而顺天府在天子脚下，规矩更严，雷恪曾下过严令，本部差役冬天连牛皮直缝靴也不许穿，只能穿皮札。

皮札这东西类似绑腿，但脚上穿的还是普通鞋履。可雷恪在南薰坊时就发现，有一名差役没有穿皮札，脚上是麻鞋。麻鞋在顺天府中也不算罕见，但没有配以皮札，却绝不可能。

皮札绑在小腿之上，可以让行动更为轻快，蹿房越墙之时绝少挂碍，是差役办案之时必穿之物。

他没有看到夏侯鹰的脸，只看到他的脚，但凭着这双鞋子，雷恪就已经断定，这个人很可疑。因此才故意放差役出去，随后带着丁醒和百晓娘，一路跟踪而来。

雷恪没有多带人，怕被夏侯鹰发觉，所幸的是，他们成功尾随夏侯鹰来到了这座客栈。

夏侯鹰干笑几声："哦，您说我的鞋子，大人，属下是因为……"

他还想找些托词，百晓娘早看出了他的心思，捅了捅丁醒，低声道:"他在拖延时间。"

丁醒会意:"明白,先把他拿下!"

说着,他猛地将手中的香朝药室中一放,"砰"的一声响,一小股烟雾腾起,一颗弹丸打出,正中夏侯鹰的右腿。

夏侯鹰闷哼一声,单腿支撑不住,倒在地上。雷恪一个箭步蹿上前去,手中的钢刀压在夏侯鹰的脖子上:"想活就别动,快说,火雷在哪儿?你们的贼首是谁,他现在何处?"

夏侯鹰发出一声惨笑:"你真想知道?也罢,好叫你们知道,你们要找的人正是我。"

雷恪冷笑:"是吗?那我应该怎么称呼你呢?"

夏侯鹰道:"你应该叫我九宫真人!"

这话一说出来,三人尽皆愣住。

"你是九宫真人?那死的那个呢?"丁醒问道。

"死的当然是替死鬼了。"夏侯鹰道,"他本是我养在观中的一个远游道士,如同一条丧家之犬,为的就是替我去死。"

雷恪恍然大悟:"我终于明白,为什么搜遍整个观宇,也找不到那个下毒的姜腊,因为他根本就不在观中。"

"说对了。"夏侯鹰笑道,"整个碧霞观都是我的人,随便撒一个谎,就能令你们忙得团团转,这不是很好玩的事吗?"

丁醒突然插言:"你让定尘带我们去地下丹房,和孙洪在我们面前演了一出戏。"

夏侯鹰点头:"不错,孙洪故意先到丹房门前,启动机关,受了伤就无法进入丹房。我本想着让你们进去送死,如果不是这位姑娘……"他看看百晓娘,"你们早就烧成灰了。"

"你是也先的人吗？"雷恪问道。

夏侯鹰眼望北方："也先！当然，我和他见过面。就在瓦剌人攻下大同和紫荆关之后。"

丁醒道："你从他手里要到了那些大炮，暗地里运来京城。只可惜，功亏一篑，所有大炮都被我们缴获了。"

夏侯鹰叹了口气："本来我和姜腊约定卯时初刻，开炮轰城。结果到了时辰之后，大炮没有响，我就知道城外的人已经失败了，好在我还留有后招。"

丁醒嘴边泛起嘲讽的笑容："你的后招便是那些埋藏在地道中的火雷，只不过天佑我大明，火雷尽被查出，你也成了笼中之鸟。"

"天佑大明？"夏侯鹰突然大笑起来。

"你笑什么？"雷恪道。

夏侯鹰止住笑声："我早已算出，京城天崩地裂之日，便是改朝换代之时。"

雷恪追问道："你和也先到底有过何种约定？"

夏侯鹰道："告诉你也无妨。那天我见到也先，说出了我的计划，如果他没攻下北京，我便找机会炮轰皇城，占据北京。那时也先便可以再次拥兵南下，奉我为帝。到时候我将传檄江南，还都南京，整个大明江山，与也先划长江而治。"

雷恪皱了皱眉："你凭什么可以传檄江南，你到底是什么身份？"

夏侯鹰看了看百晓娘，百晓娘咬着嘴唇，一对美目中神色复杂。

夏侯鹰朝她一指："这个嘛，你们就要问她了。"

雷恪与丁醒都是一愣，齐齐回头看向百晓娘，便在此时，夏侯鹰从怀里掏出一样东西，那是一颗珍珠大小的白色药丸。

百晓娘见了，突然叫道："这是毒丸，他要自杀！"

丁醒与雷恪闻听，身子一震，等再回头时已经晚了，就在百晓娘开口的时候，夏侯鹰已将毒丸扔进了嘴里。

雷恪先是一拳打在夏侯鹰小腹之上，让他不能下咽，紧接着顺手一捏，将他的下巴卸了下来。

夏侯鹰的嘴巴张开，一时合不拢，雷恪伸手去他嘴里掏毒丸，但毒丸已然化成水，流进了咽喉之中。

眨眼之间，夏侯鹰的身子颤抖起来，眼睛也开始充血，鼻子亦流出鲜血来。

"火雷在哪里！"雷恪眼睛瞪得滚圆，嘶声问道。

夏侯鹰当然不会回答，他只是一边吐血，一边惨笑。

百晓娘不顾一切地抢上前去，将夏侯鹰的下巴接了回去，摇晃着他的身子，大叫道："我哥哥呢，我哥哥在哪儿？"

夏侯鹰用一对几乎要喷出鲜血的眼睛盯着百晓娘，嘴里怪笑了几声："你哥哥……我就要去……见他了……"

说到这里，夏侯鹰眼睛上翻，身子抖成一团，眨眼间便七窍流血，当场毙命，死状极为恐怖。

雷恪一跺脚："大意了，他居然在我面前自杀！分明是在嘲笑我啊……"

丁醒也只好安慰道："算了，他知道自己必死，这才服毒而亡，免得身受千刀万剐。就算你把他抓进顺天府，他也会找机会自杀的。"

百晓娘好像很不希望他死，还在一个劲儿地晃着夏侯鹰的尸体。

雷恪站起身，眼望天空，此时红霞满天，新的一年已经到来。

丁醒轻轻将百晓娘的手扳开，扶她起身，百晓娘却跑到一边，掩面而泣。

雷恪突然一跺脚，站起身向客栈内冲去："快找火雷，再晚便要出大事了！"

丁醒与百晓娘也回过神来，各自冲进客栈房内。

客栈之中有十来间房屋，三个人分头寻找，雷恪到底经验丰富，很快就发现了那间客房的地面有异，他推开木板，露出洞口，三人冲了下去。

百晓娘打亮火折子，眼前的情形令他们倒吸一口凉气。

数千枚火雷密密匝匝堆在一起，而那束燃香，距离火绳只剩下一寸来长了。雷恪小心地上前，先用刀轻轻割断燃香上的火绳，这才把那束燃香拔起，扔到一边。

丁醒与百晓娘同时松了口气，但雷恪仍旧脸色严峻："快回南薰坊！"

这句话提醒了丁醒，夏侯鹰是从南薰坊出来的，南薰坊之中想必也有同样的布置。百晓娘担心地拉了一把丁醒，丁醒不解，百晓娘向他轻轻摇了摇头，示意他不要前去。

她的担心并非毫无道理，夏侯鹰从南薰坊出来时，想必已经点燃了燃香。到了这个时候，火雷应该很快就要引爆了，数千枚火雷同时爆炸，只怕整个南薰坊都要飞上天去，所有坊中之人都要粉身碎骨。

雷恪看到了百晓娘的举动，他沉声道："你二人在此看守，我怕九宫真人还有同党，南薰坊那边，我一个人去。"

丁醒叹了口气："只怕来不及了……"

雷恪道："我的部下几乎全在那里，要死也不能让他们独死。"

说着，头也不回地冲出地道。丁醒热血上涌，他立刻想到，自己的神机营部下也还留在坊头，于是尾随而出。

百晓娘跺了跺脚，跟着出了地道。丁醒看到她出来，伸手拦住："你不能去！那里很危险，况且雷大人说得不错，这里应当有人守卫。"

百晓娘痴痴地瞧着他："你若死了，我一个人去湖边还有什么意思？"

丁醒心头剧震，不由自主地拉起百晓娘的手，百晓娘也将他手掌紧紧握住。

"要活一起活，要死一起死！"丁醒拉着百晓娘，紧随雷恪赶回南薰坊。

到了坊头，果然看到众差官与神机营军士围在那里，正不知如何是好。雷恪立刻吩咐铁三，带几个人赶往小时雍坊的那个客栈，严密保护，不得让任何人靠近。然后他吩咐剩余的部下，全力搜索坊中所有客栈。

丁醒也吩咐神机营士兵，配合众差官一起搜查。

有了确切目标，搜索进行得极快，不到一盏茶工夫，便有差官报给雷恪，说在一家歇业的客栈里发现了几具尸体，其中还有周义。

众人急急赶到客栈，果然发现了张小七与周义，还有一个被扒了衣服的差役死在走廊之中，另外地上还有一道血迹，直通向一间客房。

一行人进了客房，立刻看到了地面上的洞口，两名差官正守在那里，没有贸然进入。

雷恪吩咐不要带火把，只带灯笼，以免明火引爆火雷。

等到下了地道，灯火光中，众人一眼便看到了陆炎。

陆炎的尸体已经僵硬，他趴在地上，一手前伸，手掌之中紧紧握着一束燃香。他手上的血迹已将燃香浸灭。除此之外，地上的血并不多，显而易见，陆炎在爬到这里的时候，身上的血几乎流尽了。

再看陆炎手中的燃香，已经烧得所剩无几，如果再晚些时辰，想必无数火雷就要被引爆。

丁醒轻轻叹了口气："他是用自己的命救了我们所有人啊！"

雷恪默然伏下身子，用刀切断了地上的火绳，吩咐道："清理现场，把陆大人的尸体抬出去洗净，伤口缝合，不得有丝毫马虎。"

三人走出客栈，站到院子里，初升的日光落在他们脸上，便在此时，皇城之中传来了钟鼎之声，新年大朝终于如期开始。

新的皇帝，新的年号，一切都翻开了新的篇章。

街上热闹起来，京城的居民开始提着礼物，走家串户拜年问友。人人脸上洋溢着笑容，充满着欢乐。

这些人当然不会知道，在刚刚过去的大年夜，他们实则在鬼门关外绕了一大圈。

此时此刻，北京城南三十里外，乡间小路上，走着一队镖车。镖车上插着镖旗，上书"会友镖局"四个字。

镖车约有三十多辆，压送的镖师大约一百余人，身上尽皆穿着会友镖局的行头。

会友镖局在京城中赫赫有名，新年伊始便开始压镖上路，也是有先例的，因此无人怀疑。

镖车后面有一顶小轿，由四名汉子抬着，此外还有几名护卫跟在轿子两侧。这两伙人看起来不是一路，只是顺脚同行而已。

又走出十几里路，天当正午，镖师队伍之中有一人走向后面的轿子，正是定尘。他此时一身镖师打扮，手里提着一根枣木棍。

定尘来到轿前，恭恭敬敬地说道："恩主，该歇歇了，让弟兄们喝点儿水，吃点儿干粮再走吧。"

轿子里传出铁面人的声音："好，告诉大伙儿小心在意，看看左近有没有官府的人。"

定尘道："已经派人出去盯着了。"

轿子落地，定尘小心挑起帘子，从里面走出一个人来，居然是数次出现在南北茶楼的言五爷。

眼下的言五爷还是一副员外打扮，头戴四方巾，一部山羊胡子。他走下地来，回身望着京城方向，脸上的肌肉在轻轻抽动。

定尘走过来，轻声道："恩主，城中火雷未炸，夏侯鹰也没回来，您为何断定他不会出卖我们？"

言五爷道："他若出卖我们，现在各条路上，早有官府的骑兵了。"

"恩主说得是。照此看来，夏侯鹰只怕凶多吉少。"定尘叹息了一声。

言五爷回头看了看那百余名部下，突然问道："定尘，你知道我失败在哪儿吗？"

定尘好像没料到他会问出这句话来，嘴里支吾起来："要说这个……雷恪和丁醒……不，不是……对了，应该是那个女人，她了解恩主太多了，您一时心软，没有杀她……"

"我是心软了，但不是对那个女人。"言五爷道，"我是不忍心牺牲自己的弟兄，试想一下，如果我让几位弟兄藏在地道里，时刻一到便引爆火雷，北京城早就天崩地裂了。"

定尘连连点头："确是如此。恩主对弟兄们视同手足，我等愿意跟随恩主,直到天涯海角,刀山火海,万死不辞!"

言五爷没再说什么,回头又望向京城方向,他那双眼睛里,充满着愤恨与怨毒。

"恩主,我们到底要去哪里?"定尘轻声问道。

言五爷沉默了一下,才说:"你刚才说,要跟着我到天涯海角,不是吗?"

定尘一愣:"您的意思,我们去海上?"

言五爷道:"不错,既然我们在大明的土地上没了存身之处,那又何妨到海外建立一个自己的帝国!无论如何,我这一生不受明廷的管束。"

说完这句话,他来到轿子前,从轿子里取出一个木盒,打开盒盖,里面是一个铁面具、一个火雷。他将铁面具远远扔到林子里,自言自语道:"从今以后,我用不着再藏头遮面了,终有一天,我会搅得你天翻地覆!"

说完,他钻回轿子里,一行百余人站起身继续前行,不多时便消失在茫茫乡野之间。

夏侯鹰临死之语,只是为了保护言五爷,其实定尘才是真正的九宫真人,也是言五爷的亲信。后来,言五爷率人携带火雷逃离京城,远赴海疆,不久之后,又掀起了一场滔天巨浪。

只是这个时候,所有人都没料到一件事,夏侯鹰混入差官队伍,要去点燃的火雷不是一处,而是两处。他没有去成的那个地方,就在北京城西南角的王恭厂附近,在那里,还有一个客栈,也埋下了数千枚火雷。

在此处埋藏火雷,是为了炸开城墙,让言五爷埋伏在城外的人可以趁乱入城，以防京中大乱之时，守军关了城门。

这几个客栈表面上的老板，都是夏侯鹰。他死之后，那个客栈无人看管，便荒废下来，后来被一个官员收为己有，将房子拆塌之后，改成了一处园林。

由于改建之时没有翻整地基，地下的地道与火雷便无人发现，一直留存了下来。

王恭厂是明朝设立的火药局，隶属工部。直到一百七十七年以后的明天启六年五月初六（公元1626年），王恭厂附近的一位富户挖掘地室，工匠们无意间打通了一个地道，进入查看之时，所点的火把引爆了里面的火雷，一时之间，天崩地塌，万雷轰鸣，烟焰蔽日，火光冲天。城中毁坏民居数万间，死者逾万。这便是明末有名的天启大爆炸。

越明年，天启帝薨，其弟朱由检继位，年号崇祯。崇祯帝在位时，天灾人祸不断，饥民蜂起，变乱天常。终于在十八年之后，闯王李自成挥师进京，崇祯帝披发跣足，吊死于煤山之上，大明遂亡。

今时所谓"京城天崩地裂之日，便是改朝换代之时"的谶言，终究成了现实。

清人定鼎中原之后，复建神机营，但因其游牧民族本性，不重视火器，神机营从此衰落，这是后话。

几天之后，皇帝下诏，追封前锦衣卫镇抚使陆炎为锦衣卫佥事，正四品，家乡立牌坊，书功绩于其上，以示表彰。雷恪也因侦破天雷案有功，调入大理寺，任少卿，从四品。他连升数级，也是因为天雷案过于重大，保护皇城，功莫大焉。

奇怪的是，丁醒好像被遗忘了，上面一直没有颁布对他的嘉奖，直到半个月之后，过了元宵节，丁醒才终于接到兵部调令，因他协助侦破天雷案有功，升任他为定海卫参将，即日上任。

丁醒接到调令，大为不解。自他父亲那一辈从军以来，一直在神机营中打混，今日兵部为何要将他外放？丁醒十分困惑。但军令难违，况且镇边参将一职，已经比神机营千户要大得多了，高升之后外放，在官场之中并不罕见。

与调令一起来的，还有于谦的一封书信，是由他新收的家仆张五送来的。丁醒拆看之后，心情异常复杂。

信中说了两件事，第一件事便是定海卫有边报传来，说海中突然起了一股巨寇，占据海岛，勾连外贼，在海上打劫船只，屡屡得手。他们所装备的大炮威力极大，炮弹到处，墙倾楫摧，舟船粉碎，因此才要从神机营中调一位精通火器的人前去任职，剿杀海寇。

而第二件事，居然与百晓娘有关。于谦告诉丁醒，要尽快将百晓娘带离京城，至于原因，信上未曾明言。

带着种种疑问，丁醒又来到白塔寺找百晓娘。新年之后，百晓娘又失踪了，从未找过丁醒。她的居处也好像很多天没有人住过，丁醒遍寻不到，只得留下一封书信，告诉百晓娘自己明天就要远赴定海上任。

回到家中，丁醒胡乱休息了一夜，早起之后收拾完毕，便带上兵部调令，骑马出了东直门。

如今已是开春时节，一股春风迎面吹来，虽然夹杂着料峭的春寒，但已有春的气息，大地开始复苏。丁醒乘马走了几里路，大道边出现了一处桃林。

就在桃林边上，停着一匹枣红马，马上坐着一个人，一身黑衣，黑纱遮面，看不到脸，马股两侧驮着两个木箱子。

丁醒发现此人的身影有些眼熟，因此缓辔而行。那人等丁醒来到眼前，才呵呵一笑："恭喜丁将军高升！"

这句话一半男音，一半女音，丁醒立刻明白了，在马上拱手笑道："鬼仙，你不在鬼市，也不在竹林，怎么来了这里？"

"等你呀！"鬼仙也不隐瞒。

丁醒愣了一下："神机炮与天雷这两件案子，多蒙你大力协助，我还没有谢过你呢。本想在于大人那里为你报功，但考虑到你的身份，这才没有提起，还请原谅。"

"你去找百晓娘了吧？"鬼仙关心的是另外一件事。

丁醒一皱眉："你怎么知道？"

鬼仙手里捏着一封信，递了过来，正是丁醒留给百晓娘的，丁醒愕然接过。

鬼仙道："小娘们儿已经离开京城了，这封信她看不到，所以我拿了回来。"

丁醒心中一沉："离开京城？她去哪儿了？"

鬼仙不答，反问道："于谦让你带她走，如果没有于谦的信，你会不会带上她？"

丁醒认真答道："就算没有于大人的信，我也会去找她，带她一起走的。"

"你难道不想问，于谦为何给你送了这么一封信吗？"鬼仙歪头瞧着丁醒。

丁醒道："应是与她的身世有关吧。我曾经问过百晓娘，她没有回答，我便不再问。我只关心她今后往哪里去，而不是以前从哪里来。"

鬼仙嘻嘻而笑，仿佛对丁醒的回答很满意："我可以告诉你，小娘们手里有一件东西，乃是万金难易之物，如今朝廷里已经有不怀好意之人盯上她了，因此于大人才给你写了这封信。"

丁醒扑哧笑了："她是江湖中极神秘的人，手里就算有十万金难易之物，在我看来也不奇怪。对了，她说自己有个哥哥，但此人一直没有出现。除夕那晚我们抓到了元凶，却不是她哥哥，而且听那元凶的话中之意，她哥哥或是已经死了。"

鬼仙转头望望四周，见左近无人，这才低声道："我问过小娘们儿，她哥哥曾与九宫真人交好，时常去碧霞观，后来竟毁了容，多半也与九宫真人炼制的火药有关。去年年中之时，她哥哥托人给小娘们儿带话，要与一个姓言的朋友远游，半年之内可能回不来。但回京之后，就开始了这个计划。由此看来，远游是假，暗中炼制火药是真啊。"

丁醒呆愣片刻，才说道："我们抓到元凶之时，那元凶自尽而死，死前称要去见她哥哥。我想应该没必要骗我们，百晓娘的哥哥定然不在人世了。"

"匹夫无罪，怀璧其罪。我只问你，小娘们手里这件东西，很可能会带来杀身之祸，你怕不怕？"鬼仙的声音变得异常严肃。

丁醒一笑："我二人并肩携手，出生入死，今后就算粉身碎骨，肝脑涂地，也要护她周全。"

这句话并非虚言，实是丁醒真心实意说出来的。

鬼仙又是一阵怪异的笑声，但丁醒听得出来，笑声中并无恶意。

鬼仙停住笑，又问："你想不想知道，于谦为什么要将你调离京城？"

关于这件事，于谦信中说得很清楚，丁醒当然知道："海中出了一伙盗匪，横行海疆，兵部要调一位精通火器的将官前去协助剿灭，因此才派我前往。"

鬼仙呵呵冷笑："看来你虽然有了一些官场习气，但终究考虑得不周全。"

"哦？难道其中还有内情？"丁醒甚是疑惑。

鬼仙叹了口气："于谦这是在保护你呀。你若继续在神机营干下去，用不了多久，倒霉的事情就会上门了，明白吗？"

丁醒一脸不解："不明白，我得罪谁了？"

"得罪谁？你得罪的便是你的顶头上司，神机营副将张尽忠。"鬼仙用马鞭点了点他。

丁醒神色一愕，摊开双手："我哪里得罪他了？"

鬼仙无奈地摇头，向他解释道："你私自调兵，出城平叛，得了功劳，但你想没想过，这件事让张尽忠非常为难。你让他在交与兵部的呈文上如何书写？"

"照实书写啊！"丁醒道，"这有什么难的？"

鬼仙冷笑："照实书写？调兵平叛这样的大事，他是知道还是不知道？如果不知道，功劳便全是你的，他这个神机营副将岂不成了无用之人！如果知道，他为什么不调兵？为什么不率兵出城？他无法解释，因此只能将功劳全给了你。这样一来，你就犯了官场的大忌。"

丁醒沉默了，他不是傻瓜，只不过当时事态紧急，他没时间想这些。

鬼仙继续道："官场上的规矩，做了坏事，一定要自己揽下来，而得了功劳，则一定要把主官放在前面，你难道不明白？"

"怪不得过了这许久，我才收到兵部调令。"丁醒喃喃自语。

"对，那是因为张尽忠的呈文在七天之后才送交兵部的。他有意如此，就是要给你一个下马威，好教你得知，他终究是压你一头的。"鬼仙道，"当然，他这么做瞒不过于谦，故此兵部才借海寇因由，将你调离京城。"

丁醒叹了口气："看来，我还是不够精明啊。"

鬼仙却说："你已经比以前厉害多了，可你知道百晓娘为什么要先你离开京城吗？"

丁醒皱了皱眉头："为什么？"

鬼仙也叹了口气："因为你身上的官气越来越重了。此时的你，已经不是第一次出现在鬼市时候的你了。说实话，我还真喜欢那个时候的你。干净，纯粹，清澈见底。"

"照你的意思，我现在已经被官场染黑了，百晓娘最讨厌的就是官场。"丁醒神色黯然。

鬼仙突然笑了："不是染黑，是染灰了，照我看来，还有得救。因此百晓娘才留了一封信，让我当面交给你。"

一听这话，丁醒终于开心起来："原来你做了信差。信在哪里？快拿过来。"

鬼仙从怀中取出一封信，交与丁醒，丁醒急忙拆开，展在眼前。

但令他不解的是，信纸上没有一个字，只有一幅寥寥几笔的小画。画的是一块大石，大石上写有三个字：望归石。

丁醒抬头看了看鬼仙，将信纸在他眼前一亮："这是什么意思？

你晓得吗？"

　　鬼仙没有看信上的画，只是笑："望归石，其中含义有两层，第一层，是希望你回归原来的你。第二层嘛……"说到这里，他闭上嘴，卖起了关子。

　　丁醒急问："怎么不说了？"

　　鬼仙诡异地一笑："你先答应我一个条件，我才告诉你。"

　　丁醒有些气愤："就是十个条件，我也答应，你快说吧！"

　　鬼仙道："这一路上，我吃饭，你花钱！"

　　丁醒一愣："这一路上？你也要跟我去定海？"

　　"得罪了太多的人，我也想避一避，正好海边不错……你应不应？"鬼仙追问道。

　　丁醒连忙点头："应、应，我不光管吃，还管住，总行了吧？"

　　鬼仙这才指着信上的画，道："第二层意思，望归石是块有名的石头，而它所在的地方，就是定海！"

　　丁醒愣了一会儿，之后豁然开朗，脸上露出欣慰的笑容。在这一刻，他只觉春风浩荡，气韵通和，连鬼仙那半男半女的调子，也变得如同仙乐伦音一般动听。

　　他收好百晓娘的信，与鬼仙同时马上加鞭，奔向更为广阔的天地。春风掠过耳畔，听来竟似那海风吹波，将要掀起一场溅玉喷珠、惊涛裂岸的狂澜。

大结局《大明火枪手：致命火铳》即将出版，精彩预告

茫茫大海上，一条大明商船正在战舰的护卫下前行。突然，天空中云雾升起，雾中飞来一条黄龙，飞至战舰上空时，居然口吐乌珠，将战舰炸入海中。随后，又有一条高挂黄龙旗的龙头大船从雾中驶出，龙船上跳下一群悍匪，将商船劫掠一空。

商船被劫的消息很快传到定海，一时间流言四起，好事者称这股海匪有真龙护卫，所向无敌。刚刚到任的丁醒听说此事，心中疑窦重重，然而幸存的官兵却众口一词，坚称自己见到了真龙。

与此同时，定海卫连发疑案，几位军官离奇身死，这几人都是富有作战经验的将军。丁醒敏锐地觉察到，将有大事发生，他一边整军备战，一边请鬼仙与百晓娘协助，共同追查隐藏在幕后的最终黑手……

扫描二维码，并回复"火枪手3"
抢先试读《大明火枪手：致命火铳》